太陽坐落之處

太陽の坐る場所

辻村深月 作品

王華懋 譯

天照大御神見而生畏，遂閉關天之岩戶不出。

——引自《古事記》

序章

咚、咚、咚。

籃球砸在地板上的聲音。

除了響子與我再無他人的體育館中，拍球聲巨大地迴響著。

咚、咚、咚。她白皙的手拍出來的運球節奏規律，一絲不亂。

十一月的放學後。高處的窗戶露出色如熟柿的夕陽。烈光灑滿了整座體育館地板。我的影子與響子的影子被拉得長長的，浮現其中。

「動手吧，沒關係。」

瞳眸漆黑分明，完全反映出她的堅定意志的大眼。那雙眼睛對著我，維持相同的速度拍著球。

「妳有這個權利。我會乾脆地接受。」

深群青色，顏色重到幾近漆黑的水手服。

我們學校的冬季制服跟鄰近高中的比起來，印象要嚴肅沉重許多。每年從夏服換成冬服的第一天，總令人隱約興起一股異樣的感覺。

像今早，這身制服就令我赫然一驚：難道今天是誰的葬禮嗎？

與昨天之前的潔白上衣過度對比的漆黑裝束。被吸入教室的學生們，就彷彿正在列隊參加葬禮。

從黑色袖口露出來的，潔白的手腕

響子的手忽然在半空中停住了。失去反彈力道的球一眨眼便少了衝勁，失去平衡逐漸遠離她。

球滾到我的腳下，停住。

響子的眼睛早已不再看著球。只是筆直地，一逕筆直地，注視著我的眼。

不意間，她回過身去。腳步前方，是正張著大口的漆黑門扉。大開的體育器材室。從這裡也能看見裡頭浮動的無數塵埃。裡面沒有窗戶。關上門後，那裡將是一片漆黑，硬邦邦的墊子，跳箱與球類散發出來的沙塵及霉味。我想像那些會是什麼感覺。

「我不會說出是妳幹的。不用擔心。」

我默然木立，響子回頭的嘴邊浮現嘲笑般的表情。班上女生總是在背後議論應該是違反校規的紅色脣膏。那雙紅脣反射出夕陽。

「記好，被關和閉關是不一樣的。」

響子說。慢慢地，一步、兩步，走向黑暗的體育器材室。一面向我展示著覆在頸脖上的頭髮搖曳的背影。

進入體育器材室，用自己的手從內側關上。反手關門之前她開口了：

「太陽不管在哪裡，都一樣燦爛。」

「砰」的一聲，門扉拉上，響子的身影消失其中。

——座號二十二號——

半田聰美

1

「結果今年也沒有來呢。」

旁邊傳來島津謙太的聲音。半田聰美放下脣邊的紅酒杯，眼睛不經意地瞥向他。島津的酒量本來就不算好，乾杯以後已經過了快兩小時，他的眼睛微微泛紅。

「你說誰？」

她問，他聳肩。不好的預感掠過腦中，心想不妙時已經遲了。不出所料，島津回答了：

「KYOKO 小姐。」

他苦笑著說出這個名字，表情在說：除了她以外還有誰？

「嗳，沒辦法吧。她應該很忙嘛。」

「你好好邀請她了嗎？只是寄張明信片通知，她應該不會來吧。她的演藝工作好像很順利呢。雖然感覺很不真實，可是人家畢竟成了藝人嘛。」

好歹算是。

她在心裡頭加了這麼一句，但表面平靜地繼續露出笑容。「說的也是。」島津遺憾地垮下肩膀。

「不過今年我鼓起勇氣打電話給她了呢。」

「哎呀，真的？」

她轉向他，眼睛微睜，表示驚訝。

「好厲害，島津，你居然有當紅女星 KYOKO 的電話號碼？」

「不是啦，也沒什麼厲害的，只是幾年前的同學會她在回條明信片上寫了電話，我留下來了。」

嘴上否認，但他的臉頰為自滿地鬆垮下來。哪裡，真的很厲害呀。聽美口中說著，但內心一陣驚愕。連島津這種程度的男人也告訴他電話號碼，搞不好KYOKO意外地根本沒什麼。

朝桌上瞄了一眼，來時確定店家地址的明信片還擱在上頭。

『各位別來無恙？時間過得真快，今年又到了這個季節了！這是一年一度的同學會邀請函！我想大家在生活上應該都有新的變化，請務必趁著同學會的機會好好聊一聊。今年不是在故鄉，而是移師東京舉辦，期待各位都民踴躍參加！』

簡短的文章底下印刷著日期時間與場所地圖。裡頭的「都民」兩個字令聽美微微苦笑，「難道，」她問他。

「今年會決定在東京舉辦，是為了KYOKO小姐？」

她不是像以前那樣稱呼老同學，而是帶著對媒體藝人的距離感這麼稱呼。

旁邊的島津應該多少也有和她相同的感覺吧。他以前也不會那麼見外地喊她什麼「KYOKO小姐」的。——或者說，這麼稱呼其實是一種揶揄？

「不只是這樣而已啦。」

他答著，眼中欲言又止的神色一晃而過。這世上有些惡意與企圖是雖然沒有明說，但正因為沒有表現出來，才不至於掃興的。

妳明明知道的嘛。

他朝聽美送上這樣的眼神。可是老實說，她不打算跟他——說得更明白點，是跟聚集在這裡的「他們」——締結共犯關係。她只是面露微笑，悶聲不答，島津意興闌珊地接了下去：

「事實上在故鄉辦同學會，最近參加的人也越來越少了。像夏天那場，最後也因為人太少而流會了。」

「可是難得你費心改到東京舉辦，結果這次變成故鄉的同學沒幾個人來參加是嗎？好可惜呢。明明想要跟大家多聚聚的。」

「幹嘛說得這麼白嘛？」

島津尷尬地蹙起眉頭，把手中的啤酒杯放回桌上。水滴濺到聰美的明信片上，文字暈滲開來。

「哈哈，被戳到痛處啦？」

不曉得從什麼時候就在看了，水上由希手裡拿著飲料走了過來。她發出刺耳的笑聲，在島津與聰美之間坐下來。脖子上的亮片薄絲巾擦過聰美的膝蓋。

據說在廣受二十多歲女性歡迎的知名服飾品牌擔任設計師的由希，每次見面都打扮得像雜誌裡的模特兒。輕盈地環繞在臉周的鬈髮、翡翠綠的眼影，無論是髮型或化妝，都不惜餘力走在流行最尖端。

「幹嘛啊，島津，你這是在追聰美嗎？居然兩個人躲起來說悄悄話。妳以為聰美這樣的大美女看得上你嗎？」

「才沒有呢。而且老實說，半田同學太漂亮了，讓人不敢靠近吶。我比較喜歡平易近人一點的……」

不曉得是在開玩笑還是說正經的，島津用模稜兩可的口氣繼續小聲支吾個不停，聰美姑且微笑著道謝：「多謝誇獎。」

不過半路插進來的由希卻好像已經對島津失去了興趣，「可是啊，」她拉大了嗓門說。

「明明這麼好玩。這種場合，KYOKO畢業之後連一次都沒來參加過對吧？」
「就是啊。」
島津死了心似地點頭附和。
「出社會以後，一次也沒來過。不過她的工作量那麼大，這也是沒辦法的事吧。」
「與其說是物理上沒時間，會不會只是沒空理我們這些老同學？人家可是跟奧村啟吾、大川遙那些大明星共演的當紅女星呢。看過那種水準的世界，哪裡還回得來凡間呢？你們看過那支化妝品廣告了嗎？」
由希舉出幾個與「KYOKO」同等級的藝人名字，天真無邪地笑著說。聰美問她：「妳在喝什麼？」結果她用醉醺的聲音應道：
「嘿嘿嘿，燒酎兌熱水，加一塊冰。」
很豪邁的回答。
「KYOKO好厲害呢。你們知道澀谷跟新宿那裡的大樓有那支廣告的特大號看板嗎？穿紅色禮服，超漂亮的那張。」
「我們以前居然跟那樣的人在同一間教室上課，感覺真不可思議呢。」
「是啊。」
由希點頭同意聰美的話。「可是啊，」然後她接著說。
「偶爾來參加這種聚會，KYOKO一定也會覺得很有趣的。像是可以看到一年比一年更像歐吉桑的島津。欸，你的頭髮很危險唷，你有沒有自覺啊？」
「那樣說我很受傷耶。」

由希打趣的口氣把被說的人逗笑了，聰美也曖昧地附和，但的確，高中畢業後過了十年，年屆二十八，有些人一點都感覺不出年紀，有些人的外貌卻明顯有了變化。

而任誰來看，島津顯然都屬於後者。對一個還不到三十的成年男子挑明這個事實實在太殘酷，然而卻能夠如此滿不在乎地說出口，全是因為說的人是水上由希，而對象是島津謙太。

現在怎麼樣不清楚，可是島津從以前就很喜歡由希，動不動就挑逗她。由希剛才那話，他應該也只當成說笑，沒放在心上；正因為這樣，由希才能沒事就以取笑他為樂。

「再說這個啊，」由希從桌上拿起那張邀請函，亮在島津前面。

「這種內容反而會令人提防吧？目標太明顯了啦，島津。」

「就說不是只為了邀請 KYOKO 小姐才那樣寫的了嘛。」

津島生氣地反駁，聰美看著那樣的他，心想這種把對方的打趣當一回事，彼此鬥嘴的場面也跟以前一樣。

F縣立藤見高中的三年二班，畢業以後幾乎每年都會在三月舉辦一次同學會。幾年前開始又在夏天增辦一場，但最近因為夏季同學會的出席率不佳，動輒中止。今年大家也收到了夏季同學會的邀請函，但後來又收到通知，說無法正式舉辦了。據說改成幾個同學喝酒小聚，但聰美覺得半年聚一次太頻繁，沒有參加。

由於F縣與東京相鄰，同學們大部分都在高中畢業後就去了東京讀大學或就業。這類同學會，學生時代住在東京的幾個人便會自己聚一聚，但考慮到有些人畢業以後回故鄉就職，因此在出社會以後，便改成現在這種正式的形式，確實寄發明信片，邀請全班參加。

這段期間，每次擔任幹事的都是島津謙太。

「可是別說KYOKO小姐了，這內容故鄉的同學看了也會不開心吧？你下回寫的時候最好多斟酌一下。」

聽美指著由希手中的明信片說。島津傾注在通知信裡的感情，還有自己的聲音中的諷刺，她都有充分的自覺，但她還是裝出傷腦筋的笑。

「什麼意思？」

「島津你是無所謂，因為你住在東京嘛。可是就算要在都內辦，是不是也該顧慮一下從故鄉來的人，像是把時間提早一點之類的？」

島津大學一畢業，就進了F縣的地方銀行工作，去年秋天被調到東京分行。這次同學會會在東京舉辦，或許也跟這些背景有關。島津曾經抱怨過必須住公司宿舍，但好像也沒有門禁，所以今天他一定也打算喝到很晚才回去。

「不過我們無所謂呀。這次在這邊辦，坦白講輕鬆多了。」

由希拉長了尾音說。

「在故鄉辦的同學會或婚禮，老實說有夠悶的。你們不覺得嗎？」

「什麼意思，由希？」

話題要轉向哪邊？聽美警覺起來，儘管心知肚明，卻微微歪頭表示不解。

同學會正值酒酣耳熱之際，包廂各處形成了許多小團體，就像一座座小島。數量雖然比平常少，但其中也有從故鄉前來參加的同學。而且這些話要是被某些人聽到，感覺會相當棘手。

望過去一看，那群人就坐在裡面。即使是難得的聚會，F縣組和東京組在這種時候仍然會自然地分成兩邊。聽美瞄了那群人的中心一眼，幸好他們似乎沒有注意到這裡。

「什麼嘛。」由希又發出嬌嗔的聲音，彷彿在露骨地宣傳她喝了酒。這是酒席，就讓人家說個痛快嘛，而且人家講的對象又不在這裡，這只是帶點惡毒的餘興罷了呀——就像在這麼傾訴著。

「聰美也這麼感覺過吧？留在鄉下的那些人對來到東京的人，那種自卑感真是有夠誇張的。明明我們沒想什麼，他們卻開口閉口就是『我們會留在鄉下也是沒辦法的事』，然後又突然炫耀起自己的老公跟男朋友。而且還不是大大方方地誇，而是拐彎抹角地說：『我是不喜歡啦，可是我的那個他啊……』白痴，才沒有人羨慕咧。」

「會嗎？真討厭呢。由希，妳是不是喝醉了？」

聰美苦笑著勸誡，內心卻完全同意。當然，並非每個人都是如此，但不知何時開始，確實可以感到有一部分的人穿戴起沒必要的厚殼。只為了不被瞧不起、不被輕視、不被鄙夷。假裝不羨慕，或是露骨地宣稱「好羨慕唷」，搶先對手輸誠，以自我防衛。宣示「我在那裡是有一席之地的」。

「結婚得也早嘛。」

低低地，由希說道。她技巧性地鼓起腮幫子，隨即又用可愛的動作吐了吐舌頭，戲謔地說：「我才一點都不羨慕哩！」然後大叫：

「Let's 敗犬生活！」

「那是因為鄉下沒什麼娛樂啦，由希。」

島津立即附和了一句算不上附和的話，然後聳聳肩。

「對於不曉得什麼時候又會被調回縣內的我來說，這個話題從剛才就有點微妙吶。」

「你根本無所謂吧？快點回家鄉結婚吧。如果結得成的話。」
「咦～？那正好，由希現在也沒對象吧？跟我結婚吧。」
「誰要跟你這種人結婚啊，白痴，死禿子。」
白痴還好，但罵人禿子可不是鬧著玩的。「好狠唷。」島津摸著頭，悠哉地笑。雖然對他很抱歉，不過由希這話八成是認真的。而剛才若無其事地求婚的島津，應該也一樣是認真的。在一旁看得一清二楚還真難過——聰美在內心嘆息。
「像佳代就不曉得怎麼了呢。不過那女生一向很率真，我滿喜歡她的。」
由希朝裡面的故鄉組瞥了一眼。那裡有本村佳代開懷笑著的身影。畢業以後進了當地大學，在縣內企業就職的她，應該一次也沒有離家一個人住過。由希瞇起眼睛。
「在那夥人裡面還是單身，應該很難有話聊，不曉得佳代怎麼樣呢。——不過如果有份有意義的工作，或許另當別論吧。就在故鄉當個小明星吧。」
果然還是沒有好印象吧。由希的視線往佳代旁邊的人移去。坐在F縣組中心的，是當地電視臺的主播。由希又「啊～啊」地長吁起來。
「結果大家都一樣，真沒意思。只是住的地方不同罷了嘛。」
「那是由希在都會有份活躍的工作，才能說這種話。由希真的很厲害，在時尚流行界工作，而且是最前線嘛。妳就是有自信，看到別人才會有那種感覺吧。可是那樣不行唷。正因為如此，才更要放寬心胸啊。」
這麼指出的我，也相當老神在在吶——聰美有這個自覺。她搭上了由希邀請的這輛優越感遊戲的便車。

「咦？可是如果不想要那樣的話，幹嘛不一開始就到東京來嘛。我可不想像他們那樣，埋怨著我不屬於這裡，就這樣過完一輩子。」

「唔，也是啦。」聰美低調地同意，但是緊接著發現自己竟了解由希與他們兩邊的心情，內心一涼。

由希說得沒錯。

聰美念的是當地的私大，畢業後為了就職而來到東京。由希挑起的遊戲中，分隔這一邊與那一邊的事物，其實根本沒什麼。正因為明白自己能夠輕易地歸入任何一邊，所以即使身在這裡，聰美也感到侷促。在由希心裡，當然也有著明確區隔她與聰美的範疇才對。

「可是我覺得故鄉的大家也不是每個人都那樣想吧。有些人就堅定地認為自己屬於故鄉，有工作，有家庭。我跟由希就沒辦法那樣不是嗎？」

「咦？那妳覺得大家那種態度是怎麼回事？明明就已經接受了，卻又那樣滿口怨言，露骨到連我們都聽得出來耶？」

「由希。」

這次聰美明確地制止。由希「是是是」地應著，也沒怎麼當回事的樣子，「嗳，是那個吧。」她忽然換了副玩笑的輕佻口氣說。

「我現在的工作上，如果碰上土生土長的東京人，還是會莫名其妙冒出那種鄉下人的自卑感，結果是五十步笑百步吧。我也是自卑過剩，就是討厭這樣，才會跑來東京這邊的嘛。」

由希話聲剛落，一個身影湊了過來。

「那種事大剌剌地說出口，不是很掃興嗎？不要點破，輕描淡寫地笑著帶過才風趣吧。」

「真崎。」
「世上也是有主動跑回鄉下的怪人的呀。」
真崎修。
他是同學會裡出席率很高的一個，是以前班上的開心果。從經常一起去喝酒的大學時代，就是每次籌劃飯局最起勁的那一個。他身後還跟著他的前女友松島貴惠。一與聰美對望，貴惠那張有著愛哭痣的羞怯容貌就露出淡淡的笑，彷彿一臉為難。
「不好意思插進來。」
「沒關係，坐吧。」
真崎又變回學生時代似地大喊：「乾杯！」把手裡的啤酒杯高高舉到頭頂。由希配合他，也熱烈地叫著：「耶，乾杯。」其他人也相互碰杯。
「回到剛才的話題，要養小孩的話，絕對還是鄉下好。」
看來他從不久前就聽到由希的話了。這麼說的真崎，左手無名指上戴著婚戒。一起過來的貴惠同樣位置上也戴著婚戒，不過這兩個人現在各與不同的對象結婚了。
真崎是獨立的網頁設計師。大學到東京念書後，在這裡住了很長一段時間，但三年前結婚以後，又搬回出生的故鄉去了。他的太太是J大小姐，以前是展場小姐。聰美看過婚禮的照片，是個很漂亮的美女。
「什麼嘛～」
由希噘起嘴巴。
真崎的鼻梁高挺，眼角溫和地下垂。他一低眉垂視，遠遠地就可以看出他的睫毛很長，相貌非常端正英俊。由希的聲音變得含嬌帶媚，聰美看出她旁邊的島津沒意思地繃起了肩膀。

「你是說鄉下環境充滿大自然，可以呼吸新鮮空氣，還要應付煩人的左鄰右舍？都會空氣差，人際關係稀薄？很好哇，我最喜歡百貨公司地下街的熟食，而且最討厭被人干涉了。」

「不是啦。我不想讓孩子有自卑感嘛。如果借用妳剛才的說法的話。」

真崎開心地笑著，掏出一根菸點火。他取出不曉得是什麼店的圖案的火柴盒搖晃著，挑釁似地攤開手。

「因為啊，那是我的孩子，要是放在都會，絕對會變成懶蟲一隻，無法培養出不屈不撓的精神。人沒有那種『我遲早要自力逃出這無聊得要命的鄉下』的氣概還是不行的。」

他深深吸了口菸，一邊吞雲吐霧，一邊再次笑了。

「我呢，絕對要我的小孩在嚴寒的隆冬，從集合住宅的四樓走到一樓提煤油桶上樓。讓他雙手凍得通紅，哭著爬上樓梯，淚汪汪地罵可惡。」

「個性好乖僻對吧？」

貴惠受不了地嘆息，一邊玩笑地喃喃說：「啊～啊，真慶幸沒跟這種人結婚。」

「而且阿修現在住的地方又不是集合住宅，暖氣也是葉片式瓦斯暖爐。我上次去玩的時候看到了。」

「有什麼關係？我會在孩子出生前搬到跟我小時候類似的環境。」

「現在的暖氣幾乎都是瓦斯，要不然就是空調了吧？」

聰美笑著，應些無傷大雅的話。

「可是真崎，你們還沒有孩子吧？你的小孩一定會長得超可愛，讓那麼可愛的小孩子手凍到破皮，我可不能贊同。」

「又來了，聰美嘴巴真甜。被美女稱讚，就算知道是客套話，還是忍不住要開心呢。」

「哎唷，這樣說的你才是嘴巴最甜的吧？我公司的前輩說我長得很樸素，一點都不亮眼呢。」

「咦？那是嫉妒啦，醜八怪的偏見。」

不管怎麼樣，這兒都是綽有餘裕的一群人。

不是欲望正如「現在進行式」般得到滿足，就是有著自願如此的自負。這裡只有貴惠一個人沒有離開過故鄉，但她手上的婚戒彷彿正自為她雄辯滔滔地主張著。不是輸不起的逞強話，而是不折不扣的「不想離開」。她的態度裡沒有自卑。要是對她挑起這一點，反倒會變成是自己輸不起。到了這把年紀，人就有太多的麻煩顧忌。

「好啦好啦。」

明明場面平和得很，真崎卻像安撫看不見的什麼人似地主導場面說。

「嗳，這次在東京舉辦，我也贊成。反正又不是每次，偶爾換個地方辦也不錯嘛。也有人期待可以順道來玩啊。不過我跟貴惠常一起來找紗江子，也不稀罕東京啦。」

「啊，你們三個還是那麼要好啊？」

真崎說的「紗江子」指的是里見紗江子。

紗江子的姓氏里見（SATOMI），發音跟聰美（SATOMI）的名字一樣，所以在學期間經常被搞混。紗江子總是把一頭漆黑的長髮隨意綁成一束，脂粉不施的臉上戴著看起來度數很深的眼鏡。這幾年來，當時的同學幾乎每一個都學會了化妝，從制服換成了花俏的便服。可是紗江子進了東京的大學以後，形象也幾乎沒變，絲毫不改從前的作風。

紗江子是貴惠從小學就認識的手帕交，再加上真崎，他們三個從高中就一直很要好。畢業以後由於變成遠距離戀愛，貴惠與真崎鬧分手時，紗江子還曾經跑到真崎家去揍人。幾年前聰美才聽到紗江子這樣的英勇事蹟。

而紗江子現在還是單身。她應該在電影發行公司還是哪裡工作，這麼說來，今天沒見到她的人影。

「這麼說來，聽說《城堡》的網站是真崎弄的，真的嗎？太厲害了吧？」

「《城堡》？」

聽到由希的話，聰美忍不住轉過頭去。那是最近蔚為話題的外國時尚電影。因為有喜歡的女星登場，聰美也在關注。可是沒想到由希會提起它，令人驚訝。由希明明一副對電影完全沒興趣的樣子。

——不。

或許就跟KYOKO是一樣的。因為是認識的人的工作內容，所以才去留意，至於內容，一定是次要的。

「也不算什麼啦。」

「是紗江子拜託真崎弄的唷。」

真崎用一種聽不出是炫耀還是謙虛的口氣說，一旁的貴惠微笑著補充。聽到這話，聰美問了：

「今天紗江子怎麼沒來？」

「工作啦。她說本來預定要來，可是突然沒辦法來了。她連絡了貴惠。」

「其實我本來跟紗江說好同學會結束後要去她那邊過夜的。所以我等一下得搭末班車回F縣。」

貴惠遺憾地，但口氣溫婉地喃喃說。「不過沒關係啦，」她說。

「要是外宿，我那口子還有小類又要囉嗦了。這樣也好。」

小類是貴惠的女兒還是兒子的名字。去年的同學會聽美應該曾聽到是男是女，但記憶模糊。最近的小孩光聽名字猜不出性別，還有很多連意義都莫名其妙。一想到自己的老同學也到了為孩子取這種諸多怪名之一的父母年紀，聽美受到不小的打擊。

「別這樣說，就跟我一起找家飯店住下來吧，貴惠。」

真崎說。令人抓不準是認真還是說笑的距離。就像個精巧的圈套，聽似純粹的玩笑，但如果對方當回事也不打緊。

若說真崎還是老樣子，用一句「討厭啦」就閃過的貴惠也很習慣了。

「倒是……」

真崎把變短的菸揉熄在菸灰缸上，忽然開口了。原以為完全岔開了，話題卻還是又繞回了原點。

真崎轉頭瞥了一眼完全由故鄉組構成的包廂深處的一群人。應該是不經意的動作，眼神卻明確地飄向那裡。然後他很快地垂下視線，彷彿宣示那一眼並沒有多大意義地接下去說：

「結果今年也沒來呢，KYOKO。」

就像剛才的島津那樣，他也這麼稱呼她。

2

第一次在電視上看到 KYOKO 時，聽美受到的震撼無法形容。

那種震驚。那種情緒的激盪。

上一系列大受好評，標榜本格派的醫療劇第二系列。聽美漫不經心地轉到那一臺看著，結果她忽然表情一本正經地在畫面中登場了。瞬間聽美以為自己眼花了。因為那張臉不是別人，就是高中二年級與三年級在同一間教室共度的，以前的同學。

映像管中的她是原本素淨的她。沒有濃豔的妝容、也沒有減肥或整型的痕跡，模樣完全就是過去的她。

以前聽美就覺得她長得算是端正的，但並不覺得特別漂亮到哪裡去；雖然覺得她儀態很好，但也不認為她特別清瘦或身材傲人。可是畫面裡的她與其他男女明星相較起來毫不遜色，熱烈地笑，熱烈地哭，以大方氣派的態度飾演了主角的同事一角。

聽美茫然若失地想到，這麼說來，自己在高中期間一次也沒有看過這個女生這樣大笑、這樣哭泣。那個時候的她總是冷靜的。

不隨波逐流。

大概，連一次都沒有。

手機響了。聽美赫然回神。是水上由希打來的。聲音很激動。她好像正在看同一個節目。

『妳快看電視！十三臺！』

「我正在看。」

沒辦法順暢呼吸。她勉強擠出平靜的聲音。

「……我可以先看一下嗎？」

電視劇已經接近尾聲。聽美用右耳聽著由希一股腦兒說個不停的聲音，目不轉睛地瞪著流過畫面的工作人員名單。看到上面的女星名字，她倒抽了一口氣。「KYOKO」。電話另一頭，由希的聲音益發高亢了。

『好厲害！雖然只有名字，可是那是鈴原同學對吧？好厲害，太奸詐了！她什麼時候變成這種大明星了！？』

「不曉得。」

這是怎麼回事？這是在搞什麼？遲了一拍，真實感漸漸湧上心頭。難以置信。就好像看不見的浪濤撲上腳底，從腳踝開始陷進沙中，被拖入黑暗的大海一般。

『嗚哇……』

由希不負責任的怪叫刺進鼓膜裡。

『我一直覺得我們班最可愛的女生是聰美，世事真是難料呢。因為要說的話，那女生反倒是……』

「由希。」

不要說。

防衛本能似地心想。電視畫面中播放著下集預告。飾演主角的男星臉孔占據畫面。知名的、只要是日本國民幾乎沒有人不認識的人氣小生。

下週的精彩預告。才剛看到名字的女星KYOKO抓住主角的手臂，哭著說出臺詞。那個女生。坐在同一間教室不遠處座位的那個女生，現在正觸摸著藝人的手。

『明明聰美就比較……』

由希說。用不是安慰也不是鼓勵的，毫無心機的聲音。

「我打電話給她了。因為她拍過我們銀行的廣告，也算是向她道個謝。」

「噢，幹得好，島津。不只是寄明信片，還周到地打了電話啊。」

真崎用戲謔的口氣慰勞說。島津似乎也把它當成親密的表現，沒有計較。

「嗯，可是沒約成。我告訴她時間，她說她是想參加，可是這天有事。我堅持說：『妳都拍了我們家廣告，卻不肯賞臉參加同學會嗎？』結果她就笑了。」

「你真的這樣跟她說？」

驚訝，接著嘴角微微痙攣。聽美急忙裝出苦笑的表情。

「你那樣說，人家 KYOKO 小姐不是會很為難嗎？」

「咦？我那樣說哪裡不對嗎？」

「我說島津，你那根本不是在為拍廣告的事跟人家道謝吧？反而怎麼說，感覺好卑躬屈膝還是怎樣……」

由希用毫不客氣的口吻再補上一句聽美內心所想的話：「我本來就覺得你這人很沒說話天分。」

「不過，還真好呢。你太厲害了。光是能跟 KYOKO 講到電話就教人羨慕死了。」

「人家是我們的老同學，你說的這是什麼話啊？傻相都給人看光了，你還是閉嘴吧。」

聽到真崎興奮的話，貴惠從旁邊做出戳他的動作說。

「咦，反正這些人早就知道我的傻相了，事到如今還有什麼好裝的？再說啊……」

他把雙手放到頭頂，誇張地做出防衛貴惠攻擊的動作閃躲著，搖了搖頭說。然後他轉向聽美等人，口氣變得嚴肅：

「大概四年前吧，我們一起去看了電影的首映會。因為紗江子的工作關係，有免費入場券可以拿。」

「哦。」

聽美點點頭。是捧紅女星 KYOKO 的代表作。

「你說《天之岩戸》?」

「對對對,就是那部。那個超色情的舞。」

聽到聰美呢喃的片名,真崎的表情露骨地變得下流。

那部電影公開後居然已經過了四年?聰美暗自愕然一驚。

《天之岩戸》一如片名,是將《古事記》與《日本書記》中登場的天之岩戸神話改編為現代版的電影,是席捲了當年話題的熱門大作。

太陽神天照大御神因為弟神須佐之男的狂暴行徑而大發雷霆,閉關到天之岩戸裡,不肯出來,世界因而陷入一片黑暗。八百萬諸神為難不已,聚首商策,設法將她引出岩戸之外,是日本神話中知名的一個故事。

日本電影圈有個魔咒,就是以神話類為主題的片子都賣不好。可是《天之岩戸》卻輕易地打破了這個常識,成了異軍突起的賣座鉅片。

腳本是由有「全日本最忙碌的編劇家」之稱、才剛拿下海外知名獎項的年輕女編劇家擔綱撰寫,並且由已經退居螢光幕後好幾年的重量級資深女星飾演主角天照大御神,她並且表示演出此片後將告別演藝界,賣座的理由眾說紛紜。

然後沾光似地,偶然在這部片中飾演配角的 KYOKO 也一炮而紅。

她飾演的是女神天宇受賣命。是表演舞蹈,以引誘出閉關在岩戸裡的天照大御神的演藝之神。淫靡妖豔,就像真崎說的,是一段「超色情」的舞蹈。KYOKO 演出了這段舞蹈。然而她的舞堅守在境界邊緣,毅然停留在藝術的領域,沒有落入猥褻的境地——輿論如此評論。世人高度肯定,說那段舞蹈的水準再怎麼說都太出色了。

據說選角決定時，KYOKO半年之間廢寢忘食，全心投入那段舞蹈的練習。

一下子是師事以嚴格聞名的日本舞蹈師傅、一下子是開始上健身房，澈底打好底子。

KYOKO完全沒有提，這些**製作內幕**卻不知從何處洩漏了出來。然後她低調不居功的**態度**，受到評論家和雜誌一致讚賞。

明明「態度」這種東西，端看如何演出，想塑造成什麼樣子都行。然而她卻占盡了各種天時地利人和。很快地，她的舞蹈被捧到了名過其實的登峰造極地位。

「你們去了那部電影的首映會啊？」

真崎「嗯」了一聲，然後露出有些壞心眼的表情繼續說：

「可是啊，那真有點諷刺呢。——該說是諷刺還是挖苦……」

「挖苦？」

「就是電影裡面的臺詞啊。KYOKO自己一次也沒有說過，電影裡頭卻一次又一次地說著『高天原』、『高天原』。我看到一半都笑出來了。」

「……哦。」

「高天原」是關進岩戶裡的天照大御神治理的國度之名。由於太陽神從高天原消失，那裡成了漆黑的夜晚世界。

可是，在這當中感覺到諷刺的真崎，這番話是不是比誰都更要挖苦？但聽美只應了聲「這樣」，點了點頭。

「那真崎你們也見過成了女星以後的『KYOKO小姐』囉？好羨慕呀。」

聽美用若無其事的口氣添了句。

「雖然沒能說上話。」

貴惠替真崎回答。

「總覺得她變得好有氣勢，不是可以隨便跑去後臺，說什麼我們是老朋友的氣氛。」

「可是仔細想想，我們以前居然跟她在同一間教室上課，真不敢相信呢。想到那蛇腰的扭動、還有那擺手的動作，簡直是犯罪了我說真的。啊啊，高中的時候我真應該好好追她的。至少應該告白個一次的。」

「吼，這個死歐吉桑，真是沒救了！」

貴惠受不了似地怪叫了一聲。幹事島津沒理會這兩人，「可是啊，」他埋怨似地接著說。

「KYOKO小姐沒來，真的只是因為忙，還是有事而已嗎？在像現在這樣出名以前，她就一直沒來參加了呢。從學生時代就一次也沒來過。近乎堅決地一直缺席。」

「聽說前年在故鄉辦的全學年同學會曾邀她來當貴賓，可是她也沒來呢。本來還以為可以見到她，跟她聊聊的。」

貴惠說。從她的口氣聽來，似乎真的只是在為KYOKO的缺席感到遺憾。沒有邪念也沒有惡意。聰美完全不明白她怎麼能那樣說，滿腔敬畏油然而生。

貴惠說的「全學年同學會」比每次都由島津主辦的這種「班級同學會」規模更大，是以該屆的畢業生為對象。主辦人是故鄉的中心成員，地點也不是這樣的居酒屋，而是包下飯店宴會廳舉行。有恩師的演講、有遊戲活動，完全就是一場派對，甚至會讓人誤以為是什麼人的婚禮。可是或許是辦得過於盛大豪華，一次就燃燒殆盡了，從此以後就一直沒聽到要再次舉辦的風聲。

「我們那一屆，那是第一次舉辦，可是她卻沒來參加，真讓人失望呢。」

貴惠徵求同意似地說，聰美應道：「大家都這麼說呢。」主辦者是剛才也提到的當地電視臺主播，今天也來了，想想她的職業，那盛大的活動安排也莫名地令人信服。當時會場上她也噘起了嘴脣，苦笑著說真想見到 KYOKO。

KYOKO 現在這麼活躍嘛。如果她能來，我想請她演講個一段還是上臺說幾句話。這樣會太厚臉皮了嗎？

「可是我記得 KYOKO 小姐就參加過那麼一次聚會對吧？你們記得嗎？」

聰美記得很清楚。

大學一年級的時候，只有到東京念大學的幾個同學在夏天時聚了一下。地點是一家有紅燈籠的連鎖居酒屋。是距離都心有些遠的多摩川附近的小鎮。

聰美對著表情訝異的眾人繼續說下去：

「喏，那次啊，清瀨的……」

清瀨。

清瀨陽平。

說出名字後，句子不經意地中斷了。在場眾人皆露出「啊」的表情，同時望向聰美。

「那次唷。清瀨念的大學是在調布嗎？我都忘了，那傢伙不是我們班的，可是跟我很好，所以把他也一起找來了。」

島津還是一樣，不知察言觀色還是故意耍寶，悠哉地點著頭說。

「嗯，是啊。」

聰美微微頷首。或許她說了可以不用提的事。

還是我想要主張呢？主張女星KYOKO、藝人KYOKO也是人，是我們的同學，強調自己認識她。

「那個時候他們兩個還在交往。」

「……果然還是會介意嗎？」

「當然會吧？他們可是把周圍的人都給扯進去了，然後居然又分手了。明明那麼登對，真不可思議呢。」

聽到貴惠似有顧忌的疑問，由希一口咬定地肯定。「說的也是吧。」真崎露出一口白牙笑了。

「不是世上所有情侶都能像我跟貴惠這樣，圓滿地分手嘛。」

「或者說，你們兩個是稀有例子、是特例。你們兩個好過頭了。可別事到如今又搞起什麼外遇來唷～」

由希微微歪眼瞪著真崎。「不可能不可能。」貴惠甩著手應道。「打死我也不要。」

聰美漫不經心地望著眾人對話，慢慢地回想。回想那感覺已經非常遙遠的，懷念的教室風景。明明以為是往事了，但牆壁的顏色，桌子的位置等等，每一個細節卻都異樣地歷歷在目。

KYOKO與隔壁班的他，經常相約在放學後的教室，一起回家。

那時候的她具備得到一切的風範。獲得女星地位的現在或許也是如此。可是那時候的她對聰美等人來說，感覺更近在身邊，因為近在身邊，所以更充滿了壓倒性的真實感。她擁有一切。

而他離開的同時，她也失去了一切。甚至即使在旁邊看著，也能夠一清二楚地看出那一瞬間。

清瀨與她一起參加的那次以後的同學會，話題全被他們這一對給占據了。

「可是我覺得好意外唷。比起真崎你們，要說的話，感覺清瀨他們那一對在分手以後才會一直繼續當朋友呢。他們兩個那麼匹配，美得就像一幅畫。簡直就像電視劇裡的情侶檔。」

「他們也曾經歷過很多嘛。」

實際上真崎跟清瀨或KYOKO應該都沒有多深的交情，卻一臉知之甚深的模樣點著頭。

「跟清瀨陽平有關的那一連串真是驚心動魄嘛。尤其是……」

真崎說到這兒，卻沒接下去了。他喝了口泡沫消光的啤酒，「噯」地喃喃一聲。

「本人會覺得尷尬也是可以理解啦。KYOKO給人的印象不是那麼好接近，甚至有點可怕不是嗎？怎麼說，感覺很冷淡，像是高出我們一等。仔細想想，我敢找她說話，也是她跟清瀨開始交往以後的事。跟清瀨開始交往後，KYOKO感覺變得很好親近。」

「……所以嗎？」貴惠口氣無奈地說，嘆了口氣。「因為過去太美好了，所以她不願意觸景傷情也說不定。」

「那麼你們的意思是，KYOKO小姐不來參加學年還是班上的同學會，都是因為不想見到清瀨？」

島津說，由希喃喃道：「哦，或許唷。」

「雖然不同班，可是之前邀過清瀨，所以KYOKO擔心來了又會碰到清瀨是嗎？喂，島津，你現在還會邀清瀨嗎？」

「現在已經不會找他了啦。這本來就是二班的同學會，所以他算是外人。我連他現在在做什麼都不曉得呢。」

島津說，露出想了一下的表情，「可是，如果真的是那樣，」然後他抬頭說。

「那KYOKO小姐未免太可憐了。如果知道清瀨絕對不會來，KYOKO小姐或許就能來了呢。如果她是被過去的事給絆住，但明明我們都已經不在乎了。」

「清瀨的傳聞我倒是聽說過一些呢～」

由希朝包廂裡面瞥了一眼，很快地把臉轉回來，臉上掛著輕浮的笑。

清瀨大學退學了，這傳聞聰美也知道。這是她聽到的清瀨最後的消息。她也聽說過幾個出處曖昧的流言，但幾乎都是一些負面消息，也不知道是真是假。

「那些事有多少是真的？畢竟那傢伙以前很出鋒頭，大家都很感興趣吧。」

島津點點頭。

如果是以前的、當時的自己聽到這些，會做何感想？從當時的清瀨那個模樣，肯定無法想像吧。清瀨陽平可以說是學年的風雲人物。只要有任何活動，打頭陣號召大家的都是他。話題的中心人物也是他。誰能想像得到，幾年以後，他會像躲進了陰影似地消失不見呢？

「誰去告訴 KYOKO 清瀨不會來參加同學會嘛。」

真崎說，聲音孤伶伶地掉落在眾人中央。

他伸手摸下巴，露出嚴肅得令人意外的表情。看來這似乎是認真的提議。

「我覺得或多或多，應該都還沒有完全甩開吧。──島津上次打電話的時候，也沒有提到清瀨後來就沒有再來了吧？」

「我怎麼可能提？只提清瀨的名字，豈不是擺明了在顧慮她，我實在做不到那種地步。」

「總之誰去說說看怎麼樣？島津知道電話，我記得紗江子也說過因為電影工作的關係，偶爾有機會碰到 KYOKO。」

真崎點燃第二根菸，聲音越來越具體。「反正明年這時候，」在他心中冒出的臨時起意之火，一眨眼便熊熊燃燒起來。

「你還要再辦同學會吧?島津。」

「雖然最近都沒辦成，不過夏天的時候我還是會寄邀請函，所以夏天也可以啊。」

除了同學會以外，島津似乎也一直想讓這裡的這夥人聚在一塊兒。

「不會太頻繁了嗎?比起半年一次，一年一次，大家也比較有話聊吧。」

真崎苦笑著說，然後說：

「可是唔，如果可能的話，明年真的請她來參加吧。已經不是小孩子了，來露個臉，或許可以讓過去的隔閡冰釋啊?而且當事人的清瀨也已經不在這裡了。」

「不是因為她變成藝人了，只是單純想見個面呢。也有些事情是事過境遷才有辦法聊的。」

「就是吧?跟她好好說一說，叫她明年一定要來吧。」

得到貴惠的贊同，真崎滿足地點點頭說。

「這樣想想，那傢伙根本就不是天宇受賣命嘛。我們明明不在乎，她卻自個兒跑去躲起來。她的角色應該是關在岩戶裡的天照大御神才對。」

咦，我這比喻真是巧妙?

真崎得意忘形地哈哈大笑，一手拿著菸，一口氣灌光了啤酒。

「討厭啦，人家才沒辦法跳得那麼妖魅。KYOKO看了會願意出來嗎?」

由希扭動身體微笑說。

那部電影。《天之岩戶》。

由希從來沒有跟聰美聊過，但原來她看過那部片嗎?KYOKO的舞。聰美心中罩上一層薄薄的陰霾。

聰美沒有看過那部電影，也沒有看過 KYOKO 的舞。

看看手錶，時間就快八點半了。考慮到有些人還要回去F縣，差不多該告個段落了。聰美懷著一股被一連串的對話拋在後頭的感覺，靜靜地喝完杯中剩下的紅酒。

就在這時候。

不經意地聆聽的他們的對話裡，一句難以置信的話突然跳進耳中。

「所以聰美應該很適合吧？」

抬頭望去。

是由希的聲音。

「哦，就是啊。半田同學的話，高中的時候也跟 KYOKO 小姐說過話嘛。」

島津的聲音接著說。

「對對對，她們一定聊得來的。個性也一樣，有點成熟型的。」

「……這是在說什麼？」

聰美提心吊膽地問。臉頰的肌肉抽搐著。該不會。

在自己失去興趣，沒注意聽的幾分鐘之間，他們的對話似乎朝著意想不到的方向拐去。不經大腦地。

「我們在討論人選啊。」

真崎調侃地說。

「要去告訴 KYOKO 清瀨的事的人選。太多人去也很奇怪嘛。雖然我是很想去見她啦。」

「不行啦，要是阿修去，本來會來的都被你搞到不來了。」

貴惠微微蹙眉，鬧彆扭似地鼓起臉頰。

「我？」

聽美尋思該如何拒絕。可是咬準了就快想到藉口而還沒想到的那一瞬間，由希把臉轉向聽美：

「欸。」

住手。

不好的預感，但是來不及了。然後由希這麼說了：

「聽美妳從以前就一直在玩戲劇，跟KYOKO一定談得來的。剛好嘛。」

聽美錯失尖叫的時機，啞然失聲。

有種被冷不防潑了盆冷水的感覺。聲音從周圍消失了。

啊，這麼說來。

聽美有玩戲劇嘛。

對了，學生的時候我去看過幾次她表演的舞臺劇。

高中戲劇社的那場表演很不錯呢——。

聽美看見他們的嘴巴這麼動著。

試著露出苦笑或自嘲的笑，卻兩者都裝不出來。擠不出聲音。

「可以吧？聽美。」

由希再一次說。

湧出和頭一次在映像管中看到 KYOKO 時一樣的心情。腳下，被看不見的沙子逐漸淹沒。

3

聽美第一次意識到她，是入學以後約三個月的時候。

時序尚未完全進入夏天，六月的走廊飄盪著悶人的溼氣。剛好是社團活動結束的時間帶。從靠走廊的窗戶，可以清楚地看見在社辦換過衣服的運動社團學生走回校舍後方停車場的景象。

她和朋友一起看著這一幕。及肩的頭髮齊整地綁成一束，插了幾根樸素的黑髮夾。模樣素淨。那個時候，一定沒有人料想得到幾年以後，她會甩動著長長的頭髮，演出化妝品的廣告。

「要是戀愛跟念書都能跟響子一樣全力以赴就好了呢。」

那天她從社團朋友那裡聽到這樣的話。

「KYOKO？」

「咦，妳不曉得響子[1]嗎？我們班的班長啊。」

戲劇社的活動地點是化學教室。實驗用的桌子可以讓幾個學生圍坐在一起，每一張都有水龍頭，因此是固定在地上的。練習經常需要大空間，然而這裡的桌子卻無法搬動或收起來。

也就是說，藤見高中的戲劇社實力只配得上這種活動空間。

1譯註：響子的日文發音即為KYOKO。

向聽美攀談的女生，愛上了這個弱小戲劇社的副社長。她說副社長被個性強悍的女社長踩在腳底下，仍努力安撫她的模樣非常可愛。

她盯著坐在前面的副社長看，半帶嘆息地接著說：

「噯，可是那也是因為那是響子，然後對象是清瀨才有辦法這樣，不過她怎麼能這麼堅強呢？好羨慕唷。」

「她是個什麼樣的人？光明正大的戀愛是什麼意思？」

「響子」還有「清瀨」這兩個名字，當時聽美都是第一次聽說。

「哦，響子非常活潑開朗，總之是個很厲害的人。她跟每個人都能處得很好，正義感也很強，可以說是『正直的人』吧。她對每個人都很好，不會差別待遇哦。——她以前是F大附中的學生會長呢。本來應該可以直升附屬高中，或是去青南那種等級的學校，而不是我們這種學校的。」

她描述響子的聲音，就像在炫耀自己一般驕傲極了。

縣內的國立中學和高中，就只有大學附校的各一所而已。能夠進附校念書，對縣內學生來說是很光榮的一件事。另一所被提到的「青南」也是。私立青南學院高中是縣內首屈一指的升學高中。

「好厲害。那她怎麼會跑來我們學校？」

聽美應和道，於是朋友的臉上綻放光芒：「沒錯！就是啊……」她把視線從副社長轉向聽美，用力點頭。

「令人不敢置信的是，她進我們學校的動機是為了追男生呢。」

「咦？那就是妳剛才說的……？」

「嗯，清瀨。半田，妳連清瀨都不曉得唷？一樣是我們班的啊。」

「不曉得。哪一個?有那麼帥嗎?」

「很帥啊，雖然不是我喜歡的型。可是就算是我喜歡的型，也沒有人動得了他。他等於是響子的人了嘛。」

朋友就像在談論自己一般侃侃而談。

「聽說他們是在補習班的夏季講習班認識的。響子坐下來的時候，遲到的清瀨接著進教室，然後她就對清瀨一見鍾情了。知道清瀨的志願學校是藤見以後，響子就跟他報考同一所。」

戲劇社今天的活動，是討論暑假結束後的比賽要表演什麼戲碼。依每個年級分成小組討論，卻變成了談天說地時間，吵得不可開交。

「真的是，」朋友裝出目瞪口呆的聲音說，「學生會長跑去念外面的學校，這種事史無前例，而且老師挽留的壓力好像也很大，可是響子卻甩開這一切，現在跟愛上的男生念同一個班級，真的好佩服唷。」

「哦?可是也有可能清瀨在途中改變志願學校，或是響子考上了，結果清瀨沒考上不是嗎?」

「她說她覺得就算這樣也沒關係。或者說，就算有這種可能性，兩個人還是一起考上了，所以才驚人不是嗎?」

討論時間結束了。輪到各小組發表想要表演的內容，還有對戲碼的意見。從聽美這些一年級生開始。剛才還嘰嘰呱呱地談論別人情史的朋友，這時卻扭扭捏捏，遲遲說不出意見來。明明是她自告奮勇要發表，說或許可以跟副社長四目相接的。

「喂，一年級的!」

有著一對鳳眼的社長一臉嚴肅地瞪向這裡。噯噯噯，別生氣嘛，社長。眼鏡副社長在旁邊安撫著。

他把溫和的臉轉向這裡微笑，結果朋友彷彿從那張笑容裡得到了勇氣，站了起來，總算仰起頭說：

「我們沒有什麼特別想要表演的。我們什麼都還不懂，所以想要聽聽學長姐的意見，然後……」

『沒意見。』

聽到這聲音，聽美好想閉上眼睛。

就這樣嗎？

聽美已經不記得這個社團朋友的臉和名字了。就在這幾個月後的一年級冬天，朋友對副社長的戀情破滅，並以此為由，離開了戲劇社。她的臉和名字，聽美都想不起來了。

社團活動結束，來到籠罩著悶熱溼氣的六月走廊。

這時聽美聽見聲音。

啊哈哈哈！笑聲輕盈。是興奮的、明亮的聲音。

「快看快看，小鈴！清瀨他們在那種地方洗臉耶！」

抬頭一看，她就在那兒。

她正和朋友一起看著換好衣服回來的運動社團學生。站在走廊上，形狀筆直的兩條腿。及肩的黑髮齊整地綁成一束。

「啊。」

社團朋友說，對聽美悄聲細語：

「那就是響子。」

「啊，清瀨！」

響子把探出窗戶的身體探得更出去揮手。那引人注意的動作，讓清瀨露出了什麼樣的表情？雖然也有些好奇，但從聽美所在的地方沒辦法看到。響子笑著把臉拉回來，對著一起的朋友其中之一說了：

「怎麼辦，小鈴，從今以後，或許清瀨就會發現我每天都在這裡看他了。」

「是呀。」

不是肯定也不是否定，以感覺不到溫度的不可思議聲音說。

聽美回頭看社團朋友，輕輕點頭走了出去，與她們一群人擦身而過時，響子注意到聽美旁邊的社團朋友。

「啊——！」

朋友的名字還是不存在於聽美的記憶之中。響子水汪汪的眼睛彷彿隨時都會喜極而泣，她彷彿要抱上去一般地抓住聽美朋友的手。據說對任何人都同等溫柔的響子。她就像對待最好的摯交那樣，嬌弱地吐出氣息。

「怎麼辦，我好開心唷！清瀨剛才看這邊，笑著對我揮手了呢。」

「真的假的！？響子，太好了！」

「嗯。」

就在這時，聽美第一次與她四目相接了。

與後來的女星「KYOKO」。

漆黑的，細長但令人感覺到光芒的眼睛。成熟的容貌。

聽美有所自覺。觀察著對方，同時不讓對方感到不愉快地扮演不同的自己的自覺。但對於這樣的聽美來說，有兩種人令她感到棘手。

一種是什麼都不想的人。面對沒有可以識破的城府、天真無邪的人，聽美會失去該如何展現自己的根據，只能茫然若失。

另一種則是相反，是能看透太多的人。

由於聽美能夠輕易在人前扮演自己，有時她也會因此對對方感到內疚。而能夠看透這種罪惡感的對象，則令她感到棘手。

無論是心機、算盤、惡意、諷刺，只要透過扮演來矇混過去，什麼都不可怕。可是才看到那雙眼睛，她就明白了她不會讓她這麼做。

當時的聽美，做出了連自己都難以置信的行動。

她主動別開視線了。也沒招呼，就像是要逃躲對方的視線一樣。

「走吧。」

響子說，然後她們一群人往走廊另一頭離去了。

4

里見紗江子指定的店，是位在中目黑[2]的一家法國餐廳。

在店前會合後，馬上就進去了。餐廳位在從馬路上樓梯後的二樓，來到櫃臺，一名侍者看見紗江子，快步趨前行禮：「歡迎光臨。」

2位於東京都目黑區，東京急行電鐵及東京地下鐵的鐵路車站周圍。

「上次多謝招待了。我預約了，我姓里見。」

紗江子語氣閒適地說，侍者一副了然於心的態度，回以滿面親熱的笑容。被帶到座位後，紗江子先問聰美：

「可以請主廚推薦上菜嗎？這裡的鹿肉很好吃，我會交代套餐裡要有鹿肉。」

「都可以。好棒唷，妳常來這家店？」

「也還好啦。跟雜誌社的人碰面的時候來過幾次而已。可是，是啊，這裡還算好吃，我滿喜歡的。聰美，喝紅酒可以嗎？」

「嗯。」

從學生時代起就從來沒有染過的漆黑頭髮與黑框眼鏡。不受流行左右的深灰色套裝，一雙穿到底的包鞋。飾品類除了簡單的戒指以外，別無他物。紗江子的形象從高中的時候就沒有變過。

女人從二十出頭到二十五左右，會有一段贅肉消失殆盡的時期。聰美也是如此，看看朋友也都是這樣。然而紗江子不管是臉頰還是下巴，線條都跟以前一樣。雖然不到胖的程度，但就是有些福態。即使穿著腰線微微打褶的套裝，還是幾乎看不出腰身。

一看就是沒嘗過男人滋味的身體。

是誰在背地裡這樣說她的？是什麼時候聽到的？

可是比起這樣說的誰，聰美對紗江子更有好感。里見紗江子投入有興趣的領域，憑著一股熱情做出結果來。生氣勃勃地從事喜歡的工作的她，有著輕佻地裝飾自我、卻總是在尋找依靠的女人所沒有的內涵。一言以蔽之，那就近似於生產性。跟什麼都無法創造、應付一時的流行或思考是兩個極端。

就是因為害怕她擁有的這些，「她們」才會把紗江子拿來當成攻訐的對象。

紗江子從前來的侍者手中接過熱毛巾，把同時遞過來的菜單翻也不翻直接還回去。不看內容就點了主廚推薦套餐和紅酒的牌子，也不忘像個熟客與侍者親密地寒暄一兩句。「這裡超好吃的。」明明剛才說還好，然而在侍者面前，卻刻意向聽美這樣稱讚。侍者恭恭敬敬地行禮說：「多謝誇獎。」

「上次我不能去同學會，好可惜。很熱鬧嗎？」

「老實說不太熱鬧。這是第一次在東京辦，結果留在故鄉的人來參加的不多。」

點了紅酒和料理的紗江子表情雖然開朗熱情，卻只「嗯」了一聲，口氣心不在焉。

「好像是這樣呢。我從阿修那裡聽到大概的情況了。」

她盯著杯中的水，吁了一口氣。

「不過真對不起，聽美，阿修那傢伙居然塞了個怪差事給妳。如果妳不願意，推掉也可以的。那傢伙從以前就是那樣，沒救了。」

「真崎還是老樣子，很好玩啊。」

聽美內心苦笑，但裝出平靜的聲音應道，結果紗江子吃不消地笑道：「妳人太好了啦。」聽美搖搖頭。

「我只是說出我的感想呀。」

聽美微笑，拿起杯子喝水。

同學會幾天後，聽美用冷靜下來的腦袋一邊鬆了口氣，一邊重新思量。

雖說沒能及時反駁，可是真心為那種事煩惱，也未免太可笑了。大家都醉了。要怎麼把岩戶裡面的 KYOKO 叫出來？那個提議只是玩笑，大家一定早就忘了這回事。肯定是的，然而我卻把它當真，為此心煩意亂，簡直愚蠢。

總算找回平靜的聰美，卻緊接著接到了電話。是紗江子打來的。

『不好意思，我從阿修那裡聽到妳的電話號碼跟上次的事了。如果要見KYOKO的話，我可以安排時間跟地點，我們要不要見個面？』

電話另一頭傳來抱歉的嘆息。

『對不起唷，阿修這樣強人所難……』

「阿修人是很有趣，可是很麻煩，而且有時候精得很。嗳，在大家面前，他其實是有點勉強在假裝吧。安安分分，努力擺出給外人看的臉孔。」

「咦，是這樣嗎？如果他那好玩的樣子是裝出來的，我會覺得有點寂寥呢。還是說在紗江子跟貴惠面前，真崎也可以放心表現自己，所以跟和大家在一起的時候比起來，感覺也不太一樣？」

「或許是有一點吧。可是阿修那人骨子裡黑得很。我覺得他有很多地方連對貴惠都有所保留。」

紗江子語帶玄機地說。明明應該不是在找什麼，她的眼睛卻在店裡巡視著，在談這些的時候，一次也沒有正眼注視過聰美。

從以前就和紗江子很要好的真崎和貴惠。現在已經分手的情侶擋。這麼說來，上次聚會的時候，他們兩個就被周圍的人挖苦了：不要事到如今又搞什麼外遇呀。

聰美會喜歡紗江子，是因為欣賞她對工作的態度，更重要的是她的潔癖。重視興趣與工作，討厭多餘的化妝與華美。雖然會護著兒時玩伴貴惠，但對於除此之外的女生，紗江子從以前就有點隔岸觀火。

『因為女生不是都會黏在一起嗎？』

剛出社會後舉辦的同學會上，有一次不曉得在聊什麼的時候，聽美聽到紗江子這麼說。輕蔑地，同時又像在誇耀自己絕不會那樣地傲然挺胸。

如果是在高中、正值那期間的時候，這是絕對不被容許的發言吧。就連聽美聽了可能也要反駁。聽美應該會嘲笑：「紗江子不是**不跟別人**黏在一起，只是**沒人要**跟妳黏在一起而已吧？」

可是現在她已經能夠坦然地聽到這話了。紗江子靠著這樣的態度成功了，現在也依然在戰鬥。看在潔癖得耀眼的紗江子眼中，她的好友們的關係是什麼樣子？分手後仍滿不在乎地碰面，爽朗地對旁人的擔憂一笑置之。「我們不是那樣啦，我們真的什麼都沒有，大家幹嘛亂猜嘛？你們真好笑。」

貴惠像個少女般笑著。

聽美絕非完全相信了這種健全的情節。從紗江子這樣的口氣聽來，他們兩個或許似乎還是有些什麼。

紅酒送上來，倒進杯裡後，「那麼乾杯吧。」紗江子微笑說。

「被扯進莫名其妙的請託，我們兩個還真是倒楣。不過也因為這樣，今天才能跟聽美吃飯，所以也不全是壞事啦。」

「哎呀，真榮幸。我也很想聽聽妳工作上的事。電影業界一定很多彩多姿吧。」

「也沒有外人想像的那樣啦。經常得忙到廢寢忘食，也知道身體都在哀嚎撐不下去了。常常胃痛，而且睡眠不足，腳跟臉成天浮腫。妳現在是在做什麼去了？」

「小職員。說好聽點是粉領族，不過只是家小公司。」

聽美答著，感覺套著絲襪的腳好似被無數條尖細的電流撫過表面。儘管坐立難安，卻也無可奈何。應該也不是拿來跟自己的境遇相比較，但紗江子「哦」了一聲，好像已經失去了興趣。

這種時候，重要的是不要表現得過度謙卑。我是主動選擇要在這裡的。聽美想要表現出這種態度。

就這樣，聽美的工作沒有再成為話題，對話幾乎都是關於紗江子的工作，然後進入今天的正題KYOKO。

「KYOKO小姐真的願意見我嗎？」

「她意外地行動力很強，對人也不是防得那麼嚴。就算是藝人，畢竟也是活生生的人嘛。尤其KYOKO的事務所很小，能捧的就只有她一個。」

「是嗎？」

「嗯。」

聽美叉起一塊充滿香草和胡椒味的魚料理送進嘴裡。前菜量很多，她已經覺得飽了。或許沒辦法把主菜的鹿肉吃完。聽美這麼想著，對面的紗江子卻靈巧地分切好魚肉，逐步掃光。

「可能是沒想到KYOKO能那樣走紅吧。KYOKO剛受到矚目的時候，好像也有很多大型事務所來挖角，可是KYOKO好像拒絕了。她真的是沒有欲望。」

「這樣啊。」

聽美驚訝地點點頭。沒有欲望。這話似乎卡在了側腹部，令人耿耿於懷。不知為何，她覺得把食物塞到吃撐的自己顯得滑稽。身材苗條的KYOKO，還有媒體上看到的其他女星和模特兒的站姿。

現在是狼吞虎嚥的時候嗎？

紗江子絲毫不介意聽美的進食速度，不在乎到了令人憎恨的地步。她一眨眼就掃光了魚，用送上來的麵包抹拭盤上的醬料。

「因為是小地方，所以事務所有時候也會用酬勞來決定要不要接工作。所以喏，她現在連那種地方銀行廣告的爛案子也接。啊。」

紗江子驚覺似地表情凝固，然後微笑看聽美。

「我失言了。可以替我向島津保密嗎？」

「沒問題。」

聽美也微笑答應。

在上次的同學會感覺格格不入，無法完全融入的故鄉組與都會組的同伴意識與共犯關係。可是對於像這樣和紗江子處在一起，聽美一點兒都不覺得哪裡不好。

「話說回來，聽美，妳還是一樣，真的好漂亮呢。從這個意義來說，不能去同學會真的好可惜哦。不管是由希還是貴惠，見到我們班上可愛的老同學，真的很讓人賞心悅目嘛。」

「對老同學就不必說客套話了啦。」

聽美搖搖頭，委婉地責怪說。

「女星和模特兒妳才是看到都膩了吧？而且電影業界的人都落落大方，時髦洗練。妳當然也是其中之一。」

聽起來像是赤裸裸的客套話，但也不全然是謊言。比起全身穿戴得琳瑯滿目，紗江子那俐落的套裝打扮反倒顯得清爽自在。臉龐和身材也都是老樣子，沒有任何努力保養的跡象，但姿勢和舉止都比以前要自信太多了。

「我？別說笑啦。」

紗江子大力揮手，誇張得令人看了暢快。
「真的，沒人把我當女人看，而且可愛的女孩真的很讓我憧憬呀。我不行的。──欸，聰美，妳知道每次同學會後，男生都很介意妳是不是還一個人呢。妳要小心唷。特別是阿修。」
「妳說真崎？」
「對。我覺得他這次會拜託妳這種事，背地裡很有可能是在打什麼算盤。」
「對我？應該不會吧。我看過他太太的照片，是個大美女耶。」
「哦，妳說他老婆唷？」
紗江子沒意思地板起了臉孔。那副表情實在滑稽，讓聰美笑了。
「妳那是什麼口氣嘛？」
「因為那傢伙絕對是只根據帶不帶得出去這個條件挑老婆的嘛。他就是愛面子。比起他老婆，我比較喜歡貴惠。」
聽著她的聲音，聰美隔了好幾年，想起學生時代不止一次對紗江子感覺到的異樣感。
真的好可愛，好好唷。
紗江子稱讚的對象，不是閨密的貴惠就是聰美，要不然就是由希，有時候是剛才提到的KYOKO。與是不是一般標準的美女無關，她總是無條件地稱讚女生。
這樣評論紗江子的是誰呢？一看就是沒嘗過男人滋味的身體。
高中的時候，有個針對紗江子的不負責任傳聞。紗江子是不是喜歡女生？她喜歡的是不是貴惠？衝到甩了手帕交的真崎修家去揍人的學生時代。
紗江子動輒稱讚同性。她把她們視為與自己不同種類的、會化妝的可愛生物。她是在憧憬嗎？可是她又絕對不會把自己打扮成相同的樣子。

「聽說以前好像是展場小姐還是什麼吧。女星跟模特兒也是，拿外貌當武器的人，有種特出的『與眾不同』的氣質。怎麼說，素材、骨骼就是不一樣。可是現實中的美女並不是那樣的吧？看的時候的標準會不一樣。」

「那 KYOKO 呢？」

如果說貴惠是現實中的美女，那麼高中時代教室裡的 KYOKO，也是共度不折不扣現實的人之一。而紗江子也見過變成女星之後的她。

紗江子沉默了半晌，拿起膝上的餐巾擦了擦嘴。毫不客氣地搽在沒搽口紅的嘴脣上。她回答了：

「老實說，現在的她已經有那種氣勢了。以前感覺不到，可是或許她從以前就有那種素材和骨骼了。」

「這樣。」

聽美應著，拚命嚥下湧到喉邊的問題。

那我呢？**紗江子，我的骨骼怎麼樣**？

我想要什麼樣的回答？我在期待什麼？我在害怕嗎？她會怎麼回答？聽美急忙甩開這些想像，含了口紅酒吞下。

紗江子說好會讓兩人在下個月的電影試映會後的宴會上見面。紗江子的公司代理的片子裡，有部片子 KYOKO 雖然不是主演，但演出了主要角色。

「我會先傳電郵給她，告訴她妳會去。這次 KYOKO 不是主角，宴會基本上也是人來來去去，就算聊得久一點，應該也沒關係吧。如果她看起來不是很沉著，不是可以跟她提起清瀨的樣子，就再另外想辦法吧。」

「好，謝謝妳了。——可是總覺得緊張起來了呢。」

「像以前那樣去見她就行了吧？雖然已經有女星的架勢了，可是如果旁人都因此嚇到不敢靠近，KYOKO 一定也會很寂寞的。她會開心的啦。」

「這樣。」

「我最後遇到她，是今年春天的時候。」

紗江子說是在工作出席某個音樂劇的公關席上看到 KYOKO。KYOKO 深深地戴著帽子，戴了副眼鏡，化著淡妝，完全是私人打扮。

「就好像過年去夏威夷度假回來的藝人。」紗江子用了這樣的形容。

「感覺完全是去觀摩演技的。她那種專注的個性一點都沒變呢。雖然跟在場的其他人打招呼了，但也不會跟他們膩在一起。我也問候她了，她態度很普通。我們問到彼此最近有沒有跟誰連絡之類的，常有的老同學對話。」

「沒來參加同學會，她卻有連絡的對象嗎？」

聰美認定不可能有，只是順口這麼接話，沒想到紗江子點了點頭。

「好像有。我也嚇了一跳。」

一時之間，聰美反應不過來。因為已經去了登峰造極之處，所以瞧不起以前的同學了；要不然就是跟清瀨陽平等苦澀的回憶一起統統封印起來了——聰美一直以為不是前者，就是後者。

「我們班的嗎？」

「淺井鈴子。」

紗江子斟了新的紅酒，聳了聳肩。聽到這名字，聰美驚訝地眨眼。

想起來了。當時的教室。為了看到清瀨而歡欣大叫的響子一群人。當時淺井鈴子也在那裡面。

可是那個女生沒有一起畢業。她讀到一半就轉學了。

「……好懷念。」

她不知道這樣呢喃的感想是不是妥當。不過這是聰美坦白的感想。

原來KYOKO跟那個女生還有連絡嗎？她們還在見面嗎？可是為什麼？明明連學年還是班級同學會都沒來露臉。

而且，淺井鈴子可是……。

「聽說淺井現在在新潟當家庭主婦，已經是兩個孩子的媽了。KYOKO說拍電影去到那附近時，淺井跟她老公帶她去了一家很好吃的壽司店。我也忍不住問她淺井好嗎？可是這也理所當然吧，都已經過了那麼久了。」

——明明發生過那種事。

聰美知道，知道紗江子意識性地嚥下去的話是什麼。可是既然紗江子不說出口，聰美也不得不噤聲。畢竟，她們都已經是大人了。

她只是嘆息似地說：

「她過得好就好。」

「嗯。」

紗江子也點點頭。

有著穩固地基的紗江子，也有著足夠去如此贊同的餘裕吧。再次叮囑似地，她喃喃道：

「她遭遇過的事情不會消失。可是太好了，如果她能夠忘記，並得到幸福的話。」

然後順帶似地，她為陶醉在感傷中的自己感到羞恥似地添了句：

「這是多管閒事吧。都已經過了十年了嘛。」

剩下一半的主菜和甜點被收走，等待結帳的時候，聽美忽然感到好奇，忍不住興起這麼問的念頭：

「上次的同學會結束後，真崎送貴惠回去了嗎？」

因為聽美想起貴惠介意著電車班次時間，說她本來要去紗江子家過夜的。而真崎是開著他引以為傲的叫什麼的義大利名車去的。如果開車就等於酒後駕駛了，後來他怎麼了呢？

『別這樣說，就跟我一起找家飯店住下來吧，貴惠。』

想要問出紗江子知道的祕密——這種如小棘般幽微的欲望冒出頭來。

「啊，不可能。阿修隔天在都內也有事，所以貴惠應該一個人回去了。」

紗江子的應聲實在是太乾脆而平淡了，聽不出那是否是包庇摯友的謊言。

「真崎是去處理工作的事？」

「不曉得。可能是工作，也可能只是去玩。他那個人很隨便。」

紗江子又用吃不消似的沒興趣口氣說。

離開餐廳回到車站後，紗江子說：「我還要回公司。」招了計程車便離開了。雖然電車還有班次，但她說公司在換車很麻煩的地點。或許她是奢侈慣了。

今天的聚餐是各付各的，價錢跟聽美平常吃飯的價位差了一位數。待在故鄉的學生時代不必說，上東京以後雖然跟交往又分手的幾個男人吃過幾次飯，但也從來沒有吃過這種價錢。

離公司和聽美家還有紗江子家都很遠的餐廳。親熱地與熟客的紗江子搭話，但又恭敬地行禮的侍者。

紗江子常去的店有多少家？

如果只有交通不便的這一家店記得紗江子的臉，而紗江子想要炫耀自己的常客身分，才邀聽美來這裡的話。

想到這裡，聽美差點笑了出來。啊，我醉了。剛才明明還在想，要是紗江子的話，跟她成為共犯也可以，現在卻害怕被她瞧不起。

從離家最近的車站走回住處的路上，溼暖的風讓人聯想到路煞和色狼，讓她加快了腳步。

氣喘吁吁地打開房間門，鎖上後才總算鬆了一口氣。她有股想要把今天吃的料理和紅酒全部吐出來的衝動，覺得吐出來才是對的。

可是聽美辦不到。即使面對洗臉臺，湧上咽喉的也只有胃液，魚肉鹿肉還有紅酒，全都確實地滲入她的脂肪和骨骼裡了。這，已無可遏止。

5

那天晚上聽美做了夢。

聽美坐在家中客廳看電視。電視機裡播的是她們高中時代的教室。穿著那身制服。穿著學校指定的鬆緊帶很緊的長襪。座位安排也和那時候一樣。即使自以為遺忘了，這種時候還是會忽然在腦中復甦。全部，記得一清二楚。

這樣下去不行，她想。會開始的。聰美尋找遙控器，想要轉臺。她完全有這是夢的自覺。按下開關轉臺，就意味著醒來。可是卻找不到遙控器。

不出所料，畫面中出現了KYOKO。

穿著打扮就和過去一樣，飾演的卻是現在的女星KYOKO。

那個女生被叫作「小鈴」。

是響子最先這麼叫的。

欸，大家來跟我一起玩吧。

電視裡的響子慢慢地轉頭呼喚。其中一個人走近她的身邊。

小鈴，跟我同一組吧。坐在我旁邊吧。

電視裡的響子變成特寫。小鈴沒有回答。她只是默默地，定定地注視著響子。

加入那裡面吧。進去吧。

彷彿伸手可及的、映像管的另一頭。以前雖然是遠遠地旁觀，但現在或許加入也可以。可是那個時候的聰美認為，要加入其中簡直是瘋狂之舉。

因為如此吧。明明是自己的夢，我卻是局外人。儘管那裡毫無疑問是我度過時光的教室。

小鈴是響子最中意的朋友。

遙控器在哪裡？想要關掉畫面。

映像管扭曲了。

時間扭曲成一團，然後開始倒轉。教室正面的時鐘指針不停地倒轉，指在某件事上，停了下來。

慘叫聲響起。

『淺井！』

畫面變了。

欸，小鈴，妳知道學校的鬼故事嗎？

熟悉的，體育館。拉上了窗簾的黑暗地板正中央，響子等人就像在進行什麼儀式似地圍圈而坐。

坐在中央的是她。

學校的鬼故事。

漫長暑假的開始。

在某一所小學，有個女生進去體育器材室的時候，不小心被上了鎖。那是第一學期結業典禮的放學後，對她來說，那是漫長暑假的開始。

第二學期。

體育器材室裡發現了一具乾枯的木乃伊。體育器材室的內牆布滿了無數血淋淋的爪痕。被發現的少女木乃伊，每一根指甲都搖搖欲墜，幾乎剝落。

如剪影般看不見表情的響子笑了。

可怕嗎？可怕嗎？小鈴，很可怕吧？

這是真實發生的事嗎？還是虛構的故事？響子真的說過這樣的鬼故事嗎？還是沒有？畫面不知不覺間只剩下響子一個人。跟班的少女們全都不見蹤影。畫面沿著響子的視線移動。體育館的器材室、處處傷痕的老舊門扉。她的眼睛捕捉到它的同時，聲音響起。

咚咚，微弱的敲門聲。

響子盯著門，嘴角泛笑。

『……開門。』

電視機的頻道依舊。

轉暗。

場景再次回到教室。

蒼白、顫抖的淺井鈴子。

她的制服比平常更漆黑，就像溼亮的烏鴉羽毛。溼溼的。頭髮滴著水。和校園鬼故事裡提到的暑假不同，那是冬衣的季節。

欸。

蹙起眉，瞇起眼，對身邊的誰呢喃的聲音。看不見臉。只有嘲笑般的聲音。

妳的指甲還在嗎？

找不到遙控器，節目不結束，聽美束手無策。她一直忘了這件事，而這個節目結束後，下一瞬間自己一定又會再次忘個精光吧。可是她就站在那裡。所以無法移開視線。

飾演角色的是現在的她。

KYOKO 站在畫面角落。一臉駭然，彷彿看到什麼難以置信的東西似地，凝視著全身溼答答的淺井鈴子。那愕然的眼神傳達了她精湛的演技、完美的輕蔑與憎恨。只有她熟悉這樣的舞臺。聽美不屬於那裡。

我的骨骼呢？

聽美對著畫面問。

為什麼我不在那裡面？因為我不是當事人。

就在下一瞬間，聽美看見電視裡的 KYOKO 手中的東西，發出尖厲的慘叫。

她手中握著電視機的遙控器。

求求妳，把它還給我！

聽美叫喊，但聲音被電視機的表面反彈回來。要關掉它、讓節目結束的人是我。KYOKO望向自己的手中。會被發現。啊！聽美叫出聲來，同時事情發生了。

轉暗。

黑暗造訪，聽美因而醒來。

6

特種行業比較適合我吧——聽美這麼想過幾次。

如果只論最要求能夠展現營業笑容這一點，至少對聽美來說或許是天職。不管是再怎麼討厭的對象，她都能溫柔地微笑，耐性十足地聆聽對方說話。

這個月的帳冊輸入作業只差一點就結束的時候，有人敲門，客戶進來了。沒辦法把做到一半的工作盡速解決的煩躁讓她在內心咂舌，同時起身引領客人到接待區。在隔板另一頭用老舊的熱水壺倒茶時，倒熱水的聲音含著空氣，噗咻噗咻地吵死人了。剛開始的時候，她覺得被客人聽見這聲音真是丟臉，但現在她甚至已經不放在心上了。

請用——做完女人在職場被要求的工作後，她回到座位上。聽說有些粉領族主張這是舊時代的陋習，倒茶工作應該要男女平等，聽美實在不懂那些女人在想什麼。這種工作不必動腦，而且也算在薪水裡面，不是很好嗎？

回到座位，輸入作業告一段落後，她覺得自己剛才為這麼簡單的工作被打斷而生氣真是不可思議；可是開始著手處理其他工作時看見客人起身，她又不耐煩起來。如果端出去的茶杯收拾得太晚，會變成聽美的責任，讓上司留下壞印象。

起身的時候看到進藤。是，所以那是……。右肩夾著話筒，敲打著電腦鍵盤的模樣，完全就是正值盛年的三十多歲男子。看得出即使忙碌，他也在這份工作裡感覺到意義。

為了抓穩話筒，左手修長的手指扶了上去。無名指上，金色的戒指綻放光芒。

即使到了午休時間，可能是昨晚的法式大餐作祟，聰美幾乎沒有食欲。她只拿了飲料走上屋頂，晴天的都會天空，顏色就好像聰美的制服。適度地淡，近白的水藍。她知道另一個相似的顏色。是只有在住家附近的超市才看得到的，稀少品牌的優格包裝，也是這個顏色。

告知時限的聲音作響著。

考上正職員工，進入小型印刷廠工作已經快五年了。

這是一家如果特定的幾家企業不再發包傳單印刷案就會倒掉的小公司。她原本不打算久待的。打資料、倒茶、更換影印紙，只要生活過得去就行了。可是這也差不多到了極限了。經常與其他男職員等量加班的工作，同樣地用腦、必須犧牲個人時間的工作，現在已經一點一滴地入侵了。

必須在被它完全攫住之前離開這裡才行。

把下巴擱上屋頂的扶手，想起小學的體育課。油漆強烈的氣味刺激了單槓的回憶。

聰美大概沒辦法真正投入這裡的工作吧。她沒有一輩子老死在這裡的覺悟，也因為進公司以來一直是半吊子心態，她完全沒有學習業務的意願。

——如果有什麼不懂的地方儘管問我。

比她早三年進公司的前輩進藤雖然不是所謂的美男子，卻有著一張誠實的面孔，就彷彿反映出他坦率正直的個性。不修邊幅的眉毛、非名牌的西裝，如果把這些當成全心投入工作的結果，也完全不會有不好的印象，反而令人萌生好感。實際上他非常細心周到，他關心職場氛圍的態度，不論是上司還是客戶都給予高度肯定。

他歡迎後輩聰美進公司，常帶她去吃飯，當聰美碰上問題時，即使不是跟他直接有關的事，也會一起留下來幫忙處理。

——前輩沒有女朋友嗎？

那個時候進藤單身，聰美試探地問。他面露苦笑，打馬虎眼似地笑道：「沒有人要我啊。」

聰美從以前就常被身邊的人誇說是美女，所以她對自己很有自信。實際上進藤也都對別人誇聰美是「漂亮的新人」。聰美很開心。公司裡面還有好幾個與她年紀相仿的女員工，但老實說，她不認為她們夠資格跟她比較。

或許哪一天跟進藤交往也不壞。聰美這麼自以為是，然而她的傲慢卻在兩年前被粉碎了。

進藤跟比聰美早一年進公司的女職員結婚了。樸素、平凡到家的女人。她就像要甩下聰美似地，一結婚就離職不見了。小公司裡的事，全體員工就像一家人似地祝福著他們，只有聰美獨自茫然若失。難以置信，他怎麼會選了那麼無聊的女人？聰美這才發現，原來自己比想像中的更被進藤深深吸引。

難道進藤是把聰美當成了高不可攀的女人嗎？他一而再、再而三地對聰美說：「妳真的是個大美女嘛。」

現在是不是還來得及挽回？只要開口，他一定也會有那個意思的。才剛這麼想，他的妻子就有了喜訊。就像一步步爬上階梯般，健全地逐步打造出一個完美的家庭。一個好丈夫、好父親。整臉笑成一團描述孩子有多可愛的他，根本找不到半點可乘之機了。他徹頭徹尾是那麼樣地正直誠實，正因為如此，聰美得不到他。

只有言詞上對容貌的稱讚，一點用處也沒有。那麼進藤期待的就只有聰美對工作的熱忱。職場上重要的夥伴。要獲得這樣的肯定，去愛這個地方、在工作上有所表現，是絕對必要的條件。

正因為從沒打算一直待在這裡，事到如今也無法修正價值觀了。

時限逼近的聲音作響著。

聰美已經非離開這裡不可了。而且家庭式的職場環境所期望的、所祝福的離開形式只有一種。留在F縣工作的老同學經常埋怨職場的鄉下作風，但其實這跟地方沒有關係。一個集團的作風，是由規模大小和組成的人的個性所構成的，所以到哪裡都是一樣的。結婚離職這樣的理由會圓滿地受到歡迎，哪裡都是一樣的。

我先走一步了——進藤的妻子微笑的那張臉。

抬頭一看，淡泊的天空掛著黃白色的太陽。好刺眼，無法逼視。聽到鈴響，聰美垂下頭，走下樓梯前往空氣糟糕的事務所。

7

去見KYOKO的宴會在這個月底。

在連結公司與自家的直線中間，平常的車站下車。在車站大樓裡的果汁站，今天也買了蔬菜綜合果汁。這是聰美上東京以後，五年來每一天的晚餐。聰美喝著，走在熟悉的幽暗道路上。

建在骯髒河畔的永政大學的別館延伸出來的光，今天也飄浮在漆黑的水中。

聰美所屬的劇團「常盤會」，原本是這家私立大學的文學系副教授所成立的。常盤會不是只看心情和興致來活動，而是嚴肅地鑽研文學，將所傾倒的戲曲和思想系文學作品劇情幾乎原封不動，全靠演出方式來表現。排除娛樂性，追求演員的演技、聲音和身體性的獨特舞臺演出，以硬派作風獲得了相當高的肯定。

而這些也成了團長兼導演的常盤英人的特徵與評價。

聽美從學生時代就很喜歡這裡的舞臺表演。

如果自己的心裡有一本辭典，在裡面翻查「學生戲劇」這個詞，一定會這麼寫著：

『得過且過。沒有才華的人彼此摧殘，有時候連有才華的人都加以摧毀，無可救藥的地方。』

她不認為所有的學生劇團都是這樣的，可是聽美以前待的地方就是如此。每個人都自認與眾不同、是特別的，彼此批判，對於有任何一點「真貨」味道的人，就澈底地閉上眼睛，不去承認。

高中的戲劇社則是拘束極了。

演戲很有趣，但必須彼此客套退讓，那種感覺教人受不了。

而那樣的枷鎖解除，獲得自由的故鄉大學的戲劇社團裡，每個人都拚命地表達意見，莫衷一是地批判現代戲劇場景或是電影、電視劇有多麼俗不可耐。與之同調，和他們談論是很爽快。深信自己參與製作的事物是沒有雜質而純粹的，為此酩酊，深自陶醉。正因為沒有人打亂步調或特別突出，才得以維持下去的一個團體。而且恐怕是那裡現在仍延續的一個團體。

想要挑戰新東西的人、不肯同調的人會被狠狠地排除出去的、時間停滯的地方。那裡完全就是「學生劇團」的不良範本。聽美想要當個演員。無論周圍的人是什麼樣的人，只要站上舞臺，完成自己的角色，她就能獲得充實。

聽美自己也不了解為何她需要如此。她自認原本就不是個想要主動引人注意的人。對於那些為了引人注意、獲得讚賞而汲汲營營的人，說起來她也一直是冷眼相待的，然而為何自己會如此拘泥於戲劇？可是，她已無法抗衡。

幼時父母帶她去的當地市民館。連名字都不曉得的劇團演出的普通舞臺劇，卻令她激昂、亢奮。人竟能像那樣發聲、像那樣扭曲臉孔。那個地方究竟是什麼？

聰美的願望很簡單。她單純地被它所驅動，一路走到這裡。

只要能夠身為演員就好了，卻找不到能從心底託付自己的導師，令她難受。這些人全都只有一張嘴皮子，淨說些牛頭不對馬嘴的事。聰美覺得厭煩，但她自己也被「我與眾不同」的自負與自信給囚禁了。那個時候，以某種意義來說，或許是一段自我中毒般的幸福時光。

就在這個時候，她看到了「常盤會」的舞臺。

「請多指教。」

換上練習服進入房間一看，在裡面對著幾名演員而立的常盤正板著一張臉。他看也不看聰美，只說了句：「好慢。」

「對不起。」

演員什麼都不必知道。腳本、對舞臺的詮釋，全都在常盤一個人的腦子裡，只要他來回答就行了。演員猜想著他不會明說的詮釋，努力貼近自己的角色和作品。

常盤的練習非常嚴格。

尚未決定要飾演哪一個角色的時候，就指示演員在短期間內把書中所有的臺詞全部背起來。有時候好不容易努力把女角的臺詞背起來了，卻意想不到地被分配到男性角色，茫然無主。

通過「常盤會」的試鏡時，聽美喜極而泣，不顧父母的反對來到東京，然後再尋找就職地點。唯一的條件是必須靠近練習場，工作內容和僱用條件她都不要求，只要能得到足堪生活的收入就夠了。

她沒有告訴學生時代的戲劇夥伴這件事。她把它當成小小的復仇。被自我的想法過分束縛的他們，除了有交情的朋友外，根本不會去看別人的舞臺表演。可是總有一天，讓他們在某處看到自己就行了；看到她，沉痛地感到只有聽美一個人出淤泥而不染，再來奉承她就行了。

「不懂的話，也沒關係。基本上不管是對情節的想法還是我個人的詮釋，我都不打算將它們前景化。」

常盤以冷漠的聲音說。不是聽美的登場部分。可是自己也曾被以相同的口氣訓過好幾次。他瞪住呆立原地的演員。

「可是不要在那裡不懂裝懂。」

這裡基本上不會招募團員。聽美的情況很幸運。碰巧有個女團員離開，那一年少了一名團員。而她入團以後，就沒有人退團，也沒有人加入，劇團成員再次固定下來。

當時她想在都內演戲而尋找網站，到處都是「只要有興趣，歡迎任何人加入」、「和我們一起打造出好作品吧」這類熱情的宣傳詞。活動條件也是「基本為週日練習」、「一星期三次」這種程度。

可是「常盤會」不一樣。招募傳單上只寫著「平日晚間七點以後可以練習的人，週末、假日也能參加練習的人」。

「下一個，半田。」

「是！」

她很久沒有請假了，而昨天因為跟紗江子吃飯，請了假沒來練習。常盤幾乎不會把感情表現在臉上，所以聰美看不出這件事究竟讓他有多不高興。但是聰美沒說理由就請假，他不可能覺得舒服。導演心中已經決定好的角色分配。可是這並未明示出來，演員們只是為了讓他進行確認，糊里糊塗地唸出臺詞表演。

這次的戲碼是索福克勒斯的《伊底帕斯王》。

就算要演希臘悲劇，這選擇也未免古典過頭了吧？連我自己都覺得好笑，但我們就來試試吧！常盤這麼說，團員們都笑著應道：「是啊。」但聰美內心完全無法苟同。因為，什麼伊底帕斯王的她根本沒讀過。她對文學的知識近乎白紙，這五年來卻只能不斷地裝懂，拚命地追逐臺詞。她已經漸漸到了那個年紀，能夠自覺到自己並未聰明到能有什麼哲學或主張。

挺起胸膛，打直腰桿。從以前開始，她唯一自我要求的就只有身體要筆直站立。拉開嗓門，說出指定部分的第一節。

——你們正在祈禱！為了實現祈禱，你們必須仔細聆聽，並遵守我接下來的交代，以應付災厄。

聰美在另一個房間換衣服時，一個女前輩向她搭訕了。

「怎麼了？出了什麼事嗎？」

聰美吃了一驚，把脫到一半的練習服毫無意義地掩到胸前。只要停止練習，下了舞臺，聰美在這裡也能擺出笑容。她反問：

「什麼怎麼了？」

沒有飾演角色的時候，扮演的負擔卻更加沉重，這難道就沒法子可想嗎？對方笑也不笑，用欠缺表情的眼神應道：「沒什麼，」

「因為我看妳表情很僵硬。好像一口氣老了好幾歲。怎麼，是跟男人吵架了嗎？」

每天見面，這或許是當然的，但這個前輩的口氣一點也不親切。一副別人怎麼想她她都沒興趣的態度。可以失去的東西越來越少，光是這樣就能讓人變強。直到幾年前，這個前輩還在跟有婦之夫的常盤交往，把時間和金錢奉獻在他和「常盤會」的活動，而分手之後依然繼續待在這裡。

她搔搔膚色白皙、雀斑散布的臉頰。無視於練習場的禁菸規則，拿空罐當菸灰缸吞雲吐霧。

「沒那回事。辛苦了，我先回去了。」

聰美行禮，垂著頭離開大學建築物。

走了一會兒，等到感受得到腳邊河川鮮濃的泥土味和青草香後，她才總算能夠抬頭。時間勉強還停留在這一天的十一點五十分。看到擦身而過的女人薄薄的大衣衣襬下露出好幾層輕薄搖曳布料的晚禮服裙子，再看到高高的鞋跟，她心想：噢，要去店裡上班吧。

轉行投入特種行業，這她今後大概也辦不到吧。那或許賺得快，也適合自己，但只要必須排演練戲，就絕對沒辦法。

寬廣的河面浮著幾艘小船。船頭亮著微弱的燈，有人正在享受夜晚。

究竟是哪裡不一樣？她想。

相信常盤，追隨著他，聰美並不後悔這個選擇。實際上三年前開始，她也開始站上舞臺表演了。常盤的戲劇評價很高。可是那又怎麼樣？

這在小劇場界是理所當然的情形，常盤沒辦法付薪水給演員，聰美還得付會費參加。除了一部分的業界人士，了解舞臺演員狀況的一般人只有極少數。常盤英人的名字也是，學生時代的聰美把他當成全世界最尊敬的明星，但對自己的父母和故鄉的朋友來說，只有能上電視和雜誌的人才叫作明星。

要站上大舞臺，而常盤是帶領她前往的人。聽美如此期待，照著他說的演戲。而她自己也不斷地摸索。

到底是哪裡不一樣？

KYOKO與自己，到底是哪裡不一樣？

望著河水，以及它反射出來的斑駁燈火，繼續走著。雖然方向跟車站相反，但她想走跟平常不一樣的路線回家。

為什麼我們同學會的話題永遠都只有KYOKO？

因為只有她才是特別突出的名人？

所以她才會這樣說嗎？那種工作也沒什麼了不起，大家不都一樣是F縣人嗎？這麼說來，學生時代的她……云云。

現在雖然還沒有，但如果雜誌爆出她的緋聞，酒席上一定又會拿緋聞當下酒菜，熱鬧一番吧。嘲笑不幸，就連幸福也嗤之以鼻，視若敝屣。

我有權利在那裡跟大家一樣嘲笑KYOKO。可是擁有那種權利，令人不愉快到了幾乎想哭的地步。

我跟那裡那些只會看電視的傢伙不一樣。

可是同學會後，聽美被男同學們打聽她是否還沒有男朋友。她被視為垂手可得、是他們日常生活範圍內觸手可及的對象。這等於是被歸類在與平凡主婦的貴惠相同的等級。

眼前出現一座橋。在都會，即使是深夜也會有自行車經過。車鈴發出輕亮的「叮鈴鈴」聲，她停下腳步。

她一陣難受，仰望天空。自行車從旁邊騎過。風通過時，她心想了。

我跟那些沒有生產性、毫不努力的人不一樣。我了解的，是KYOKO那邊的世界。

我參加試鏡。我有想要實現的目標。某天突然出現在電視上，讓同學們大吃一驚，應該是我的特權才對。她是什麼時候努力的？——令他們如此驚呼，在他們面前華麗登場的，應該是我。

所以我沒有告訴任何人。

過橋途中，聰美把臉從欄杆探向水面。反射出路燈和粗俗招牌的霓虹燈光的河川，卻連如此接近的聰美的臉都映照不出來。河面依舊一片黑，黑得就像要吞沒她、吸入她。

聰美做了個深呼吸，在原處待了半晌。儘管腦中思潮起伏，自己的表情和心都意外地平靜。她知道為什麼。因為她再也沒有讓激情充斥心胸、大肆狂舞的體力和精神力了。自己的年輕，在叛逆驅使下出奔故鄉，加入「常盤會」的那個時候，就已經是頂點了。

這些傢伙都沒有明星相。沒有明星相。有明星相的只有我一個。

再也回不到這麼想的那個時候了。

學生時代的戲劇夥伴幾乎都找到了工作，或繼承家業，或跟感受不到一絲教養和藝術性的庸俗對象結婚，關在家庭裡面了。後來大夥又聚了幾次。當時跟聰美最要好的夥伴，最近每次見面聊的都是剛出生的孩子。

我的夢想呢，是等到將來孩子獨立有時間了，再找個劇團重拾戲劇，當一個可以飾演歐巴桑角色的女演員。

她就像夢想著溫暖的美夢一樣，談論著如此令人駭然的未來。聰美不曉得她在想什麼。

令KYOKO與聰美際遇不同的，是演技嗎？是外貌嗎？是親和力嗎？是態度嗎？是運氣嗎？不懂。她也覺得都不是。原本以為個性獨具的聰美內在的演員，在與其他演員碰撞的過程中也逐漸被磨耗殆盡了。每個人的個性都比她更獨特、自我主張更強烈，然後更幼稚。聰美受不了那種幼稚，變得成熟，然後失去了力量。

尋找 KYOKO 跟自己的不同太荒唐了。因為就算聰美表達出她的這種感情，KYOKO 也會說那與她無關吧。讓妳目睹到我的成功，不是我的責任。

在無邊黑暗的河川裡，聰美就像昨天夢裡那樣，試著想像 KYOKO 的身影。想像自己對她主張的場面。

我懂妳的心情。我跟其他同學不一樣。我是現在進行式。我一直努力不懈。即使明白那有多難看，我還是——。

沒有告訴任何人，默默努力的代價，逐漸侵蝕了聰美的地基。

劇團有門票業績這回事。即使挺胸說什麼這是藝術、文學，經濟仍公平地對每一個地方施加重擔。一個人不賣掉幾十張的門票，就租不起劇場。然而聰美從來沒有達成過規定的業積。故鄉的父母不可能來，國中和高中的老同學、學生時代的戲劇社團成員更是不考慮。在展現出成果之前，她連讓別人知道自己在這裡都不願意。職場也不行。沐浴在舞臺照明的燈光下，渾身束縛與自私的自己，她絕對不能讓進藤或其他同事看到。

時限逼近的聲音作響著。

過去她總是藉由支付比其他團員更多一點的會費來免除門票業績，但這也是有限度的。周圍看待她的眼神越來越嚴苛了。

皮包裡傳來細微的震動。掏出手機一看，燈光閃爍著顯示有新簡訊。是由希傳來的。

『上次辛苦啦。我聽真崎說，妳就快跟 KYOKO 見面了，真的嗎？到時候再告訴我是什麼情形唷。等妳的電話☆』

看完內容，嘆了口氣。

好歹也算是個藝人。一直在心中如此形容 KYOKO 的，大概不只聰美一個吧。沒有什麼特別的契機，但突然醒悟的瞬間到來了。如果認為自己跟在同學會上熱烈談論 KYOKO 的他們不同，如果想要這麼認為，就只有我，必須好好地去承認這件事。

我，無可救藥地羨慕著 KYOKO，想要變成 KYOKO。

承認了，就能被原諒嗎？

感覺浮在水面上的她似乎這麼問著：「就是啊。」聰美笑出聲來。好久沒像這樣，露出不是應酬的笑了。

8

參加見 KYOKO 的宴會那一天，聰美化了很淡的妝。

出於站在舞臺上的需要，她也戴過厚重的假睫毛，搽過濃豔的眼影和腮紅，但她不想被人認為她是因為要去參加有藝人出席的宴會，才卯起來打扮。如果兩個人的差距過於壓倒性，會讓人失去較勁的心情。她有點明白紗江子長期以來一直不化妝的心情了。

就像去吃喜酒那種程度的，不過度的打扮。主角不是我。

她第一次拆開常盤出國買回來送她的鑽石形香水瓶。搽在膝後，一股芬芳，甚至感覺自己變得高級了。穿上擁有的鞋子中鞋跟最高的一雙，在玄關口的鏡前又回心轉意，只有口紅抹上了亮澤度十足的顏色。

香水擱到鞋櫃上。

不管是高中時的戲劇社副社長還是常盤英人，聽美都從來沒有主動想要過。那種東西，無論何時被人搶了都無所謂。不管是什麼時候，我都無法沐浴在渴望的場所的燈光下。

宴會會場在飯店大廳，紗江子已經在等聽美了。她今天也和平常一樣，沒什麼變化的套裝打扮，看到盛裝打扮的聽美，她笑道：「好漂亮。」

「聽美果然是個大美女，簡直就像女明星。搞不好妳今天會被誰挖角唷？」

「怎麼可能嘛。」

聽美笑著閃躲。她已經踏入了另一個階段，不再像學生時代那樣，動輒萌生這類期待了。她知道那種事不可能發生。可是紗江子說了：

「那倒不一定唷。有個日本女演員就是碰巧去看朋友拍戲，結果被導演挖掘，在好萊塢出道了呢。啊，我已經跟 KYOKO 小姐說過今天的事了。她們試映會剛結束，正往這邊過來。」

「好。」

前些日子在餐廳裡明明直呼 KYOKO 的名字，但是本人在附近，稱呼就變成了「KYOKO 小姐」。紗江子接著說：

「我也是趁工作空檔過來的，妳自己找樂子吧。機會難得，多吃點好料唷。」

「我應該再也不會有機會參加這種場合了，我會好好享受氣氛。」

這麼說的自己是在扮演嗎？聽美不明白。就連是不是假笑，因為做起來太熟稔，已經沒了真實感。

她靜靜地道謝：

「謝謝妳邀我來，紗江子。」

沒有一個認識的人，聰美在會場裡無所事事。她離開會場，靠在走廊牆上假裝等人。因為沒事做，她回想著現在正在排演的劇本臺詞。

——縱然畏懼，人類凡身，又能如何？

會場的氣氛嘈雜，人越來越多了。我今天怎麼會跑來這裡？我在期待什麼？我相信見了KYOKO，就會有什麼改變嗎？

就像同學會的那些人，認為把KYOKO從岩戶的另一頭拉出來，就能為那裡帶來變化。

我想被肯定嗎？我想讓KYOKO知道我跟其他同學不一樣嗎？我想告訴她我明白被拿來當成茶餘飯後話題的心情嗎？

還是我想要放棄？想要罷手？可是要放棄什麼？對什麼罷手？

就像要削去多餘的思考，聰美想起接下來的臺詞。

為了平息伊底帕斯王的憤怒，他的生母，同時也是妻子的伊俄卡斯忒說了：

——人類的一切皆受命運支配。未來之事，無一能夠明白掌握。唯有在每一個當下隨波逐流，才是最明智的做法。

「可能弄丟了，對不起。」

這時，雖然平坦但堅定的聲音傳進聰美的耳中。

抬頭一看，不知何時出現的，一個穿著近朱色的紅色洋裝，外罩素面開襟衫的女人站在會場入口。

半挽的黑髮柔順地披在背部。挺直的腰身。她為難地欠身，表情抱歉地沉了下來。

是KYOKO。

沒關係，沒關係，對方說著。即使如此她仍是相同的表情，又添了句：「晚點我會再找一次。」並低頭行禮。「難得你為我準備的，真是對不起。」

白皙的耳朵在小小的臉蛋旁顯得醒目，但並不是滑稽，若要比喻，看起來就像西洋電影中的妖精。她把手放到右耳上，狀似在意。左耳戴著珍珠耳環，右耳卻空無一物。

聰美看出是弄掉了耳環，正在對相關人員道歉。

沒空找紗江子。說完話的KYOKO，緩緩地把臉往這裡轉來。

視線正面迎上了。

臉型和那個時候沒有多大的變化。雖然覺得耳朵很白，但像這樣彼此注視一看，皮膚也不是特別白。瀏海全往後梳的髮型，以及底下露出來晒得恰到好處的額頭，看起來就像要去參加某些儀式的神道巫女。

目色清澈，但眼底浮現著與一如過往的沉靜光芒。來自於注視著被救出來的淺井鈴子的地方、為了不受迷惑而睜大的銳利眼神。

「——半田、聰美？」

先開口的是她。聰美答道：

「妳還記得我？好久不見。」

跳過尋找該擺出什麼表情的努力，嘴巴擅自勾勒出笑容。腳上的高跟鞋，唇上的口紅，感覺全都是那麼膚淺，想用那種東西保護自己的舉動，令聰美可笑。

她想糾正紗江子。鶴立雞群的美，不是素材也不是骨骼，唯有氣勢。是神祕不可捉摸的，這種氛圍。

KYOKO對一起來的同伴微微行禮。宴會開場一定會有演員和工作人員致詞，聽美認為她的事晚一點再談也沒關係，但KYOKO已經先跟同伴說好了。她交代完後，朝聽美走近一步。

「真的好久不見了。妳過得好嗎？」

她問道。完全就是同學會一開始，許多人都會彼此招呼的第一句。

9

「第一次在電視上看到妳時，我真是嚇了一跳。」

聽到聽美的聲音，KYOKO微笑。「妳看了呀，」她說。注視著聽美，沒有難為情，也沒有謙虛，「謝謝。」她說。

「那個時候好多人都連絡了我，讓我體認到電視的影響力有多大。在那之前我也演過幾部電影，可是都沒有人說什麼。我很開心，可是知道電影並沒有想像中的那麼多人在看，也有點受到打擊。」

在如此回答的KYOKO面前，聽美差點就要露出自嘲的笑，搶先搖了搖頭。世人對舞臺劇的漠不關心，更是電影完全不能比的。

「才沒那回事，只是我們太孤陋寡聞了。」

在開放感十足的大廳椅子坐下後，KYOKO與聽美喝著咖啡。聽美擔心宴會開場，KYOKO應道：「還有時間。」

「大家都好嗎？我聽紗江子說今天妳要來，一直很期待呢。」

KYOKO表情平靜地述說，內容聽起來好假惺惺。聲音不帶情感，令人感覺即使對方不是聽美而是其他人，她一定也會這樣說。這麼想的同時，她口中提到「紗江子」時的口氣又令人心神不寧。被KYOKO親密地稱呼的紗江子。有種嫉妒，卻又不全然是嫉妒的，焦躁苦澀的感覺。

「今天我來是有事要轉達。」

聽美決定不繞圈子，快點解決正事。一直坐在這裡，對精神的磨耗或許遠超過想像。KYOKO的聲音裡會沒有感情也是當然的。聽美和她並不是特別要好。

把她請到同學會，那些同學究竟是想要做什麼？真崎也好、島津也好、由希也罷。

KYOKO微微偏頭問道：「什麼事？」就像預見到接下來要提的是沒什麼的雞毛蒜皮小事般，語氣明朗。

聽美努力維持平靜的表情和聲音，一口氣說了：

「下次同學會如果妳能來，希望妳來參加。或許妳擔心見到清瀨會尷尬，可是他已經不會來參加我們的同學會了。」

聽到這話，KYOKO慢慢地眨眨眼。她好像吃了一驚。聽美再次露出比平常更優美的笑容。不管對方是誰、任何時候，我都辦得到。這是我的個性，是我的驕傲。我可以飾演。

「只是這樣而已。我知道這可能是多管閒事，可是大家都在擔心妳不來參加班級同學會或全學年同學會，是不是因為介意清瀨的事。」

聽美明白。

她明白那些人才沒那麼好心。聽到這話的KYOKO應該也明白。

聽美沉默，等待回答。等待KYOKO的第一聲。

「——原來是這樣。」

KYOKO輕輕點頭，闔上嘴唇。然後看聰美。

「……全學年同學會？」

「嗯。前年不是舉辦過一場大的嗎？」

KYOKO又沉默了。一會兒後她問：

「妳就為了轉告這件事，特地過來？」

「很奇怪對吧？對不起。可是我很想見見妳。」

說出口之後她才驚覺自己說的內容開始失去了平衡。很奇怪對吧？沒錯。可是我要把KYOKO扯進這樣的自嘲裡嗎？

KYOKO好像比剛才更驚訝，嘴巴張成「咦」的形狀。她半起身似乎就要說什麼，此時一個男人走進大廳，靠近她的椅子後面，說：「時間差不多了。」

KYOKO回頭對男人說好。看到男人把桌上的帳單拿走後，她再次轉向聰美。

「對不起，我得走了，妳今天會待到最後嗎？致詞完以後再聊聊好嗎？」

「我打算待一下。」

聰美說著，打算在這裡跟她分手後立刻離開飯店跳進計程車。脫下高跟鞋，擦掉口紅，吃頓便宜的飯吧。看幾部娛樂電影，不去排戲，在家睡覺吧。她感覺世上再也沒有比這更具有吸引力的事了。

「對了。」

今天悄悄地深藏在心底的覺悟。聰美從皮包裡拿出一張紙。

是《中央新聞》的晚報，以專輯報導了「常盤會」與常盤英人的那一期。已經是好幾年前的舊剪報了，紙都開始變色了。只有這個。自己只有這種東西。
她把摺起來的紙硬是塞進 KYOKO 纖細的手裡。KYOKO 似乎愣住了，沒有拒絕，就這樣收下了剪報。
「我現在在這裡。我在當舞臺劇演員。」
我為什麼要對 KYOKO 說這些？過去從來沒有對任何人透露。可是為什麼誰不好說，偏偏對 KYOKO 說了？KYOKO 的視線落向剪報的同時，肩膀突然熱了起來。明明應該已經有所覺悟了，放手的瞬間，混亂卻席捲而來。
「對不起。我想要妳知道……」
「KYOKO 小姐！」有人叫道。大廳另一頭，剛才的男人舉手招呼著。趁著 KYOKO 的視線轉向那裡的一瞬間，聽美低喃「再見」，離開她身邊。
「等一下，半田！」
聲音從後面追上來，但聽美沒有回頭。後來的聲音或許是自己的願望，或是自我滿足的想像。她覺得遠遠地聽見了聲音。
「我知道『常盤會』！」
離開大廳，經過櫃臺，摀著鼻頭和嘴巴，穿過自動門。
她只是默默地將視線投向停在門口的計程車，門房便注意到，為她招了車。

——座號一號——

里見紗江子

撕信的背影。

小學四年級的夏天。校舍的玄關。會合的地點貴惠先到了。可以看見她站在下樓梯後的正面鞋櫃前的背影。

貴惠。

想要喊她名字的瞬間，貴惠發現什麼似地忽然抬頭，把手伸向鞋櫃。

情急之下她停步，屏住聲息，待在走廊角落一動也不能動了。

貴惠從紗江子的鞋櫃裡拿出了什麼。——是一封水藍色的信封。

發現有人寫信給自己，紗江子的肩膀緊張地繃住。就在下一瞬間。貴惠窄小的肩膀和纖細的手臂動了。那雙手毫不猶豫地拆開寄給紗江子的信。即使是背影，也可以看得一清二楚。甚至沒能來得及制止。紗江子怔立原處，耳中聽見「唰」的一聲。貴惠的動作沒有遲疑。

信逐漸被撕毀。

看得出貴惠小小的身體繃得緊緊的，急迫得近乎可憐。快點，快點，快點。逐漸變得稀爛的水藍色信封與信紙。焦急的指縫間，落下了一片碎紙。

紗江子感覺到自己的臉扭曲了。沉重的東西積壓在胸口和腹底，陷進一種快哭出來的心情。

住手。

咬緊牙關。

住手。住手啦。誰叫妳看的？誰叫妳拆的？而且，而且居然還把它。

「貴惠。」

——妳憑什麼撕掉它？

慢慢地走近，出聲一喚，貴惠赫然回頭。把撕破的信藏在身後，「啊」了一聲。

「紗江子，妳好慢唷！」

裝出溫吞的聲音，握著碎紙的手揣進裙子口袋裡。

「等妳等好久了。快點回家吧。」

「……嗯。」

貴惠拉起紗江子的手。感覺得出她想盡快離開這個地方。快點啦，紗江子。為了隱藏極度的焦急與慌亂而裝出來的，軟弱的笑。

拿出鞋子時，紗江子假裝若無其事地往下望去。貴惠好像沒發現，但她遺落的一片碎紙掉在地上。上頭的文字躍入眼簾。

小小的，圓圓的字體。

紗江子看出那是信封的寄件人部分。男生的名字。果然，她想。胸口揪緊一痛，呼吸變得難受。她們的學年裡，叫這個名字的只有一個人。而他是紗江子暗戀的對象。

「紗江子，走了啦！」

貴惠說。溫和的，天真無邪的聲音。塞著支離破碎的信，她可愛的裙子搖擺著。

1

連絡不到半田聰美——島津寄來這樣的簡訊。

紗江子正好剛跟廣告代理商吃完飯回家。今天回家後她只想睡覺，而且明天感覺會比今天回來的更晚。麻煩事還是趁記得的時候趕快解決掉。

她在離家最近的車站下了車，邊走邊打電話。

「連絡不到是什麼意思？為了安排她跟 KYOKO 見面，我約她談過了啊。」

她對著響了兩三聲就接通的電話問。可能是在宿舍房間，島津的周圍很安靜。

『我知道。妳安排她們在宴會上見面了對吧？到這裡她都還有傳簡訊告訴由希。可是後來聽美就不接電話，也不回簡訊了呢。』

那場宴會以後，紗江子也沒再見過聽美。她每天都忙著處理隨時都會突然冒出來的活動和準備。今後的預定都跟日期連結在一起，記憶在腦中；但是已經結束的事，瞬間就成了零碎的場面拼湊。那是多久以前的事了？她邊走邊翻記事本確認，不過才兩個星期前的事而已。

「會不會只是剛好在忙？再看看怎麼樣？」

『會嗎？接到最後一通簡訊時，由希很想知道是什麼情況，所以馬上打了電話。可是明明才剛寄了簡訊，聽美卻沒有接電話。這不是很奇怪嗎？』

「簡訊說了什麼？」

紗江子回想那天宴會的情況。向登記處還有相關人士寒暄打招呼。因為匆忙地到處走動，結果她見到聽美，就只有一開始碰面打招呼的時候而已。途中為了好好地安排兩人見面，去找聽美時，她人已經不在會場了。就在這當中，KYOKO 來向紗江子打招呼，說：『今天謝謝妳的安排。』

『我剛才跟半田談過了。真懷念。謝謝妳帶她來。』

兩人好像已經見過面，聽美也回去了。待在全是陌生人的宴會上，或許讓聽美感到不自在。既然事情順利辦好，紗江子也沒有再去多想。

隔天聽美傳簡訊來。『昨天謝謝妳。我跟 KYOKO 說到話了。』內容就只有這樣。即使是傳給朋友，她也習慣性地用敬語寫信，十足半田聰美的作風。

『說是見到KYOKO小姐了，清瀨的事確實轉告她了。然後叫由希告訴大家這樣。』

「我也收到一樣的內容。我在忙的時候，她們兩個好像好好見到面了。KYOKO也跟我道謝了。」

這麼回答的瞬間，島津的聲音跳起來似地變高了：

『真的？KYOKO小姐說什麼？』

「沒什麼啊。清瀨陽平什麼的多餘的事她幾乎沒提。只說見到聰美她很開心。」

KYOKO沒有特別困擾的樣子，也沒有狼狽的模樣。電話另一頭傳來傷腦筋般的嗚嗚呻吟。

『這樣啊。我也傳簡訊給聰美說我想知道詳細情況，問她要不要大家聚一聚呢。如果KYOKO小姐能來，下次同學會的時間，配合她的行程決定是最好的嘛。』

這人一定很閒吧——紗江子心想。

連絡不上聰美的兩個星期之間，急得坐立難安、咬牙切齒。這都是因為島津很閒。他把毫無變化的日常，全部寄託在過去的共同體中出了名人這樣的價值上。

「總之我也會再連絡聰美看看。」

她用帶著受不了的嘆息聲應道，但不曉得是不是太遲鈍了，光是嘆息還不夠點醒島津。他用開朗的聲音接著說：

『嗯，麻煩妳了。然後啊，不管連不連絡得上聰美，最近要不要我們幾個聚一聚？啊，不是同學會那麼誇張的，真的只是小聚喝喝酒這樣。記得真崎說他最近好像也要上東京來，妳上次也沒能參加，一定很想念大家吧？』

「是啊。」

紗江子應著，心想那就是下下星期了。真崎預定下次來東京的時間。這次是真的來出公差，紗江子要把他介紹給這次的客戶。

『貴惠現在已經結婚了，不曉得能不能來，要不然妳去問問她怎麼樣？』

「不行吧。她孩子還小，有事沒事就把媽媽找出來，孩子也太可憐了。你該替人家想想吧。」

紗江子苦笑著，隨口道了聲再見，掛斷電話。車站前的馬路一片漆黑，是連霓虹燈都已經熄滅的時間了。住宅區的車站。林立的公寓窗戶。紗江子仰望著，吃不消地喃喃道：

「怎麼會冒出貴惠的名字？」

她推起眼鏡，狠踹地面似地踩著低跟鞋走了出去。

2

這次來了個看起來特別棘手的貨——這是紗江子的第一印象。手帕交的新男友。貴惠的男友。真崎修。

「喏，好嘛，我們一起回家嘛。」

那是高中三年級的春天。

她們就讀的藤見高中到了二年級，就會依畢業出路進行分班，然後一直維持到畢業。紗江子和貴惠從小學到國中就經常同班，升上高中以後，第一年不同班，但第二年又同班，都在私立文組的二班。——而他也在這裡面。直到畢業的兩年濃密的時光，一起在同一間教室度過的同班同學之一。

放學後的圖書室裡，大部分都和她們一樣，是正在準備應考的三年級生。突然闖進靜得甚至不允許一聲咳嗽的安靜場所的他，堂而皇之地在紗江子對面的貴惠旁邊坐下，從剛才開始就態度親暱地用著與這裡格格不入的大音量說話。

周圍有幾名學生皺著眉頭抬起頭來。貴惠慌忙說了：

「不要啦。你安靜一點啦。」

「為什麼？有什麼關係嘛？」

紗江子豎著耳朵撿拾著對話，佯裝若無其事，讀著試題集上排列的鉛字。內容已經看不進腦袋裡面了。可是這是過去一直都有的事，而從今天又要開始了。想想只是如此罷了，紗江子就能無動於衷。

貴惠從以前就很有男人緣。她不是長得特別漂亮，身材也不是特別好，不過常有人說她有股獨特的溫暖氣質。『妳真是個天然呆吶。』貴惠歷代的男友如此評論，說她就是教人無法丟下不管。

骨骼不太對，不是個好素材。連跟自己哪裡不一樣都說不上來。可是看著貴惠，紗江子發現了。她發現「讓人忍不住想要守護的女人味」是多麼強大的武器。很多男生在尋找能滿足他們庇護欲望的對象。而喜歡比自己嬌弱、沒有思考能力的對象的男人，對紗江子來說是無緣的存在。

我會一輩子單身吧。十七歲的紗江子模糊地感覺。不到覺悟那般積極，不到認命那麼悲觀。只是近似於一種體悟：大概就這樣吧。

靠近貴惠的男人們無一例外，全都無視於紗江子的存在。他們說話的對象永遠只有追求目標的貴惠。對於沒有女人味、毫不起眼的貴惠的摯友，就像根本不存在似地視而不見。然後貴惠總是偷偷地瞥著這種狀況。歉疚地、為難地，適度地在臉上表現出不知所措。對不起唷——朝著這裡，送來視線。

這次是真崎修啊。

紗江子覺得厭煩。這次居然來了個特別棘手的貨。不過也無所謂啦。

真崎在整個年級當中也是數一數二招搖的男生。有些事是正因為缺少，才能有更深的體悟。不論是準備考試或投入社團運動，對他們而言，畢竟都只有其次的價值。讓每個人都伏首稱臣、簡單明瞭的價值。想要體現這種價值，唯有透過戀愛這個窗口。

而真崎修算是這當中的頭號勝利組。從一年級的時候開始，紗江子就一直聽到有關他的各種傳聞。她們班上雖然以清瀨為中心，發生一連串糾紛，但拖著響子這個枷鎖的清瀨儘管顯眼，但畢竟是受囚禁之身。兩相比較之下，真崎必然更吸引女生的興趣。他毫無束縛，自由自在，具備足以和清瀨匹敵的存在感。

她不知道困窘地歪著頭的貴惠現在怎麼想他。即便是摯友，紗江子還是無法理解貴惠對男人的品味。貴惠有時會忽然甩掉臉蛋帥俊、身材健壯的運動社團主將，跟土里土氣、肥胖圓滾的電玩阿宅交往，理由只是「他對我很好」。

完全參不透的選擇。還用說嗎？跟每個人看了都會羨慕的、外表帥俊的人交往當然才幸福啊。從以前開始，紗江子就無法自拔地喜歡長相俊美的男人。畢竟我所認識的男人，每一個都是螢光幕裡的居民，有著完美的外貌。在現實世界的理想眼光會變得刁鑽也是當然，而如果說必須降格以求，那種對象她不要也罷。

紗江子已經下定決心了。

如果今後有機會得到理想的對象，她絕對不會放手。答應對方任何要求，什麼樣的對待她都能夠承受，無論如何都要跟對方結婚。這種千載難逢的機會，打死她都不能放手。像貴惠那種把交往對象甩掉的暴殄天物行逕，她絕對不做。

貴惠跟阿宅少年後來也分手了，現在是一個人。然後她或是討厭或是厭倦，分手的瞬間總是毅然決然，但是對於來者，卻絕對不會明白地拒絕。雖然不曉得貴惠對真崎有多少興趣，但她一定會跟他交往的。

就在這個時候。

「妳幹嘛從剛才就不理人啊，里見（SATOMI）同學？」

有點生氣，但又帶著親密的那種口氣，一開始紗江子沒發現是在對她說的。她慢了一拍才反應過來。眨眨眼，抬頭一看，真崎修的眼睛就在面前，目不轉睛地正對著自己。

二班有兩個「SATOMI 同學」，一個是「里見」紗江子，另一個是半田「聰美」。半田聰美可能是因為長相成熟漂亮，男生都會親暱地用名字去稱呼她。與自己同音的名字。還不習慣的時候，好幾次她誤以為是在叫她而回頭。

可是這次被叫的似乎確實是她。

「欸，我是跟妳同班的真崎修。妳看得見我嗎？」

「看得見。我知道你。」

聲音卡在喉嚨裡。一直是透過身旁的貴惠這個濾鏡去看的世界。當中的主要人物，現在正在對自己說話。

他鬧脾氣似地噘起嘴脣，「真的嗎？」然後用玩笑的口氣接下去說。

「明明約妳們一起回家，卻連里見同學都無視於我的存在。我還以為我被討厭了。」

「不是，我沒有。」

沒有什麼喜歡討厭可言，那種權利一開始就只存在於勝利組手中。他不可能不明白這一點。不論是忽視還是討厭，世上一切行為的主體與受體之間都是涇渭分明的。這一點紗江子比任何人都要清楚。

真崎修旁邊，貴惠放下心似地微笑。她交互看著真崎與紗江子兩人的臉問：

「紗江子也一起嗎？」

「當然啦。我一開始就是在拜託讓我加入妳們兩個啊。里見同學是電影專家，有超多錄影帶跟DVD收藏對吧？我也滿喜歡電影的，一直很想跟妳聊聊呢。可是妳都不理我。」

「原來是這樣。」

貴惠的表情變得開朗。「對啊，紗江是電影專家。」她點著頭轉向紗江子說。

「是我跟他說的。真崎好像滿喜歡電影的，所以我就跟他說，電影紗江妳比較清楚。對不起唷。」

「沒關係。」

「今天我們一起回家吧，里見同學。」

「——可以啊。」

自己也知道，回答真崎的聲音因為不習慣男生而變得又硬又緊。因為不想被發現，她別開視線，結果貴惠開心地說著：「等一下唷。」站了起來。

「我去教室拿書包。紗江的我也幫妳拿。你們兩個在這邊等我唷。」

她從圖書室消失後，四下又變安靜了。

投向聊天的她們的周圍責備的視線。直到剛才，紗江子也在內心對貴惠和真崎投以相同的視線。然而現在對於自己也要成為這種視線注視的對象，她沒有一絲躊躇。

被貴惠丟下來的真崎，就算對紗江子的態度驟然不變也不奇怪。紗江子正在提防，結果他非常乾脆地向她開口了：

「我說啊，里見同學真的好可憐唷。」

這話讓她心跳猛然加速，連聲音都發不出來。他繼續說下去：

「座號一號，這真的太可怕了。妳一定沒想到自己居然會變成一號吧？」

「咦？」

「妳的姓是SA行的。」

依男女混合的五十音決定順序的座號。

慢了好幾拍，紗江子才發現到原來是在談這個。為了他說的「好可憐」三個字而全身僵直的紗江子一邊「哦」地吁氣，一邊點頭。

「的確，我完全沒想到自己會變成一號。」

回答，然後放心的波浪打上心頭後，這次內心湧出了不同的疑問。他怎麼能滿不在乎地提起這件事？至少在女生圈子裡，這個話題是每個人都避之唯恐不及的禁忌。因為他是男生嗎？還是純粹是因為真崎的個性？

對他這種得天獨厚的男生來說，一個不起眼的女生，應該打從一開始就是可有可無的存在。

「我們男生之前聊天聊到，妳的姓明明是SA行，卻跑到最前面，真是太倒楣了。真希望能快點換座位呢。」

一陣電流竄過，背脊挺得直繃繃的。男生，真崎身邊的男生，談論過紗江子。

心想要拉起防線。

「射將先射馬是嗎？」

「射……什麼？」

真崎反問。他是沒聽清楚，還是真的不曉得這個成語？不知道是何者，紗江子改口道：

「為了追到貴惠，你想先讓我有好印象是嗎？」

「咦？才不是那樣呢。」

不是裝傻或閃躲，甚至沒有焦急的樣子，真崎苦笑著搖搖頭。

「唔，我的確是喜歡貴惠，也想跟她交往啦。倒是電影，真的借我一些吧。妳喜歡哪部？」

「──《伴我同行》之類的。」

這他應該知道吧？紗江子顧及對方而舉了個知名的作品，結果他的眼睛一下子亮了起來，表情也變了。他微笑著用力點頭。紗江子沒料到能引來這麼大的反應，不知所措。

「太好了，我也超愛那部的。主題曲也很棒呢。我英文很爛，可是偶爾去唱卡拉ＯＫ都會點那首。」

這麼呢喃著垂下眼皮的眼睛，睫毛好長。厚厚的銀框眼鏡底下的自己的眼睛。一想到那雙眼睛，紗江子有股想要逃走的衝動。他繼續說了：

「還有呃，那個叫什麼名字去了？那個主角超酷的。」

這麼說的真崎修。雙腿交疊，放在膝上的手指骨感修長，好漂亮。

當時的紗江子有自知之明，也找到了自己的立足點，所以幾乎沒有害怕的事物。她唯一擔心的就是自己會做夢。

她唯一努力不懈的，就是避免去憧憬匹配不上的對象，淪為小丑。

貴惠和真崎交往了三年左右，一直到大學三年級。至於現在，她在故鄉與別的男人結了婚。據說本來是公司前輩的老公肩膀很寬，給人的印象說好聽是大度，說難聽是不修邊幅。理所當然，真崎長得比他帥多了。

後來過了幾年。出社會第六年的二十八歲同學會前一天。

『不用來啦。』

電話另一頭他說。

『事實上妳也很忙吧？用不著去參加那種聚會啦。我會看時機溜出去，妳在房間等我，咱們倆再重新喝過。』

叮咚～，拖著尾音的門鈴聲。

拿起房間角落的對講機，應了聲：「喂。」附在旁邊的液晶螢幕映出站在公寓門口的人物臉孔。

『是我。』

「辛苦了。車子呢？」

『停在平常的地方，可以嗎？』

「ＯＫ。可是沒關係嗎？這樣不是酒後駕駛嗎？」

『人家想快點見到妳嘛。』

「討厭啦。」

她笑著按下按鈕。

解除門鎖。

一會兒後，比剛才更清亮一些的短促門鈴聲響了。開門一看，還沒出聲，手臂就被扯了過去。手指骨感修長的手掌觸摸臉頰。好冰。

「讓妳久等了。——我回來了，紗江子。」

引以為傲的愛快羅密歐的車鑰匙勾在摟住自己的右手手指上。

「你回來了，修。」

深深吸氣，有他的味道。能被這股氣味環繞，令她驕傲。真想讓大家看看這一瞬間。這個欲望幾乎令她目眩神迷。

3

自己不受歡迎——她是什麼時候發現這件事的？

比方說小學的時候，班上流行單輪車時，下課時間和放學後大家都瘋狂地騎著，卻只有紗江子沒有加入一起玩。因為她不擅長運動，而且她比較喜歡在教室看書和雜誌。她不關心周圍的人想要什麼，對父母她也只討著要買書或電影ＤＶＤ。她並不是不怕一個人，但是她不想放棄自己喜歡的事，勉強去配合別人。

她總是覺得不能受到影響，要堅持自我。

她不會扭曲自我，對於邋遢、得過且過感到抗拒。當大家想要集體蹺掉自習課或打掃工作時，她總是一個人留在座位上，或是規規矩矩地做好自己分內的打掃。班上同學都在背地裡罵她想要討老師歡心，但是她也隱約明白，不肯配合周圍的她，連導師都視如燙手山芋。

每次分組，她總是多出來的那一個。

與其要跟一群女生混在一起，她寧願一個人。她這麼想，但是當她發現自己這種狀態叫作「孤立」，被同學還有老師、甚至是父母都視為「沒有朋友」的時候，還是忍不住受到打擊，哭了一陣子。

那是她小學三年級，九歲的夜晚。

可是這成了分水嶺。自此之後，她就能夠坦然接受這種狀態了。曾經被貼上的「孤立女」的標籤，已經完全滲透進去了。只要她留在這個地方，就絕對無法撕下來。她透過立下覺悟去接受，心變得堅強，失去了感覺。紗江子的父母似乎很擔心自己的女兒是否遭到霸凌，但她明確地自覺，自己置身的狀況與霸凌明確地不同。

不是被霸凌，我只是被討厭。畢竟自己並不軟弱。既然無法融入，無法融入也無妨，而且她也有喜歡的男生，更何況每個人都有一個人獨處才完美的世界，那裡不虞匱乏。

就是在紗江子這樣的達觀即將完全滲透身心時，松島貴惠向紗江子攀談了。

從那個時候開始，貴惠在男女生之間就是個很受歡迎的孩子。能夠與人為伍，合群的女生。正因為功課和運動都不特別突出，才能夠不樹敵、不被任何人視為眼中釘。

為什麼她會找上自己？不明白。有一天，貴惠突然過來了。

「紗江子，我們一起回家吧。」

她背著紅色的書包。看似軟弱，但給人溫柔印象的愛哭痣。束在後腦的頭髮上的咖啡色格紋緞帶，配上花紋相同的裙子。即使個性文靜，會打扮的孩子光是這樣就很受歡迎了。紗江子沒有多想，應道：「好啊。」貴惠便開心地笑了。

「太好了！跟紗江子聊天好像很好玩。」

令人驚訝的是，貴惠的心血來潮並沒有一次就結束了。上下學、換教室、分組，這些時候，全都是貴惠主動來找紗江子。紗江子所談到的她的興趣內容，對貴惠來說應該全是幾乎不懂的事，但她卻熱心地聆聽，一團和氣地黏著她。

一段時間後，紗江子邀貴惠一起去看電影。搭電車到有電影院的鄰市途中，貴惠一副期待得不得了，一次又一次踢動裙子底下伸出來的細腳。

「這是我第一次去電影院看外國電影呢。吉卜力的動畫的話，我跟其他朋友一起去看過。紗江子好厲害唷，好成熟，好像大人。」

被天真無邪的聲音這樣稱讚，紗江子內心頗為受用。

很快地，出現了顯而易見的變化。周圍看待紗江子的眼神意外地頓時變得寬容許多。畢竟貴惠可愛又大方，被她說「我喜歡她」的紗江子，光是這點理由，就能讓大家把她當成新來的賓客接納進來。背上那樣沉重的「孤立」標籤，貴惠卻一笑置之地輕易把它撕了下來。

紗江子。紗江子。紗江子。

貴惠喊著她的名字。紗江子清楚地感受到，透過她，自己與世界的境界逐漸融化了。她得不到世界，但世界來到眼前了。

她想讓同學、父母、老師、每一個人，看到她跟貴惠要好的樣子。就像復仇那樣，想讓他們見識。

畢業的時候，她們在彼此的紀念冊上留言。貴惠這麼寫給紗江子：

『我最喜歡紗江正直能幹的地方了。上了國中以後，我們也要一直當好朋友唷。』

現在回想，貴惠會來找紗江子說話，或許是被父母或老師拜託的。因為貴惠很軟弱，容易任人擺布，又很膽小。當女生圍在一起嘰嘰喳喳說誰的壞話時，貴惠總是一臉愧疚、如坐針氈，但又無法狠下心來起身離去。

一定是有人相中了她這樣的個性，跑去拜託她吧。紗江子現在已經如此確信了。可是無所謂了。無論開端是什麼，貴惠都確實地選擇了紗江子。

紗江子不想被任何人憐憫。不要更多的、來自任何人的，憐憫。雖然我沒辦法成為主角，但我可以好好地呼吸下去。

所以紗江子說了。

貴惠好可愛。她是我最好的朋友。我最喜歡貴惠了。

我喜歡欣賞可愛的女生。大家都好可愛，真好。像我就沒辦法了。絕對沒辦法。沒辦法沒辦法。

我退出競爭。打從一開始就沒有任何期待。我有自知之明，所以求求你們。不要拿我來相比較。

4

『有什麼關係，過來嘛。』

打電話過去，結果真崎這麼回答。是在工作嗎？旁邊傳來電腦主機運轉時獨特的細微聲響。

『反正那天中午我們會碰面談工作。如果妳接下來還有工作，就暫時告別，妳再從途中會合怎麼樣？可是島津大師也真有幹勁呢，這麼頻繁地召集大家舉行作戰會議。他就那麼想見KYOKO嗎？』

「說到想見KYOKO，你也是一樣吧？居然推給聰美。那次同學會我沒參加所以不知道，可是被塞了這樣一個討厭的差事，聰美心裡是不是其實在生氣啊？她會不會是見了KYOKO，覺得這一切都太可笑了？」

『搞不好。』

簡短的回答。一會兒後，『我說啊，』聲音變得溫柔。

『那隔天不是週末嗎？妳要工作嗎？我可以去妳那邊過夜嗎？』

「你要來就來啊。」

『啊，怎麼這麼冷淡？真過分。』

聽著他言笑的輕盈聲音，紗江子一陣飄飄然。島津的作戰會議不必真崎提醒，她本來就打算參加。上次的同學會她本來也預定要出席，把工作都處理好了。

現在正跟現實相連在一起的自己，得到了一切。她想用這樣的姿態坐在那裡。讓過去同處一間教室的他們、讓對一切死心的過去的自己，看看現在的她。

「欸，其實我覺得妳才是最可愛的一個，我們班的男生那麼會那麼沒眼光呢？」

前年夏天，同學會就快結束的時候，旁邊突然有人這麼說。她吃了一驚，一時無法反應。她以為對方搞錯人了，回頭一看，真崎修正定睛注視著她。

就像高三春天，在圖書室坐在貴惠旁邊時那樣。

「這算哪門子玩笑？你是在逗我嗎？」

「不是，我說的是一般認知。」

F市內廉價包廂的居酒屋。因為可以隨意伸腳的開放感，場子一片放縱。大家離開一開始的座位，在會場各處形成小圈子。

紗江子跟真崎兩個人占了一張桌子。不是有誰特別這麼安排，真的是不知不覺間變得如此。感覺彼此醉意都不濃。他們喝了酒，但真崎臉色如常，說起話來口齒也很清楚。

咦咦？等一下，討厭啦！

裡面傳來驚叫聲。兩人一起回頭，好像是水上由希的聲音。她跟半田聰美一起，被幾個男生圍著咯咯歡笑。留下還在看那裡的紗江子，真崎悶哼了一聲，垂下視線。

「果然還是沒眼光吶。噯，沒辦法，鄉下人嘛，那種簡單明瞭的比較受歡迎。」
「她們兩個很漂亮啊。」
「會嗎?由希滿粗俗的，聽美一副自命清高的樣子，感覺跟她聊久了也很無聊。」
一直沉積在心底的記憶微痛了起來。
二班同名的兩個人。那個時候讓她介意得不得了的竊竊私語。名字一樣，人卻完全不同，她們兩個叫同一個名字，真是**太可憐了**。紗江子以為是在說她，回頭一看，確定不是之後才放下心來。那個時候發生過好幾次這樣的事。
他知道紗江子介意這件事嗎?她回以苦笑：
「你有資格對人家說三道四嗎?理想太高啦。既然都找到一個滿足一切條件的美嬌妻了，你也該滿足了吧?」
「遺憾的是，也不盡然像妳說的那樣。」
他苦笑，紗江子詫異。因為以平常愛耍寶的他來說，很難得地那張臉上露出真的沒轍的表情。
「你們不順利嗎?」
「不，一點問題也沒有，就算吵架，也只是一般夫妻常有的拌嘴。可是啊，雖然是很奢侈的煩惱，但我覺得很後悔。」
「後悔什麼?」
真崎拿起啤酒杯喝了幾口。杯子幾乎都空了，但他一副手足無措的樣子。他平常總是不拘小節，泰然自若，這時卻難得含糊其詞。一會兒後，他垂著眼，有些遲疑地說了：
「紗江子，妳常注意我的作品不是嗎?我告訴妳我幫哪裡做了網頁，妳都一定會去看，然後寫電郵告訴我感想。」

他抬起眼睛，用仍舊軟弱無助的眼神望著她，說：「其實我真的超開心的。」為了掩飾尷尬，口氣變得倉促。比起他說的內容，紗江子更為他的那種口氣驚訝，反問：「咦？」他接著說了：

「說來丟臉，那樣肯定我的作品的，妳是頭一個。妳怎麼能那麼了解我在想什麼？我還真有點嚇到了呢。妳實在厲害。像我老婆，她完全不關心我的工作，就算拿給她看，她也完全沒有感想。」

雖然認識很久了，但真崎從來沒有像這樣對她說過話。

「噯，誰教你不以理解你的工作為條件挑選對象，有什麼辦法？都討到那樣一個美嬌妻了，怎麼還說那種話？」

紗江子見過真崎的妻子幾次。結婚的時候也接到了帖子。婚禮豪華熱鬧，表演內容講究到令人目瞪口呆，真的非常符合真崎的作風。

「而且姑且不論你太太，其他朋友應該也都關心你的工作。」

這會演變成親密的氛圍嗎？紗江子毫無自覺地這麼回答。逗他開心令人愉快，但她沒有任何期待。

她會稱讚真崎設計的網頁，並沒有什麼特別的用意。出於職業關係，她對網站設計還算留意，如此罷了。

「不，除了妳以外，根本沒有人關心那種東西。坦白說，『里歐花飾』的網頁被妳發現時，我真的覺得超厲害、超感動的。我覺得我沒辦法隱瞞這個女人任何事，真的是佩服到五體投地了。」

「哦，你的品味很獨特嘛，我一看就知道了。不光是氛圍，能把資訊像那樣融入設計裡，是真崎流的作風啊。」

紗江子是偶然因為工作需要，尋找花飾公司而發現的。位在南青山的「里歐花飾」。看到第一個FLASH畫面登場時，她立刻直覺地悟出來了。她寄電郵給真崎，不出所料就是他設計的，而他當時似乎也打從心底驚訝不已。紗江子接著說了：

「還有，我沒跟你提過，不過千景不動產的物件介紹網頁是不是也是你做的？上次我打算搬家，逛網站時發現的。」

「真的還假的！」

真崎眨眼。他定定地看紗江子，倒吞了一口氣後，感嘆似地喃喃道：「妳真的太厲害了。」聲音像在呻吟。

「設計那個網頁的時候，我自以為跳脫了過去的風格，改變很多，妳怎麼看得出來？」

「因為我認識你本人吧。跟過去銳利的氛圍比起來，確實看得出刻意營造家庭的溫馨感。我覺得很好啊，很符合網站的主旨。」

「敗給妳了。」

他苦笑著問紗江子：

「妳覺得我的品味ＯＫ嗎？」

「要不然我怎麼會委託你案子？那部電影我很喜歡，才不會把案子交給品味差的人。我自認眼光很嚴苛的。」

當時紗江子才剛委託真崎製作一部單館上映的電影介紹網站。原本依照慣例，包括宣傳網站在內，紗江子的公司會把所有的宣傳活動都交給大型廣告代理商負責，但是看在朋友的情分上，當時紗江子推薦了真崎。

「真不妙吶。」
轉頭一看，真崎表情不變，也不看她地說。
「我得小心不能再更喜歡妳了。」
咦？驚叫湧到喉邊。不是誇張，紗江子呼吸停止，感覺心跳撼動著腦袋內側。這話是什麼意思？她不敢確定，想要在臉上擠出曖昧的笑。
貴惠。
今天貴惠也來了。紗江子就要抬起眼光尋找貴惠的時候，真崎粗魯地抓住了她的手臂。
「不要逃避。」
低沉的嗓音說。周圍的人完全沒有注意到她們現在的這種狀況，維持著相同的歡笑語氣繼續聊天。真崎用急得令人擔心會不會咬到舌頭的聲音傾訴著。
動彈不得。充滿自信的大眼中，卻仍看得見防備拒絕的恐懼神色。看見那脆弱的光芒，她再也動彈不得了。再也回不去被他冰冷的手觸摸的前一刻了。
這是假的。她心想。
她早已失去做夢的力氣。所以這不是願望。所以，這是假的。
「不要找貴惠，不要找其他人。聽我說，我要妳在我身邊。」
熱度從耳朵，從臉頰竄逃溜走。發不出聲音。她早已無力去質疑這個謊言或是玩笑。指骨抵上來的感覺。還有真崎害怕的顫抖。這樣的愉悅如洪水般吞噬了紗江子，她再也甩不開了。
因為我一直喜歡著他啊。
我喜歡美麗的男人。

過往只能透過貴惠看到的世界。

她把我繫留在現實，給了我居處，但是從那裡看到的景色，沒有一樣能是我的。好好唷，真可愛。只屬於紗江子如此稱讚的女人們的歡悅。腦中變得一片空白。

真崎修。在教室、在走廊、在圖書室，無時無刻引人注目的男生。紗江子輕蔑、瞧不起的女生們所憧憬、但絕不可能得到的男人。這樣的他，現在想要得到我。

貴惠。

視線再也動不了了。也不是想要求救，可是吐出嘆息似地在心底呼喚著這個名字。紗江子悟出，過去一直緊閉、絕不能開啟的門扉正在打開。她就要看見若非事情演變得如此，恐怕一輩子都無法得見的場所。

不許她說不知道，貴惠應該一直是瞧不起我的。在談論著自己的男人的時候，在商量著要跟真崎分手的時候，在報告著結婚喜訊的時候。裝出一副羨慕紗江子的樣子，說著：「妳的工作好好唷。」卻不斷地對紗江子炫耀什麼才是「女人」的價值。難道不是嗎？

貴惠沒有後悔過嗎？因為選擇了那樣平凡的男人。

明明眼前的真崎這麼美。

「……放開我。」

他微微瞠目。紗江子慢慢地，把自己的手自他的手中抽出。她不知道自己是什麼表情。聲音，聽起來像在身體裡面迴響。

「別鬧我了。……明明就是我從以前一直喜歡著你。」

說出聲來的瞬間，開門之前空無一物的場所明確地建構出故事，溯及過往，萌生出期待。真崎的眼睛再次望向自己時，紗江子明白了。今天，我會跟他上床。

一想到十幾歲時的自己那膚淺的體悟有多天真，她有種想要放聲大笑的衝動。如果今後有機會得到什麼人，她絕對不會放手，那個時候的紗江子這麼想。她要緊緊地抓住對方，任何對待都要承受下來，無論如何都要跟他結婚。

認為結婚就能得到一切，這真是太可笑了。那根本沒有任何意義。事實上紗江子就得到了。即使有了貴惠這個朋友，事業上獲得成功，她仍然沒有得到滿足。可是今天，她終於得到一切了。世界中心的主角就是自己。

她從真崎移開視線，佯裝若無其事地尋找貴惠，貴惠和一樣成了主婦的同學們坐在一起。那完全穩定下來的模樣，看起來褪色而渺小。她頭一次感覺自己或許有勝算。

妳的男人是我的。

5

聚在一起的只有少數幾個人。島津、由希、真崎和紗江子。他們學生時代感情並不是特別好，因此顯得不可思議。他們說，因為上次同學會偶然提起 KYOKO 的剛好就是這幾個人。

「其實聰美跟貴惠應該也要來的。」

島津一手拿著菜單，邊挑選邊說明。

「可是貴惠在F縣，聰美還是一樣連絡不上。」

「欸，聰美到底是怎麼了呢？我好擔心唷，搞不好是手機壞了呢。」

由希說，然後轉向紗江子：

「倒是紗江子，好久不見了。妳過得好嗎？上個月妳沒來，我們好寂寞呢。難得都在東京，其實我也想更常見面的，可是除非有這種機會，還是很難得相聚呢。」

「真的。從這個意義來說，還真得感謝島津呢。可是由希，妳還是老樣子，什麼時候看到妳都是這麼可愛。那些全都是妳們家牌子的衣服嗎？」

由希公司的品牌記得是叫「荷莉」。紗江子不是很清楚，不過據說在十幾到二十幾歲的女性層中有一定的人氣。由希點點頭：

「嗯，有員工折扣，結果還是忍不住會買。感覺好像擺脫不了工作，連自己都覺得有點討厭呢。我偶爾也想穿點更高級的牌子啊～」

「會嗎？我覺得你們家的牌子夠漂亮了。那是妳自己設計的衣服嗎？」

「嗯。上衣不是，不過這件褲子是。可是黑色的褲子不管版型多講究，結果看起來都半斤八兩呢。」

由希捏起身上的貼身褲膝蓋部分說。可能是因為瘦，感覺捏起了相當多的布料。紗江子勾起脣角微笑說：「這樣啊。」很快就別開視線了。自己坐著的腳頓時感到沒地方擺。

島津挑的是一家連鎖居酒屋。由希看著菜單，噘起嘴巴說：

「島津還是一樣沒品味吶。上次的同學會也就罷了，就我們這四個的話，怎麼不挑間好一點的店呢？」

「不不不，妳們或許沒問題，但我跟由希妳不一樣，是個窮網頁設計師，這種水準的店對我剛剛好啦。」

真崎笑著搖搖頭說。「騙人！明明賺那麼多！」由希立刻咬上來指出。

「我看你手頭很闊啊。你那部車超炫的，而且聽說你家也大得要命。好好唷，這個年紀就有自己的獨棟住家。」

「說穿了只是鄉下的房子罷了嘛。要不然妳也回老家怎麼樣？但妳又不想對吧？覺得住鄉下、結婚什麼的，簡直開玩笑對吧？這種明明不想隱居還埋怨的傢伙好討厭唷。」

「什麼嘛，你的意思是我太會玩嗎？」

真崎那巧妙撩撥自尊心的說法，由希有幾分當真呢？聽著她開心地歡鬧的聲音，紗江子默默地翻著菜單。唯一可取之處，就只有調酒和沙瓦的名稱種類豐富。看著看著，忽然她想起自己前陣子執行的小計謀。

和聰美見面時去的法國餐廳。

那裡是她和真崎常去的店。與他們絕不能被人發現的祕密比鄰的場所。她用好吃當藉口，在裡頭揉入些許的期待。侍者的態度和動作，會不會透露出她常跟男人來這裡呢？聰美能不能瞧出一絲端倪來呢？還有，如果聰美中意這家店，往後有機會跟誰一起去的話，或許會在那裡偶然撞見她和真崎。

她不打算告訴真崎她跟聰美在那裡見面。他不會有好臉色吧。她明白。可是我何時何地都想要揭發祕密。我想昭告天下，讓世人知道自己是多麼被一個男人所深愛。而且那個男人還是真崎修。

這個欲望一旦被滿足就結束了，就完了，因此紗江子最大的期待總是處在矛盾之中。而包括這種心焦在內，擁有祕密的優越快樂支配著自己。

「其實後來我又試著跟KYOKO小姐連絡了。我問她：『妳應該見過聰美了，如果下次要辦同學會，妳什麼時候方便？』」

乾杯後島津說。「哦？」真崎發出既像驚訝又像佩服的聲音，掏出香菸點點頭。

「你還是一樣連絡得好勤。那KYOKO怎麼回答？」
「她好像還是沒什麼興致。」
「你提到清瀨陽平的事了嗎？」
由希毫不掩飾好奇地探出身子。那未免太露骨了吧？紗江子想要苦笑，意外地島津點了點頭：
「我是沒有說，但KYOKO小姐主動提了。她說她也聽到清瀨的事了，沒想到大家為她這麼擔心，謝謝大家這樣。」
「好大方唷，真不愧是冷酷系女星。——可是她還是提不起興致？」
真崎打諢似地問，島津遺憾地回答：
「嗯。因為她一下子就跟我道謝，把我嚇了一跳，反倒沒辦法再追問什麼。KYOKO小姐要我有機會再邀她，還說她會盡量調整行程，但還是以大家的方便為主。」
「哎呀，看那樣子是不成了。明年大概也不會來了。」
由希誇張地手心朝上，擺出投降的姿勢，然後說：「看來沒那麼容易呢。」
「搬出清瀨的事也沒辦法唷？她真的已經不在乎了嗎？」
「應該也不是完全不在乎了，還是有什麼其他不想來的理由？——明明一定很好玩的。」
島津若無其事地添上的這句話，讓所有的人都望向他。剛才那句話究竟隱含了多少的惡意與諷刺？紗江子苦笑著，打破短暫的沉默說：
「雖然不曉得下次機會是什麼時候，不過如果有機會見到她，我也會問問看。可是還很久以後的事吧？現在就要約明年囉？」
「唔，如果KYOKO小姐說要來，就算不必等到明年，大家應該也會參加，我覺得提前辦也行啊。

反正我還是會繼續當幹事。」

「過段時間，再派誰去找 KYOKO 談談怎麼樣？」

料理上桌了。紗江子和由希兩人幫忙分配桌上的沙拉時，真崎這麼提議。

「然後再看看她的態度如何？一下子就邀她參加同學會，還要調整行程、選幹事什麼的，太大費周章了。比方說邀請她參加類似今天的小聚會，她也覺得比較輕鬆吧？」

「哦，也許唷。」

由希把沙拉盤擺到各人面前點頭說。

「可是這樣感覺只有我們占到便宜，其他人搞不好會眼紅呢。——嗳，無所謂，反正人家想見 KYOKO 嘛。」

「為什麼？」

「她是藝人啊。」

對於紗江子的問題，由希不以為意地回答。

「我想跟她合照，然後拿去跟公司的人炫耀。」

「怎麼這麼愛追星啊，由希。」

「要你囉嗦，島津。」

由希笑著，輕戳島津。要說喝醉，也未免太快了，由希掏出了香菸點火。

「大家也都是這麼想，才會邀她的吧？啊，紗江子另當別論吧？藝人什麼的，妳就早看慣了嘛。」

「沒那種事。我只是個小職員，而且這個業界也不是那麼輕鬆的。薪水低，除非喜歡，否則絕對做不來的。」

這是真心話。紗江子苦笑著接下去說：

「而且我們跟藝人還有導演，根本就沒有機會直接說到話。我能跟 KYOKO 說話，全是因為她以前是我們的同學罷了。」

「由希說話太不保留了啦。」

真崎說著「好討厭唷」，皺著眉毛規勸由希。

「妳這一點還真是都沒變。就算真的要去見 KYOKO，下次也絕對沒妳的分。妳慢慢等吧。」

「什麼意思？為什麼？」

「我跟紗江子兩個人去。」

真崎一邊吐煙，一下子就決定了。

「不是我們兩個，要不然頂多就再加一個貴惠吧。她一直很想向 KYOKO 道歉。上次她也提到，清瀨跟 KYOKO 分手的時候，我們的態度的確不是很好。我們確實是拿它當話題來說嘴嘛。」

「……哦。」

由希眯著眼睛，沒趣地點點頭。

「貴惠那話是認真的？不是在裝好人唷？」

「貴惠又不是妳。人家從以前就是個心地善良的好女孩。」

真崎用玩笑的口氣說。

「唔，可是就是太善良了，我才不得不跟她分手。因為我太黑了。」

「我懂我懂。」

由希好像心情好轉了，咧著嘴巴大笑。「真沒辦法吶。」然後她皺著眉頭答應了。

「好吧。雖然可惜，不過這機會就先讓給你們吧。可是那你們一定要把她帶來參加下次的同學會唷。」

「了解。」

「不過不曉得會是什麼時候唷。」

紗江子對著擅自決定的他們嘆氣說。

「一直連絡，對人家也過意不去，而且上次宴會的電影宣傳活動也告一段落了，我目前完全沒預定要跟她碰面。難得你們討論得這麼熱烈，可是不要抱太大的期望。」

「沒關係啦。順其自然地提起，KYOKO 也比較不會有戒心。下次有機會再說就行了。」

聽到真崎的聲音，紗江子在內心苦笑。戒心？說得還真誇張。這豈不是在承認我們對她來說是一種弊害嗎？

忽地她反芻起真崎的話。

貴惠心地善良。

他居然滿不在乎地這樣說，令紗江子發噱。真崎果然比誰都要滑頭、世故。

去化妝室回來一看，由希正在怪叫。她注視著真崎，笑咪咪地說：「耶，那拜託了！說定了唷！」島津只是默默看著他們，一副置身事外的樣子。

「你們在說什麼？」

紗江子邊坐下邊問，真崎瞥了紗江子一眼，擺出正經臉孔，淡淡地應：「沒什麼，工作的事。」從態度看得出他不想多說，但由希從旁補充：

「我委託他案子啦。我們公司這次準備重新整修網站，所以我想推薦一下真崎。」

然後她把纖細的脖子轉向真崎問：「可以算友情價嗎？」從底下向上望的那雙眼睛，睫毛塗著濃濃的睫毛膏，長長地飛翹。看見閃閃發亮的水藍色眼影瞬間，背後竄過一股沙子嘩地流過的觸感。

真崎揉熄變短的菸，沒有正視由希或紗江子，簡短地應了聲：「好哇。」

「我討厭只看價錢接案子的傢伙。荷莉的企業形象也不錯，我會全力以赴的。」

「謝謝！那說定囉！來，為案子談成乾一杯！」

由希大聲說，貼滿了指甲彩繪的指甲抓上啤酒杯。真崎的酒杯仍擱在桌上，他只把手略扶上去，由希拿起自己的杯子敲上去。鏘，鈍沉的聲音響起，真崎只是靜靜地笑。

一會兒後，這次換真崎離席了。由希對紗江子說了：

「喏，雖然嘴上那樣說，真崎自己還不是也有一樣的味道。」

「味道？」

「就 KYOKO 的事啊。」

由希壓低聲音，打趣似地問了：

「上次同學會的時候真崎也說，早知道當年就追一下 KYOKO，現在就可以拿來當話題了，所以他對 KYOKO 好像也是有那點意思。但他現在感覺也還在觀望機會，看看能不能親近 KYOKO，希望能有什麼進展、尋些樂子。他跟他老婆結婚第三年了，差不多是心癢的時候了吧？而且真崎感覺會幹得不著痕跡嘛。」

「又來了，由希，妳喝醉了啦。」

島津也不是認真勸阻地笑著說。

「可是，」由希吐著煙，交抱起手臂來。

「他那部進口車，還有獨棟房子，結果都是靠父母資助買的吧？他會擺出什麼樂活族的樣子回鄉下，據說說穿了也是因為不能沒有爸媽支援，不得已才回去的。他老婆的娘家也有土地，在當地還滿吃得開的不是嗎？可是就算非回故鄉不可，他也真的很高明呢。環境太完善的話，人自然就會想去別的地方尋樂子嘛。」

她望向沉默下去的紗江子，歪頭說：「是我想太多嗎？」瘋明星，不引以為恥的水上由希，就像真崎以前指出的，是個粗俗的女人。她問出口了。露骨而直接地問：

「妳也知道吧？真崎跟貴惠之間不是還藕斷絲連嗎？」

「你要接由希那邊的案子？」

回程途中，在店前暫時道別後，又在其他車站與真崎會合。儘管自覺聲音帶著刺，卻掩飾不了。真崎慢慢地把頭往後傾。漂亮男人的視線，冷得刺人。

「啥？」

「那我今天介紹你的電影的案子呢？如果撞期的話，你會變得很忙吧？」

「別讓我失望了，紗江子。」

他嘲笑似地說。那聲音讓身體從內側發冷。不要。不想跟他衝突。不想讓他回去。

「妳為什麼會委託我案子？喜歡我的設計？還是只是跟我感情好，看在這個情分上？」

別讓我失望了。

他再一次，慢慢地眨著眼皮說。

「妳只是因為跟一個人好，就會把喜歡的電影出賣給他嗎？妳的電影人自尊沒墮落到這種地步吧？喏，回去了。」

他拉扯她的手臂。香菸與香水味中，混雜著真崎的體味。男人的體味。

紗江子發現真崎的問題缺少選項。為什麼給他案子？因為喜歡他的設計。因為感情好，看在這情分上。

因為你是我的男人這個選項，從一開始就根本沒有被提出。如果是為了男人，妳就可以出賣身為電影人的自尊嗎？妳是這麼無聊的女人嗎？

真想咬牙切齒。

今天見到的由希，還有之前見到的聰美，都認為跟真崎有關係的反正一定是貴惠。那些人太天真了。明明真正有陰謀與祕密的地方，從外面是看不出來的。

坦白說，貴惠不怎麼樣吶。胸部小，又幾乎都不出聲。

真崎大剌剌地拿紗江子跟其他女人比較。坦露就連朋友間也不會談論的露骨祕密。撫摸著自己渾圓的乳房，輕咬著自己的耳朵，說著紗江子才棒。他是怎麼樣地喘息、怎麼樣變成男人。她們明明不曉得。

為什麼向 KYOKO 轉達清瀨的事這件事，不一開始就找紗江子？

紗江子沒有出席，所以不知道。可是談到這件事時，難道就沒有人提起嗎？明明要是紗江子的話，根本不必中間夾個誰，立刻就可以連絡到 KYOKO 了。

因為那是跟戀愛有關的事嗎？他們判斷里見紗江子實在太不適合這個話題了。是因為這樣嗎？

在車站月臺猶豫不決地站著，真崎的手指慢慢地，滑也似地穿進紗江子的指間來。強硬地掰開指縫，以毫不客氣的力道。忍不住抬頭，他「喏」地微笑。

「我們回去吧，紗江子。」

他們明白這是低級的取樂法子。

電話打來的時候，紗江子正用背部承受著真崎的愛撫與親吻。聽到來電鈴聲，她立刻就知道是誰了。從床上伸手，拿起手機問：「怎麼辦？貴惠打來的。」「接啊。」真崎毫不猶疑地回答。她笑著伸出光裸的手臂。「喂，貴惠？」真崎的舌頭一直線舔過背上。她差點嬌喊出聲。紗江子用拳頭抵住他冷硬的胸膛，拚命地忍住顫抖，裝出對外人的聲音。

「對，我剛回來。」

「對，下次我們一起去見KYOKO吧。聽美好像下落不明呢。貴惠，妳想跟KYOKO道歉對吧？我也是。我也……」

指頭的暖意，下肢的硬挺。是自己讓他興奮的事實。微吟出聲。

「——啊，沒事。」

穿刺上來的衝動讓她咬緊牙關。伴隨著微痛的喜悅和誇耀。仰望真崎。放過我吧。他默然不語，把紗江子的臉用力往床上按。他的手將紗江子頰邊的手機更使勁地壓上去。無表情的眼睛俯視著自己。屏住氣息，在他的掌中吐出聲息。

「嗯，沒事。我要睡了。晚安，貴惠。」

「掛得那麼不自然，會被猜出來的，紗江子。」

沒有抑揚頓挫的冷漠聲音。紗江子上氣不接下氣地掛斷手機，口中透明的唾液牽絲流淌下來。真崎確認後，騎了上來，玩鬧似地揪住紗江子的瀏海。「快來。」紗江子說。「求你，快來。」與真崎做愛的時候，幾次裡有一次紗江子會流淚。就像不聽話的孩子般，緊抱住他的手臂哭泣。快來，快來，快來。我現在正被你擁抱著。

——唰的一聲。

黎明時分。

赤裸著身體與男人貼在一塊兒，模糊的視野中出現一個人的背影。她慢慢地睜眼。

這聲音，是竄過自己內在的電流聲響嗎？還是這個狹小房間龜裂的聲音？

水藍色的紙片掉落地面。

背著紅色書包的小小背影。她記得。她拚命地動手，正在撕破寄給紗江子的情書。

妳根本不必這麼做。

假寐之中，紗江子心想。

不用的，貴惠。我已經不需要了。

閉上眼睛。

『我好想妳唷，紗江。』

昨天的電話聲又在耳邊響起。身後她的孩子在哭。

『真開心。好期待下次見面。』

如果知道被摯友欺騙了，貴惠一定會怒不可遏吧。可是這樣就行了。紗江子已經迫不及待遲早將會到來的那天。

6

意想不到的是，隔週紗江子見到了 KYOKO。甚至不是因為工作，而是在澀谷的百貨地下街麵包店。

「KYOKO……」

她忍不住出聲，對方似乎打從心底嚇了一跳。戴著胭脂紅的膠框眼鏡，一頭長髮隨意束起，拿著盛盤和麵包夾的她，若非看過她這副私人扮相的人，絕對認不出她就是女星 KYOKO 吧。她重新背好肩上的皮包，狀似慌張地應：

「紗江子。」

「嚇我一跳。妳怎麼會在這種地方買麵包？妳這種身分的人耶。」

「那是哪門子說法呀？這裡的麵包很好吃啊。鬆鬆軟軟的，可是奶油味不太重，我很喜歡。」

紗江子忍不住望過去一看，她的盛盤上擺了一條吐司和包裝三明治。為了不引起周圍注意，兩人的聲音都越來越小。

「妳現在有空嗎？」這麼主動詢問的，意外地是 KYOKO。「我還沒吃晚飯，要不要在這邊的用餐區一起吃？」

「我可以，妳沒問題嗎？」

「嗯。」

紗江子買了一樣的三明治，拿著紙杯裝的便宜咖啡，一起坐下。放下盛盤的時候，KYOKO 去倒了自助式開水。

「待在這種地方，會被人認出來的。」

「不會的，我一次也沒被發現過。」

KYOKO 笑著搖搖頭。她今天完全素顏，臉頰上有著淡淡的日晒痕跡。原來就算是女明星，也不是完美無瑕。紗江子有些惡意地，但又有些鬆一口氣地想，從她水中接過開水。

「今天休假？」

「上午就結束了。我家就在這附近。下工之後，泡個澡睡個覺，醒來就傍晚了，所以來買喜歡的麵包。」

她有些難為情地微笑。

「沒想到會遇到認識的人。可是幸好是妳。今天不用上班？」

「我也是提早一點結束了。話說回來，真的好巧呢。」

她想起前陣子真崎的提議。紗江子、真崎與貴惠三個人去見她。忽然間，惹人厭的聲音在耳邊復甦，用力搖晃她的肩膀。水上由希那低級的口氣。

——現在感覺也是在觀望機會，看看能不能親近 KYOKO，希望能有什麼進展、尋些樂子

「……可以告訴我嗎？」

「咦？」

KYOKO 的聲音忽然在耳畔響起。出神地盯著她的嘴唇動作的紗江子急忙反問，她又重說了一次：

「半田的連絡方法，可以告訴我嗎？」

「聽美的？」

「嗯。……不行嗎？」

「當然可以呀。」

真驚訝。

她們在宴會見面的時間應該不長，再說，KYOKO跟聽美在高中的時候應該也不是多要好。

「可是妳問她的連絡方法要幹嘛？宴會那次碰面，聊得那麼投機嗎？」

「就是沒時間聊得投機，所以才想培養感情呀。」

高雅地笑著的KYOKO，似乎不打算再給紗江子更多線索。看似大方，卻不允許他人登堂入室。

「妳可以告訴我嗎？如果需要本人同意，不必現在，晚點再跟我說也行。」

「啊，那乾脆……」

或許正好。紗江子忽然靈光一閃。

「要不要連聽美一起，幾個人聚一聚？我正好有機會跟貴惠他們見面。」

島津雖然緊張得誇張，但應該再過一陣子就可以連絡上聽美了。KYOKO微笑。

「我去打擾大家聚會好嗎？」

「說是大家，也只有幾個人而已。我跟貴惠還有聽美，再來頂多就阿修吧。」

說出最後一個名字的時候，原本笑吟吟的KYOKO表情微微地——真的是微微地，但確實繃住了。

咦？紗江子詫異。是我多心嗎？可是有股不好的預感。

由希的聲音。真崎一定會幹得不著痕跡。

怎麼可能？她心想。

真的太荒謬了。人家是藝人，而且高中的時候，紗江子幾乎沒看過真崎跟 KYOKO 說話的場面。KYOKO 被捲入的是跟清瀨陽平有關的是非，真崎跟那件事又沒瓜葛。

「這樣。……總覺得好像真的會打擾到，我會過意不去。沒關係，我等下次機會吧。」就像要抹去一秒鐘前自己不慎露出的表情似地，KYOKO 又裝出若無其事的表情來。剛才還十足起勁的聲音顯然收了回去。確認到這種情況，瞬間一股難以言喻的不安與焦急攫住了整顆心。她不能就這樣被含糊帶過。

她跟真崎之間有什麼。

「我們現在還是很要好。」

紗江子像要挽留似地出聲說。

「松島貴惠，還有真崎修。妳還記得嗎？」

「當然記得了。好懷念唷。大家現在在做什麼？我的時間一直停留在高中，感覺好像一切都跟那個時候一樣，但一定都變了吧。我記得我聽到真崎跟貴惠以外的人結婚，嚇了一大跳呢。貴惠現在怎麼了？」

「她在F縣當家庭主婦。小孩快一歲了。」

「這樣啊。好厲害唷，真不敢想像，跟我們同齡的同學裡面已經有人當媽媽了呢。是男生還是女生？」

「男生……」

KYOKO 在轉移話題。她直覺認為。

一旦這麼想，就再也難以承受了。她不認為是自己多心，因為她已經發現了。

為什麼連同學會也不參加的 KYOKO、只跟躲到新潟去的轉學生連絡的 KYOKO，會知道真崎修結婚了？她一副連貴惠的近況都不曉得的樣子，怎麼會連阿修的結婚對象是誰都知道？

羨慕我吧！她原本還這麼想。

直到剛才，她還為真崎與自己如此親密而驕傲得不得了。就算對方是 KYOKO 也無所謂。我是真崎修的密友、情人。每個人都憧憬追求的那個男人，我現在仍是他最親近的人。

這樣的心情，不是別人，她毋寧希望 KYOKO 了解的。KYOKO 與清瀨交往的時候，立場就和現在的紗江子一樣。清瀨陽平也是當時最光輝燦爛的男生之一。是妳曾經獲得，然後失去的事物。

「……可是阿修不曉得會不會來。」

紗江子強硬地把話題轉回來，KYOKO 默然。

喊起來總是令人那般愉悅的，真崎底下的名字。每次直呼他的名字，就證明了自己是特別的存在。可是現在她好介意聽到這稱呼的 KYOKO 的耳朵。

「我想貴惠也會帶孩子來。她一直很想見妳。我說真的，妳要不要來參加一次？」

總算設法和 KYOKO 約好時間，在麵包店前道別後，紗江子隨即跑進緊急逃生梯。

連回到家之前的短暫時間都她都無法忍耐。就好像在忍住噁心或淚水的時候那樣。一個人獨處後，確定手機訊號勉強只有一格，接下來就什麼都無法思考了。打電話。

鈴聲響了又響。不接。咂舌。說得也是，這個時間那傢伙正跟老婆一起坐在餐桌旁。是交代她不要打電話去的時間帶。

轉進語音信箱時，她掛了電話，喃喃啐道：「白痴！」不是說給誰聽，反倒是被誰聽見都無所謂。

她咬緊牙關，咬住嘴脣。

好不甘心。照著他說的呆呆地跑去跟 KYOKO 約時間的自己真是蠢斃了。一想到有她不知道的什麼，就坐立難安極了。

『怎麼了？居然在這種時間打來，真稀奇。』

接起過了快一個小時才打來的電話時，紗江子還在外面。她走到路邊，咬上去似地問：

「你跟 KYOKO 之間有什麼？」

電話另一頭，他沉默了。自己稱為基盤、地基的地方劇烈地搖晃起來。如果不快點得到能夠放心的回答，就要崩塌了。

「你們有什麼？」

聲音只能擠出相同的問題。太狠了。太過分了。我想要向她炫耀的。然而她那個反應是什麼意思？把我的樂趣還給我。

『——妳見到 KYOKO 了？』

「見到了。我照著你說的，問她要不要幾個人聚聚。可是你以為怎麼了？我一提起真崎修這三個字，她當場就拒絕了。你搞什麼？想讓我顏面掃地嗎？」

他什麼時候跟 KYOKO 見面的？自己怎麼會不知道？

非得像那樣尷尬地微笑，打馬虎眼瞞混過去的關係，究竟是什麼？那種時間、機會，究竟是何時、存在於何處？

除了清瀨，什麼時候連真崎都……。

剛道別的KYOKO的臉。素淨不帶妝，但美麗奪目的臉。世界從頭到尾都是屬於她們的嗎？我就沒辦法進去那裡嗎？明明都得到真崎修這個美麗的骨骼了。

靠著他這把鑰匙，打不開門嗎？

『妳冷靜點。——等一下，妳是不是誤會什麼了？』

他現在在哪裡？真崎的周圍很安靜。沒有人的氣息。啊，老婆在的時候他根本不可能打電話。老婆現在一定不在家。

『小可愛，紗江子，妳是不安到在哭嗎？』

「我沒哭。」

她真的沒哭，但是聽見他放軟的聲音，瞬間眼頭就熱得像要化掉了。聲音也抖了起來。明明自覺被敷衍了，卻克服不了想要被敷衍的欲望。

『我跟KYOKO沒什麼啦。我跟她又沒交往過，也從來沒有單獨兩個人見過面。妳也知道吧？她交往的對象是清瀨，清瀨不會讓其他男人靠近她。那時候我在跟貴惠交往，也喜歡紗江子妳啊。』

高明過頭的男人，為什麼就是會對自己過度自信呢？開始滲出的淚水瞬間縮了回去。真崎的甜言蜜語。別對我撒謊了。他跟貴惠交往是真的，但他並不是從那個時候就喜歡我吧。

要做就做得更巧妙點。我心裡的劇本不是那樣的。

「那KYOKO的那種態度是怎麼回事？她連你結婚了、對象不是貴惠都知道。你什麼時候跟她說的？」

『是聽別人說的吧？我不曉得。』

「聽別人說？聽誰說？就是沒人會告訴她這些，我才會被推出來跟她連絡不是嗎！」

電話另一頭沒有吭聲。

她知道的。

她知道真崎很高明。口中甜言蜜語，同時對自己的弱點瞭若指掌。與貴惠相比較、與妻子相比較，貶低其他女人，誇讚紗江子。

她知道。真崎親近紗江子的時候，他才剛獨立接案，為沒有案子而發愁。那是那樣的時期。儘管知道，她卻一直說服自己。對他露出的馬腳視若無睹。然而他卻完全依著自己的預測行動，近乎窩囊。一個假面具剝落的瞬間，一直壓抑的所有事情全部一口氣襲向紗江子的心，折磨著她。絕望地令她認清的瞬間一再到來，然而鋒頭一過，她又自私地忘記了。我和真崎就是這樣。

而他，卻是瞞不過去也無所謂。

就算馬腳敗露，他也料定了紗江子不會離開。然後他什麼都不打算失去。引以為傲的進口車、成為同學間話題的獨棟房子。父母的資助、老婆的娘家。——啊啊，求求你，別在那種地方露出讓人瞧不起的醜態。然後對於由希那種會對紗江子發洩不滿的女人，則是澈底隱瞞，甚至不讓她看見自己與紗江子通電話的場面。

可是我們本來是好朋友。可以毫不猶豫地動手偷吃的他，神經令人無法理解。

『……禮演講啦。』

不久後他說了。

像是對堅守沉默的紗江子沒轍了似地，心不甘情不願地開口。一瞬間她不懂他在說什麼。

「咦？」

『我的婚禮演講跟表演節目。我拜託她，被拒絕了。』

「拜託誰？」

茫然。難以置信。是既然開口就豁出去了嗎？真崎繼續說下去：

『就KYOKO啊。我寄了邀請函，拜託她代表親友致詞，然後表演電影裡面那段很色的舞。懂了嗎？沒有妳想的那種事啦。』

「等一下，你是說真的嗎？你怎麼會請KYOKO？我們一直沒連絡，而且你跟鈴原以前又沒什麼交情……」

說到一半，但紗江子懂了。根本用不著問。為什麼請KYOKO參加婚禮？為什麼拜託她代表親友致詞、請她表演？

──因為她是藝人。

由希的聲音響起。

想跟她一起合照，然後拿去跟公司的人炫耀。

然後她說了。

真崎也有一樣的味道。

不可能。拜託你否定。拜託你說沒那種事。心都涼了，白了。因為那實在是……。

「而且主持你的婚禮的是……」

『那是在KYOKO拒絕之後才拜託的。如果KYOKO答應，我沒打算拜託她的。喏，已經夠了吧？都那麼久以前的事了，而且那也是我老婆的要求啦。我跟她說KYOKO是我以前的同學，結果我老婆就在那裡吵著要請她。』

「──你就沒有羞恥心嗎？」

聲音顫抖，變得好遠，完全不是剛才能夠相比的。淚水已經再怎麼努力都擠不出來了。別說流淚了，臉上逐漸拉扯出可厭的笑。

一開始她所懷疑的情況，以某個意義來說，還壓倒性地像話多了。與此同時，紗江子痛感到自己在做的是多麼一廂情願的美夢。KYOKO甚至沒有向紗江子告這件事的狀。

瞧不起鄉下、瞧不起其他同學，與這些人相比較，好鞏固自己所屬的團體地位的真崎的假面具。不管露出多少馬腳，紗江子和真崎都兩人合力，一次又一次地共謀修復。可是，這實在……。

沒發現嗎？

妳覺得我的品味ＯＫ嗎？

真崎曾幾何時的聲音。一切開始的那一天。

為什麼只是看到網站一眼，紗江子就發現那是真崎設計的了？因為喜歡，因為認識本人。中聽的話要怎麼粉飾都成。可是，她也是可以說出真心話的。那是因為，他弄出來的東西，全都是一個樣子。

啊啊。紗江子在內心呻吟。我終於承認了。

我是發現了。不管是花飾公司、不動產公司、電影。你的設計雖然不差，但也沒有任何特出的品味。即使自以為突破創新，看在別人眼中，仍是一成不變。

「為了自己的虛榮，你居然要請甚至好幾年沒說過話的人來主持婚禮？現在再把她找來，見她是要做什麼？你是要像由希那樣，跟她合照，拿去跟公司的人炫耀嗎？」

『妳幹嘛說得那麼毒？我是自由工作者，又沒有公司。』

「我不是在說那個！」

忍不住大聲了。前方往來的路人不經意地回頭看她。可是無所謂。她不懂他怎麼能若無其事。他沒有發現嗎？沒發現這是決定性的嗎？

真崎的真意，只是非常細微的惡意。他想要自誇罷了。向人自誇KYOKO是他的朋友。向工作夥伴和朋友宣傳加油添醋的情節。就像紗江子拿真崎來做的那樣。他的想法，不多不少，就是這樣。

『別激動嘛，紗江子。』

真崎笑道。

『喏，既然妳見到了KYOKO，也跟她約好時間了吧？下次我什麼時候去東京？如果貴惠礙事，就我們兩個見面也行。怎麼樣？』

聽著那輕浮的聲音，紗江子愕然。

絕望地清醒的瞬間到來了。

其實她比自覺到的更要澈底地了解。

真崎修這把鑰匙是有極限的。用它是什麼都開不了的。他世俗到可怕，除了俗人以外，就只是個俗人。

「——不知道。」

回答的聲音過於冷酷，她難以相信這聲音發自自己的口中。不等回答就掛了電話。彷彿可悲的習性，瞬間她期待他會立刻打回來，但發現走出去之後手機仍然沒響，心想：啊啊，果然。

每個人都有心機。每個人都只能為了自己行動。可是，她希望他能夠超脫其中。求求你。不要讓我看出你的心機。做出讓我猜不透的行動，讓我痴狂。

真崎，是個小人物。

『那是誰？』

高中的時候，紗江子像個追星族似地把電影宣傳單夾在檔案夾裡，被真崎這麼問道。『紗江子超迷電影的嘛。』他調侃似地說。

紗江子放在檔案夾裡的宣傳照是瑞凡・費尼克斯的。是他的代表作《伴我同行》近尾聲的知名場面一幕。

真崎根本沒有看過那部電影。

正因為堂而皇之，而無法揪出來的謊言與矛盾。在幾個人一起去的卡拉ＯＫ裡，他唱了那首曲子。這首歌很受女生喜歡呢。貴惠，重新迷上我了嗎？

她也開心地點頭回應他。

真的唷？我也沒看過那部電影，所以沒什麼感動耶。真可惜。

7

走進來的 KYOKO 在紗江子的座位前停步。她驚訝地眨了一下眼，紗江子露出苦笑，於是她又恢復原本從容自在的表情。

「妳一個人？」

她在對面坐下來問。該怎麼回答？紗江子猶豫，但她再也沒力氣去粉飾了。「對不起。」她小聲道歉。

「我跟聰美連絡不上。她的手機號碼我等會兒告訴妳。對不起。」

「沒關係，那今天就我們兩個？貴惠跟真崎呢？」

「剛好沒空。」

紗江子說著，一陣脫力。對KYOKO真過意不去。她自嘲地想。

同學會。

那種地方，KYOKO不想去是當然的。什麼清瀨。把自己的居心不良撇在一邊，居然做得出那麼天真的發想。

「今天只有妳跟我。這樣妳是不是很為難？妳那麼忙，真對不起。」

「沒那種事。反正我今天也沒約會。」

溫和地回應的她，完全看不出實際上究竟怎麼想。紗江子也勉強擠出笑容。這幾天她累極了。沒有食欲。

事到如今，指定這家店令她後悔。與真崎，還有和聰美見面的法國餐廳。在這個地方，加上貴惠一起和KYOKO見面。她想在眾人之中，和真崎彼此確認心照不宣的祕密。那天她是那麼樣地心神動搖、全身被激烈的怒火灼燒，然而自己居然還有閒去做那種夢。真是太愚蠢、太天真了。我怎麼會笨到這種地步？

即使真崎是個小人物，自己從今以後，一定還是會拖泥帶水地繼續與他見面。因為我就只有他了。一個地方一旦容許崩壞，就再也無法恢復秩序。只能不斷地容許，不斷地隨波逐流。

「我有件事想告訴妳。」

與KYOKO的約定，事到如今其實已經可以取消了。可是最後她想問問。

那天紗江子發現了。她們的計畫打從一開始就錯得離譜。還有KYOKO為什麼不來參加同學會的理由，她也明白了。

明白的同時，她第一次感覺KYOKO近在身邊，打從心底同情她的痛。

「有事要告訴我？」

「──聽美邀妳參加同學會對吧？告訴妳說不用介意清瀨的事了，他已經不會再來同學會了。她應該是去告訴妳這些的。」

「嗯。」

KYOKO點點頭。紗江子看著送來的前菜端上眼前，等到侍者離去後，短短地吸了一口氣，然後說了：

「其實是**相反**呢。」

KYOKO慢慢地，用又黑又大的雙眼注視著紗江子。

「我們多管閒事地認為因為清瀨會來，所以妳不想來同學會。可是其實反了。**因為清瀨不會來**，所以妳也不想來，對吧？──妳有興趣的，打從一開始就只有他。我說的不對嗎？」

紗江子發現了。

發現那裡是無可救藥的，一群小人物的聚會。大家都從低低的位置仰望著KYOKO，就像仰望著天空的太陽或星辰。明明不可能得到，卻拚命設法想要多沐浴到一點她的光芒。就連那個真崎修也是。

從那個時候開始，KYOKO就有著這樣的部分。她與身旁的人維持著不可思議的距離，不讓他人親近，卻也不會過度遠離眾人。她唯一接納到自己內側的，就獨有一人──清瀨。然後雖然立場不同，清瀨卻也是眾人拿來當成茶餘飯後話題的星辰之一。正因為如此，能夠與她平起平坐的，就只有他。

KYOKO似乎吃了一驚。她微微瞇眼。紗江子繼續說下去：

「關於清瀨，我只聽到過幾個不負責任的傳聞，不曉得他現在怎麼了。他跟妳分手，大學也退學了。我也聽到幾個不好的傳聞，像是他到處玩女人，搞大了幾個人的肚子，可是又不肯負責；還有沉迷嗑藥，還當起藥頭什麼的。──我聽到太多傳聞了。可是只有他對吧？那裡現在妳還想見到的人。」

有個革命靜謐地發生的瞬間。

就像與真崎手摸手，初次對望的那天。自己得到了一切，無上滿足，認為自己再也不需要其他，把過去的一切全都拋棄也無所謂的瞬間。除了自己以外，紗江子只有一次明確地親眼目睹那種革命發生的瞬間。那就是KYOKO。

高中三年級的那個時候，她在教室裡得到了清瀨。那徹頭徹尾，就是一場戲劇性的革命。她勝利了。──正因為如此。

正因為如此，響子才……。

「沒有清瀨，妳去那裡露臉也沒有意義對吧？」

我懂的。反倒除非是紗江子，那當中的任何一個人都不可能明白。經歷了革命，卻發現得到的榮華並非永恆而唏噓。

都到了這步田地，卻仍無法擺脫，忍不住要去渴望他。我和妳是同類。

紗江子下定決心了。她要把發生在自己當中的革命與故事告訴KYOKO。KYOKO應該當下就會理解。就是為了告訴她，紗江子才鞭策著疲憊的心來見她。

就在這個時候。

「不是的。」

KYOKO回答，紗江子慢慢地眨眼。KYOKO搖搖頭，說：「妳誤會了。」

「對不起，我應該早點說的。上次半田來找我的時候也是，其實我本來想要晚點跟她解釋的。」

「解釋？」

臉頰的肌肉笨拙地逐漸發僵。KYOKO的臉上浮現柔和的苦笑。彷彿在看慢動作影像般，每個動作都遲鈍地移動著。

「我跟他現在還有連絡。──清瀨現在在美國。他從事NGO活動，在研究沙漠綠化問題。」

紗江子聽見自己的喉嚨吸進空氣的聲音。她驚訝到啞然無語，就這麼看她。眼前是一張抱歉的臉。

「很久以前的事了。他會大學退學，是為了重考其他大學的系所，從事現在的研究。他重考了兩年，然後第三年考上了，現在在美國。對不起，所以妳聽到的傳聞都是誤會。我完全沒想到會出現這樣的流言，他本人或許也沒料到吧。怎麼會傳出這樣的謠言來呢？」

唰，她覺得好似聽見了這樣的聲音。

長久以來小心醞釀的一切嘩然崩解了。緩慢地，但確實地，出現龜裂。KYOKO靜靜地搖頭。

「我不知道原來大家那麼為我擔心。沒有明白地告訴大家，真對不起。可是他過得很好。」

「……你們現在也……」

她沒有自信聲音仍然保持平靜。KYOKO搖搖頭。

「只會偶爾寫信或傳電郵。內容很短，彼此都沒寫什麼。」

那個人。

他。

KYOKO這麼稱呼的他的存在，從她的表情和口氣，可以看出不是逞強，而是已然無足輕重。

「同學會那邊，」

KYOKO說了。

「我真的只是沒空所以不能去。下次我會努力調整行程去參加。如果妳見到島津，也幫我轉告一聲吧。」

8

感覺身體成了空殼。身體前傾，靠著反作用力才能勉強跨出腳去，走在前往車站的路上時，手機響了。

麻木的手指從皮包掏出手機，看看畫面，是貴惠打來的。

「——喂。」

即使不願意，也體悟到自己的心現在正無意識地期待著某個名字。後來他打過幾次電話來。宛如為了維繫的義務性儀式，維持著一定的間隔打來的電話。現在雖然不接，但用不了多久，自己一定……。

即使不接電話，不回簡訊，他也從來不會直接來找紗江子。他只在不破壞F縣生活的範圍內行動，絕不逾越。

她不懂怎麼會這麼深地愛上。連渴求的究竟是不是他都不明白。

『喂？紗江子？是我。』

頭好痛。明天好想請假。身體重得要命。什麼都不願意想。

「嗯。怎麼了？貴——」

努力裝出沒事的聲音。就在這個時候。為了甩開頭痛，按住額頭抬起的眼前，捕捉到高掛在大樓的巨型看板。化妝品的宣傳看板。直到剛才還跟自己坐在同一個地方的KYOKO就在那裡。穿著鮮紅色的禮服，正面迎風，表情毅然地直視前方。

KYOKO是自由的——想到這裡，瞬間胸口一陣衝撞，彷彿被什麼冰冷的東西貫穿了。從地上仰望著她，被重力束縛的自己的腳。

我喜歡的。我喜歡的、一直注視著的，究竟是什麼？

鮮紅色的禮服。只要跳進那裡面，是不是就能得到與她相同的肌膚與骨骼？帶給人夢想的巨型平面照片。紗江子向真崎追求的事物。明明小心防備，卻又不可自拔的夢想。

他是我失去的時間與過去的窗口。是它的象徵，是一切。小人物是誰？是向誰追求什麼的誰？

不想被憐憫。不想輸。她只是想讓他們好看。

彷彿對突然沉默的紗江子感到訝異，貴惠不安地說：

『妳工作那麼忙還打去，不好意思。我在想什麼時候可以見到KYOKO？因為我得把小孩交給我媽帶，如果知道是什麼時候，可以告訴我嗎？我要搭電車去，嬰兒哭會吵到人，所以不能帶孩子一起去。』

唰，唰，她聽見聲響。

貴惠小小的手。如果。

如果那天妳不把信撕破的話。

「貴惠。」

好悲哀。

感情沒有起伏，也沒有後悔。她第一次知道，超越憤怒與痛苦的地方，居然是一片如此淡定沉穩的心情。絕對不甩掉男人，一定要緊緊抓住。十幾歲時的自己的潔癖教人疼惜。

有種一腳踐踏了純潔無瑕雪原的感慨。她想看看這個溫吞的摯友受傷的樣子。我已經自覺到了。認清自己居然是如此地不堪。

什麼？天真無邪的聲音在電話另一頭響起。

「我可以問個奇怪的問題嗎？以前我沒有朋友，這妳也知道吧？很久以前，小學的時候。妳來找我說話以前，我一直是一個人。」

慌亂似的一陣沉默。一會兒後，貴惠用一種分外柔和的語氣說了：

『有嗎？妳從以前就很聰明，所以大家覺得妳有點不好親近吧。可是我不太記得了耶。』

「別打馬虎眼。」

好想閉上眼睛。

她知道貴惠的這種口氣。閃躲尷尬的問題，撒謊的時候，她就會裝出這種聲音。

『因為人家真的不記得了嘛。紗江，妳是突然怎麼了？妳怪怪的唷。』

「那個時候妳為什麼找我說話？」

明明不冷，拿著手機的手卻好像凍僵了。她害怕知道澈底的答案。貴惠的不知所措傳了過來，她死纏爛打地追問：

「如果妳說妳不記得，那我來告訴妳好了。因為大家都討厭我。我又胖、又陰沉、興趣又古怪，自以為聰明。沒錯，大家都這樣說，都這樣笑我。我覺得這是理所當然的。我比周圍更早熟，所以覺得其他人都像群傻子。而我也不隱瞞我這樣的想法。」

被嚇著了似地，電話另一頭只是靜默。一口氣傾吐完後，上氣不接下氣了。咬緊嘴唇。覺得窩囊透了，只覺得不甘心極了。

「妳為什麼要找這樣的我說話？原本融入我瞧不起的那夥人的妳。」

是有人拜託妳吧？——聲音像嘆息般溜出。

「我爸媽，還是老師之類的拜託妳。妳覺得我很可憐，所以就這樣糊里糊塗……」

『紗江，妳是怎麼了？』

聲音快哭了。

「回答我！」

紗江子大叫，近乎哀鳴。

「這很重要的！為什麼？為什麼我非被憐憫不可？」

『不是憐憫。妳誤會了，紗江子。』

誤會。誤會。誤會。

連這裡也是誤會嗎？KYOKO不是自己的同路人。那麼我心中發生過的革命算什麼？它的價值和意義，事到如今連是否存在都模糊了。已經自覺到的現在，我要怎麼樣才能當作根本沒這一回事？

「上次妳打電話來的時候，阿修在我那裡。」

她不打算放鬆攻勢。她要澈底地，好好地品嘗最後的樂趣。說完之後她才發現了。我長年來的願望，今日總算夙願得償了。

『咦？』

「從很久以前就開始了。我跟阿修在交往。」

『騙人！』

貴惠的聲音緊張似地僵住了。「是真的。」紗江子應道。原來就這樣？這樣就完了嗎？她還想再藏深一點、再藏久一點。想要用更適合的形式，狠狠地擊垮貴惠。她想要傷害她、破壞她。盡可能長久地、盡可能深刻地。

「是真的。不管是妳還是任何人，都沒有人會跟我聊男人的話題。大家都認為我沒有男人緣，對我客氣，真蠢。」

『惠里香她……』

真崎妻子的名字。親密呼喚她的惡毒裡欠缺冷靜。

「她不知道。」紗江子答。「阿修做得很高明。可是那跟我沒關係。告訴妳，貴惠，阿修拿我跟妳比了好幾次，把我捧得高高的。我得意極了，幸福得要命。我覺得我——」

就沒有更適合的說法了嗎？

明明如此迫不及待此刻的到來，事到臨頭，卻發現自己毫無準備，教人氣惱。爛透了。

「我覺得我贏過妳了，所以得意了。喏，我跟阿修就是那種關係。——我受不了一直被妳瞧不起。」

『紗江！妳在說什……』

「蠢透了，真的。」

確認貴惠的聲音帶著怒意，感到大快人心。妳就這樣氣到瘋吧。

紗江子掛了電話。長按開關，切掉電源。把手機收進口袋，垂著眼睛走出去。即使咬緊牙關，嘴唇緊閉，聲音還是洩了出來。沒有內容的聲音。只有呻吟，啊啊。

總算能夠失去了。

她想。

9

貴惠手中拿著水藍色的信封。

從紗江子的鞋櫃裡拿出它來，毫不猶豫地打開看裡面。

寄件欄用圓圓的字體寫著男生的名字。——紗江子單戀的對象名字。

之前也有過這種事。

班上女生低劣的惡作劇。

那個時候紗江子愚蠢地在收到信的瞬間雀躍不已。像女生的字體令她介意，但她深信就是他寄來的信沒錯。

她怦然心動地打開信。

『醜八怪』。

內容就只有這三個字。

站在玄關的自己身後傳來咯咯竊笑。轉頭一看，被發現的她們「哇」地從走廊一哄而散。

她們怎麼做得出這種事？她心想。明明沒有被打，腦袋卻像遭到重擊一般嗡嗡作響。明明確實遭受重創，身體卻沒有任何一處流血，這令她一時無法置信。

冷酷的、帶著無窮破壞力的那封信。

又被放信了。與貴惠變成朋友後，自己依然是那樣的對象。看到那封信，貴惠會怎麼想？她會覺得不想跟這麼丟臉的人當朋友嗎？不想要她看到。紗江子又怕又羞慚，難以承受。

情急之下她停下腳步，屏住呼吸。在走廊角落動彈不得了。懷著欲哭的心情注視著貴惠。

下一瞬間，唰的一聲。貴惠的手沒有遲疑。

聽到這聲音的瞬間，她確信了。與剛才不同的另一種心情重新籠罩住紗江子的肩膀。以某種意義來說，那比剛才的恐懼更要強烈太多了。

被憐憫了。我，被她。

紗江子這麼認為。

被撕成片片的，寄給紗江子的信。看得出貴惠小小的身體繃得緊緊地，急迫得近乎可憐。快點，快點，快點。逐漸變得稀爛的水藍色信封與信紙。焦急的指縫間，落下了一片碎紙。

她顯然是在焦急。

得快點撕破。不能讓紗江子看見，得當成根本沒這東西。

「貴惠。」

紗江子呼喚，她的肩膀猛地一繃，慢慢地回過頭來。

「紗江子，妳好慢唷！」

裝出溫吞的聲音，握著碎紙的手揣進裙子口袋裡。

「我等妳等好久了。我們快點回去吧。」

「……嗯。」

快點啦，紗江子。為了隱藏極度的焦急與慌亂而裝出來的，軟弱的笑。

塞著惡意的信，她可愛的裙子搖擺著。

貴惠。

我受不了。貴惠，妳是用什麼樣的心情看我的？為什麼要一臉抱歉地回頭？不知所措地，擔憂著可憐的里見紗江子。

腦袋嗡嗡作響。痛得要命。不曉得自己的身體在哪裡。撕破紙張的唰唰聲已經持續好久了。

貴惠。

在黑暗房間的床上摀住臉，喉嚨發出吶喊般的聲音。為什麼？

為什麼那天妳要把信撕掉？我認為我被憐憫了。可是為什麼妳把信**撕掉**了？如果只是想要避免好友目睹惡意，只要藏起來就行了啊。那樣一來就不會掉下紙片了。為什麼妳要多費工夫，當場撕破？

眼角滲出淚來。

不能留意到這個幻想。好想吐。貴惠發抖的手。難道——。

難道妳是在為我生氣嗎？

想法形成語言的瞬間，扭曲的視野中，腦袋又痛得快要裂開了。

貴惠、貴惠、貴惠。

我真的好想贏過妳。

一連串毫不停歇的門鈴聲把紗江子喚醒了。

黑暗的房間裡，頭痛依舊持續著。雖然閉上眼睛睡了，心卻完全無法休息。因為吃了加倍劑量的強力止痛藥，視野邊緣一片霧白。無法正常站立。

叮咚、叮咚。

連迴響的門鈴聲是否是現實都不清楚。這裡是現實還是夢境也曖昧不清。

紗江子總算搖搖晃晃地抬起頭來，看看房間的電子鐘液晶螢幕，過零點了。這麼晚了，到底是誰？從床上站起來，腦袋猛地一陣眩暈。視野與意識彼此乖離，遲了幾拍才契合在一起。花了好久，勉強走到對講機前，拿起話筒。

「喂？」就連這樣短短一聲，喉嚨也乾燥嘶啞得難以說出口。

門鈴聲停了。

看見旁邊的液晶螢幕映出來的人物臉孔，她倒抽了一口氣。一下子清醒了。

是貴惠。

『——紗江？妳接電話了？妳在那邊嗎？』

她像是急忙趕來的，身上還圍著圍裙。沒化妝，披頭散髮。紗江說不出話來。『妳在不在那裡！』貴惠尖叫。

這裡，是東京自己的住處。

她慢條斯理地確認。貴惠不可能在這裡。

「貴惠。」

叫出名字，螢幕中的臉歪了。就像從肩膀脫力似地，惠貴咬住嘴脣，深深地吸了一口氣。眼睛溼潤，一眨眼就滲出淚來。

她右手握拳，把拳頭抵在臉頰上，壓抑著聲音似地說：

『我幫妳去揍他了。』

覆在右手的左手上，因為做家事而刮痕累累的戒指反光著。她又說了。我幫妳去揍他了。

『我去他家，當著惠里香的面揍了他。』

呼吸停止了。

螢幕裡，貴惠的臉不斷地不斷地崩潰。大滴的淚水不停地盈滿了小眼睛的邊緣，一吸鼻子，臉就漲得通紅。

畫面倏地消失，門鈴又響了。連放下話筒再拿起來都令人不耐。畫面裡的貴惠繼續說。

『我幫妳去揍他了，紗江子。』

貴惠。

想喊她的名字，呼吸卻哽住了，出不了聲。這段期間她急急地問：

『妳還好嗎?紗江，妳還好嗎？』

「妳是，怎麼來到這裡的？」

她再次定睛注視房間的鐘。這種時間，連趕不趕得上末班車回去都有問題。話筒另一頭傳來孩子鬧脾氣的聲音。她赫然一驚，細看螢幕。貴惠身後有部嬰兒車。貴惠慌張地跑過去。

『對不起，對不起唷，小類。你乖乖的唷，聽話唷。』

聽到那聲音，紗江子再也把持不住了。

貴惠。

聲音從唇間洩出。衝動延續了好久。畫面又消失了。門鈴又響，紗江子默默地拿起話筒。

「貴惠，貴惠，我——。」

『我看見妳在收拾單輪車。』

貴惠把臉轉向正面說明。是淚溼的聲音。

『我看見妳明明自己不玩，卻在收拾別人亂丟的單輪車，只因為那天妳負責打掃。我想跟妳交朋友，是因為我喜歡妳那種正直的地方。——就算只有一個人，也不會去迎合別人，我覺得妳好帥。我也想要像妳那樣。』

「我不曉得，我不曉得了啦。」

孩子氣地吐出一連串毫無脈絡的話語。『嗯。』貴惠點點頭。沒什麼意義吧。可是她一次又一次點頭。

『嗯。』

「我不曉得了啦。」

不用再去見真崎了。不想見他。可是不曉得，如果他來找自己，她沒有自信抗拒得了他甜蜜的聲音和觸感的誘惑。

第一次曝露出赤裸自我的自己，能不能好好地與摯友繼續連繫在一起，她不曉得。她像個孩子般哭著，用全身只去聆聽貴惠那安撫似的頷首。身後傳來她兒子的哭聲。

畫面消失，門鈴又響。這或許會是最後的通話。她知道彼此都這麼感覺。貴惠用鼓足了勁的聲音說了：

『紗江，開門，讓我進去。』

她不曉得自己能不能打開這道門。

可是里見紗江子哭著，總之按下了大門的開門鍵。

——座號二十七號——

水上由希

——「Atachi」，過來一下。

在幼稚園的庭院玩耍時，屋簷下的陰影處傳來呼喚聲。當天滿四歲的水上由希很清楚那是在叫她。

周圍的小孩都用自己的名字稱呼自己。「明美呀」、「美香啊」。她以為都是這樣的，學她們用「由希呀」起頭，瞬間被祖母一巴掌摑倒了。

「像什麼話！居然用那種噁心巴拉的撒嬌口氣說話，丟死人了妳。」

「大家都這樣講呀。」由希反抗說，卻被冷冷地不當一回事：「那麼那些孩子全都不像話！」所以她都乖乖地用「watashi」（我）自稱。身邊朋友沒有一個像這樣說話的，但祖母的話在她的腦中陰魂不散。那些孩子全都不像話。

結果就這樣惹來了注意。

班導室山的臉。想不起來，可是記得她非常招搖。頭髮染得很淡又燙得捲捲的，搽著亮粉紅色的口紅、化著引人注目的妝。有香水的味道。可是現在到了和當時的她差不多的年紀，由希已經有了確信。畢竟只是個狹小鄉下世界裡自以為是的女王。現在的自己，肯定比那個女人更要時髦洗練好幾倍。

「Watashi」，當時她還有沒辦法正確地發音，自然就會變成「atachi」，滿口「atachi」、「atachi」的由希，看起來一定像個裝模作樣的臭屁小孩吧。

「『Atachi』，把那個拿來。」

就算口氣像個小大人，要是孩子的父母充滿都會氣息，孩子本身也穿著體面，一定就不會受到這樣的嘲笑吧。但幼稚園制服底下穿著祖母手縫的工作服或罩衫的由希，不是那種好家庭的孩子。她跟著和母親離婚的父親還有祖母三個人住在一起。她很想像大家一樣穿有卡通圖案的T恤，也很嚮往縫滿了滾邊的裙子，但祖母堅持說：「現在的衣服太貴了。」不肯買給她。祖母拆開自己或父親的舊衣，用那些布或毛線縫製簡單的套頭衣。冬天則讓她穿用郵購的古怪機器編織出來的，同樣堅固無比的毛衣。

「由希的衣服都好老土。」

後來過了很久，她得知自己被小學的同學在背後這樣說。可是不像壞話那樣陰險，語氣就像在單純陳述令人莞爾的事實，所以她也不恨朋友，只覺得丟臉極了。

對於剛出生就離開家裡的母親，她沒有什麼記憶，與視嚴格節約為美德的祖母的「鄉下孩子」的生活，她理解為原本就是如此，因此不覺得哪裡奇怪或抗拒，那完全就是她自然的日常。

但祖母做給她的衣服裡，偶爾也會有非常亮眼的成品。那與其說是刻意，更接近誤打誤撞，不過有時朋友的母親會叫住她，為她的衣服是手工製的感到驚奇。

那天穿的洋裝，完全就是那樣偶然的成品。

——「Atachi」，過來一下。

她們在庭院玩耍時，保母們坐在屋簷下的長椅，邊聊天邊盯著孩子們。由希聽到聲音回頭望去。是室山老師跟其他班的老師。坐在那裡的老師們都看著由希，向她招手。

雖然還在玩，但由希離開朋友，去了那裡，老師們用毫不客氣的口氣問她。

「這也是妳奶奶做的？」

「嗯。」

祖母都在客廳踩踏著老舊的縫紉機。看電視的聲音會被縫紉機的聲音蓋過，非常討厭，可是她知道說了只會招來一頓罵，總是忍氣吞聲。這件洋裝也是像那樣做出來的。

「這樣啊。」

室山老師點著頭，和旁邊的保母對望。就在下一瞬間。「可以看一下嗎？」也不等她回答，室山老師的手掀起了由希的洋裝。抓著裙襬，一口氣掀到脖子處。

在陽光傾注的白晝庭院，赤裸的胸腹接觸到外面的空氣。季節是夏天。洋裝底下，她只穿了一件內褲。

現在回想，自己那時候的模樣就好像被強風吹得開花的雨傘。被迫做出萬歲姿勢的手和臉被掀起來的裙子遮住，看不到保母們的臉了。

「哦，原來是這樣子啊。」

「鈕釦是怎麼扣的？」

儘管年幼，還是可以理解到她們正把自己剝個精光，在研究衣服的縫法。是怎麼弄的？對不起唷，可以看一下嗎？含笑的語氣客氣地再三重複著相同的話，手上的動作卻是不容分說。釦子被解開，衣服從袖口被抽走。

不要——儘管這麼想，卻發不出聲音。又沒有要進游泳池游泳，卻在外頭赤身裸體的，感覺好奇怪。被脫掉洋裝的自己的背後，大家正在玩捉迷藏或家家酒。當時她對異性或朋友都還沒有羞恥的感情，也無法理解這是怎麼一回事。不過即使如此，她仍模糊地感到哪裡不對勁。

懂事之後回想起這段記憶，她現在已經了解到那股怪異的感覺是真實的。那些保母的行為是不可原諒的。她們以為對方是孩子，所以無所謂吧。可是我一清二楚地記起來了。那個老師現在怎麼了？

祖母代替工作很晚下班的父親，總是來接由希。「我孫女今天有沒有給老師添麻煩？」祖母是個傳統女性，恥於稱讚自己人，不管是對自己的兒子還是孫女，都習於不當地貶損。由希幾乎沒有被稱讚的記憶，母親會離開家裡，或許原因也出自祖母。

看到大家都是母親來接，有時雖然也會寂寞，但想到要等待因為工作而遲遲沒有來接的父親，由希滿足於自己的境遇。祖母總是分秒不差地到幼稚園來接。祖母沒有駕照，所以兩人必須走路回家，唯有看到朋友坐著父母的車子經過時，她實在忍不住要羨慕。

夏天兩個人撐著花朵圖案的陽傘一起走回家。雖然懵懵懂懂，但由希還是把這件事告訴祖母了。室山老師她們看了我的洋裝。

那天晚上，吃晚飯時祖母心情非常好，難為情地把這件事告訴父親。

「今天幼稚園的老師們特地把由希的衣服翻過來看呢。哦，是我做給由希的衣服。現在的人是不怎麼自己做衣服嗎？所以才會覺得稀奇吧。這根本沒什麼嘛。」

完全不習慣自誇的祖母假裝若無其事，但一次又一次地提起。她一定非常開心吧。還口齒不清的由希所描述的內容被粗糙地處理，在這樣的結論中定了案。

那件洋裝的圖案。

我不記得了。

1

『第凡內（譯註　紐約第五大道的知名珠寶店，沒有餐廳）』

看到這一行的時候，感覺背脊被什麼東西貫穿了。以這裡為中心昂然抬首，挺胸走去。她確信自己是為此而生。

是感動？還是覺得帥氣？她不知道為什麼。只是同樣一句話在腦中不停地打轉。第凡內。紐約第五大道的知名珠寶店，沒有餐廳。

在那裡吃早餐，這種發想。

堅稱即使變得如此，也不願意失去自我的女主角。

由希幾乎不看電影也不讀書，因為這樣，對於看過的電影、讀過的書，每一部她都有很深的感情。楚門・卡波提的那本作品，她是在國中的時候出於裝大人的心態讀的。理由很單純，因為那是一部時尚電影的原作。『到第凡內吃早餐吧。』這麼說的女主角，名叫荷莉・葛萊特利。

她的孤獨與高貴，還有無可救藥，以及自由。

緊握著書本，由希麻痺了。女主角也這麼形容那家店。

我和其他事物能夠一起好好相處的地方。

討厭的紅色在臉上蔓延的時候，結果最好的方法，就是跳上計程車，前往第凡內。這麼一來，心情很快就會平靜下來了——因為四周的靜謐，以及店裡尊貴的陳設。

這種場所，這種感覺。

她下定決心，總有一天要去到這裡。

求職的時候，她會以「荷莉」為第一志願，就是因為中意它的名字。她不知道兩者有沒有關聯。

可是做為讓她感受到那種精神的浮華世界象徵，足夠了。

「由希，昨天 KYOKO 上電視了呢。」

正在處理傳票時，聲音自頭上響起。Unimat Life 咖啡機就擺在由希的座位後面，所以人來人往。許多員工都來倒茶，順便跟她攀談幾句。

停下按計算機的手回頭一看，是櫻木。是他們公司最老資格、同時也是目前最受歡迎的設計師。

「咦？真的嗎？哪個節目？」

「不好意思，我不記得節目叫什麼了。我平常也不怎麼看電視嘛。是三更半夜開電視偶然看到的。因為有武井恭介，所以我有點好奇。我記得妳說過妳喜歡武井恭介對吧？」

「啊，是的是的。討厭啦，真的嗎？我怎麼都沒聽說？KYOKO 好奸詐唷。她幹嘛不告訴我嘛。」

「看他們兩個說話的樣子，好像交情滿不錯的，妳問問 KYOKO 怎麼樣？好厲害，搞不好妳可以見到武井恭介唷。」

「我一定要她介紹。」

對櫻木親暱的態度鼓起腮幫子回應，在腦中浮現那名演員的臉。他應該還沒有跟 KYOKO 共演過電視劇，可是或許是在談話節目之類的一起登臺過。

「真好，到時候也要找我唷。哎呀，KYOKO 小姐能不能穿我們家的衣服上節目呢？由希，妳沒拜託她嗎？」

「我拜託了，也把衣服給她了。她私下出門的時候也常穿。可是還是不行啦。上節目的時候都有造型師，要宣傳的話，還是得從那邊下手才行。本人也說沒機會穿便服亮相，真可惜。」

「啊，原來妳也是有在推銷啊，佩服佩服。可是妳要好好把我設計的衣服拿給她唷。青井還是近藤的不行唷。下次我再給妳一些拿去送她。」

「沒問題。這件褲子或許不錯唷。穿起來很容易活動，風格也很適合KYOKO。」

她指著自己身上的黑長褲說。「荷莉」現在共有三名設計師，這是櫻木的作品。櫻木笑逐顏開。

「也很適合妳啊。謝謝妳穿它。」

「我們在討論下次要一起去泡溫泉，到時候我再拿給她。」

上星期日的談話節目裡KYOKO說了。現在在拍的電影殺青後，想要休假一星期左右，去泡個溫泉。她那張清爽的、妝容完美的臉就像個女星那樣，只說漂亮的話。

『帶一堆電影DVD去那種不是觀光勝地、只有浴室溫泉的地方，然後關在房間裡看DVD看個痛快。』

「——我們這樣說好了。」

「她那麼忙，不會很難見面嗎？」

「也還好呢。我很閒，所以滿可以配合她的時間的。我們常常一起去玩。」

由希微笑，櫻木喝了一口剛泡好的咖啡。側臉的頭髮亂了。蓬亂的長髮配圓框眼鏡、細瘦的身軀。雖然不是完全符合喜好，但一想到人家是人氣設計師，那副容貌頓時充滿藝術家氣息，真不可思議。

「這麼說來，櫻木哥有點像剛才提到的武井恭介呢。」

我喜歡的。

她在心裡這麼添了句，櫻木誇張地「噗哈」一聲，把咖啡杯從嘴邊挪開。

「什麼？」他看由希。「妳誇過頭了啦。第一次有人這樣說我。哪裡像？」

「唔，髮型跟眼鏡都不一樣，可是眼睛，我覺得拿下眼鏡應該很像唷。不過今天櫻木哥看起來很睏，樣子不太一樣呢。你連續熬夜了好幾天對吧？」

幸好剛才補了唇蜜。由希一邊歪頭一邊看他的臉。

「難道你說很少看電視，是因為幾乎都住在公司？這樣太操勞了啦。你有好好吃飯嗎？櫻木哥很瘦耶。」

「瘦得像皮包骨，很難看？」

「我又沒這樣說。我喜歡瘦一點的型。」

由希苦笑著，「可是這樣讓人很擔心啊。」她呢喃似地說。

「反正你一定都是去超商還是哪裡買便當在公司吃吧？下次我介紹你不錯的店。這附近只要找，也是有不錯的餐廳的。下次一起去吃吧。」

「我考慮考慮。現在時間真的不夠。」

櫻木微笑著，抽身揮手離去了。由希微笑著目送他的背影，把臉轉回電腦的同時，以周圍不會發現的程度嘆了口氣。櫻木搞什麼啊。

都約得這麼露骨了，還沒空？有沒有搞錯啊？是太遲鈍了，還是真的在躲我？不管是何者，都一樣教人氣憤。

盯著正在處理的傳票。

設計師和業務正職員工的薪資明細。規定的月薪旁，有填入住宅、扶養、加班費等金額的欄位。也有視業績分發的獎金欄，這些是做為「薪資」和「津貼」從公司預算支出的部分。一星期後的十六日，每個月中。

由希領的「工資」跟這些「薪資」不一樣，支薪日也是不同日。日薪七千，其他部分，公司會給付的只有通勤花的交通費。只有一年一次的續約，從來沒有加薪過。

好忙，好忙，正職員工都這樣說。設計師也說。

倒咖啡時轉換心情聊聊的對象。笑容不絕，親切地解決雜務的臨時雇員的行政小姐，也就是所謂的職場吉祥女孩。

在「荷莉」的正職員工考試中落榜後，已經六年了。那個時候她也是報考業務和行政職。設計師她想都沒想過。她喜歡衣服，也擅長畫圖，所以也曾夢想過各種衣服，但隨著年紀增長，了解設計師的工作內容後，她感到厭倦。做衣服是計算與裁縫。光靠組合形狀和顏色，還有畫畫圖，是無法勝任的。

剪裁布料，踩踏裁縫車，縫合。由希一次也沒有做過這樣的事。因為她想要的地方是一切都已經完成的狀態。是沒有半點灰頭土臉努力的痕跡、就像是只提供給天才與大師的哲學的、嫻靜高貴的店鋪。只要有與此相關的記號就行了。語感和地位，這些的話，她就想要。

落榜後一段時間，她做過店員、待過美容沙龍，三年前她得知「荷莉」在招募名為臨時雇員的打工人員。她被錄取了，做起類似會計和業務見習生的工作半年左右，聽見業務的前輩說溜了嘴：

『我覺得今後的時代啊，還是得要有女人才行。這年頭連證券公司的業務也都會帶個年輕小姐在旁邊，告別客戶的時候教女生拋個媚眼再回去不是嗎？這個業界也是，畢竟決定百貨公司賣場面積的都是些老頭子，所以我跟部長說，咱們不比照辦理就吃虧啦。』

由希並不會感到不愉快，反倒甚至感覺驕傲：這是理所當然的吧？我是因為外表才被錄取的。幸好她從不怠慢要精心打扮，總是留意穿著和保養——她嚼著從以前的職場摸來的美容營養食品心想。

「由希，可以影印一下這個嗎？」

「好的。」

她熱情地笑著轉過去，視野一隅看見自己脖子上的絲巾在晃動。接過來的紙上滿是秋季新品。這件夾克、這只皮包和鞋子。還有裙子。她瀏覽了一下，挑選中意的款式。買下這些吧，就當作是我設計的。

——由希真的很厲害，在時尚流行界工作，而且是最前線嘛。

上次同學會聽美說的話，一想起來就令人陶醉。領的不是「薪資」而是「工資」也無所謂。只要能夠進入這棟大樓的、有這種氣息的地方，不會曝光的謊言，與真實是同義的。

鞋子和衣服都是，越是輕盈，就越能夠當成鎧甲。完美的防禦遠勝於攻擊。

影印完後，計算剛才看上的幾樣單品總額多少。「荷莉」的衣服絕不便宜，若是每一季都要買上好幾件新單品，更是所費不貲。

差不多又該找家店上班了吧。

她看著飾有緞帶的褐色長靴的照片盤算著。被老頭們稱讚，應付他們，這她並不討厭。反正現在她也沒有男友，時間很自由。

完全就是流行的最前線。浮華世界——聽美這麼說，但這是當然的。我一直很努力。聽美是美女，感覺她好像認為自己也能輕易勝任特種行業，但那也是需要才華的。畢竟年過二十，女人的魅力光憑臉蛋就沒用了。由希有著拚命精進的自負。即使過著捉襟見肘的生活，被老頭們撫摸大腿，但她一直堅守著這具身體和作風。

上次同學會聽美穿的那套衣服，雖然忘了是什麼時候，可是以前去玩的時候她也穿過。由希記得那時候她心想：美女歸美女，但破綻百出吶。這要是我，才不會穿同樣的衣服在同一群人面前亮相兩次哩。

最令她開心的是受到稱讚。第二開心的是被嫉妒。看見留在鄉下陰沉土氣的一群人瞥著自己，一群弱者在那裡窸窸窣窣，教人興奮得起雞皮疙瘩。你們就盡量聊吧。她好想好想知道他們在聊她什麼，想得不得了。

回到座位，手機接到簡訊。塞進口袋，去上廁所順帶打開一看，看見內容的瞬間，表情忍不住歪了。搞什麼？

是島津寄來的簡訊。

『我跟紗江子連絡不上，妳有沒有聽到什麼消息？我打電話問真崎，他好像也在忙，沒辦法聊太久。聽美還是一樣連絡不上嗎？她有沒有傳簡訊給妳？』

2

「連絡不上是什麼意思？島津。」

回家的時候，她從地下停車場打電話。看看手錶，八點半多。她認定島津工作的銀行反正是朝九晚五，閒得很，沒想到電話另一頭還散發著戶外的氛圍，一片嘈雜。他說還在工作，由希應道：「隨便啦。」

「聊一下不會死吧？你說連絡不上紗江子是什麼意思？我也打了，沒人接。你問過貴惠了嗎？」

『貴惠也是。我打電話給她，可是沒人接。這簡直就……』

難以啟齒的氛圍。不用說也知道，這簡直就跟聽美一樣。

「我跟聽美也還連絡不上呢。她也沒給我簡訊還是電話。真崎怎麼說？」

由希把皮包搭在肩上，一手拿著手機，掏出香菸點火。

『真崎說還沒見到 KYOKO 小姐的樣子。那傢伙口氣也很冷淡，只說紗江子跟貴惠應該都很忙，好像沒怎麼放在心上。』

「真崎本來不是很起勁嗎？欸，我可要聲明，我也不是很閒才想見 KYOKO 的好嗎？別搞錯了。」

這麼短的期間內，真崎突然對這件事失去了興致，這實在是難以想像。由希長長地吐著煙，稍微冷靜下來。島津身後又有人在活動的動靜。區區島津，裝什麼忙嘛。居然忙到這種時間都還有工作。可是他卻不乾脆掛了由希的電話，究竟是為了什麼？光想就覺得可憐，連由希都想替他自嘲幾聲了。

「總之，我會繼續連絡聽美跟紗江子看看。我也會打電話給真崎。只要說是談工作，那傢伙也不能不接我的電話吧。」

聽美和紗江子。還有貴惠跟真崎。

不願出席同學會的前同班同學。

就彷彿為了把閉關在岩戶裡的 KYOKO 引誘出來，輪番降臨此地的諸神嗎？前往找人的，反而就此一去不回。不會吧。

『紗江子是不是自己一個人去見 KYOKO 小姐了呢？沒有找真崎他們。然後或許她被 KYOKO 小姐說了什麼……』

聽到島津失魂落魄地這麼說，瞬間由希一陣火大。白痴啊。

「幹事，你振作點好嗎？我們又沒做什麼虧心事。只是覺得如果 KYOKO 是因為什麼理由沒辦法參加同學會，那就太可憐了，所以才設法邀她的不是嗎？我會再連絡。你也是，直接打電話給 KYOKO，探探情況。紗江子那邊也確定一下是不是真的見面了。懂了嗎？」

說完想說的就要掛電話的時候，聲音追進了耳朵裡：

『啊，那由希，下次要不要一起去吃個飯？上次跟真崎他們道別後去的酒吧，我喝得很開心。我們兩個再去那裡——』

由希受不了地皺眉，虛脫地掛了電話。把香菸按在牆上揉熄的時候，幾名正式員工下來停車場了。她扔下菸蒂，不讓正要進車子的他們看見。視線對上，所以她親切地微笑，嘴巴做出「辛苦了」的唇型，輕輕行禮。

背過身子往車站走去，嘆了口氣。島津那傢伙真沒用。快點啦，快點讓我跟 KYOKO 說話啦。

『她是我同學唷。』

那是在剛進「荷莉」的歡迎會上。面對著背負業界人士這塊招牌的社員，由希不安極了。內行的大人們談論的、陌生的名字和各種專有名詞。沒有和他們共同的脈絡的自己，是個手無寸鐵的赤裸孩童。

避免聽起來刺耳、避免被認為是在吹噓。她付出萬全的注意，慢慢地，慢慢地把話題往那邊帶。

你單身嗎？你喜歡哪種型的女生？哇，某某前輩平常的穿搭跟身材真的好棒唷，是不是有什麼做為參考的女性？有沒有最近特別欣賞的女星？如果可以請她穿上自己設計的衣服，前輩覺得哪一個明星好？

用不了多少時間，她就不著痕跡地導出了她要的名字。也因為由希雖然是外行人，但她判斷風格犀利的女生在藝術家和創作家之間的評價比較高。就是KYOKO那種型的。

就像吸氣吐氣那樣。

就像呼吸那樣，做為一種自然活下去的營生，未經思考，聲音就先流暢地發出來了。不緊張，不躁進。

『我們從高中的時候就是好朋友了。真開心，她也很喜歡「荷莉」的衣服，要是知道「荷莉」的人在談論她，一定會很高興的。我可以把這件事告訴KYOKO嗎？』

這不是吹噓，是事實。如果有人把她的這個聲音當成是炫耀還是謊言，那就是在嫉妒。就是因為自己有什麼見不得人的地方，才會聽起來覺得那樣。我一點錯都沒有。

知道KYOKO出道以後，這是她過去也一再重複的行為。KYOKO演出的電視劇、談話節目，她盡可能全部看過。對專門學校的朋友們，她也提過好幾次了。

『上星期她上了「你好」那個節目，說到去馬來西亞旅行的事。有人看到嗎？說她跟朋友兩個女生一起去，可是她朋友的旅行箱好舊了，提到一半鎖突然壞掉，箱子裡的東西掉了滿地。——她說得很好笑，可是那其實就是在說我啦。』

想要跟KYOKO的合照。

不是紀念照那種的，最好是在她毫無防備的狀態下拍的。如果有能夠靠合成修飾得天衣無縫的技術，或許她早就幹了。

這種衝動哪裡不對了？

如果說她無聊，或許是吧。就算是這樣，她也不覺得哪裡錯了。我只是無時無刻在追求能夠為我加分的價值。如果能夠得到比 KYOKO 更棒的東西，我隨時都會罷手，琵琶別抱。可是現在感覺最能讓我樂在其中的地方就是她。

即使由希開口邀請，KYOKO 也不會來吧。自己不是當幹事的料，以前跟 KYOKO 也不是那麼親密。可是想要把她叫出來。關在岩戶裡的太陽神。我才不許她永遠就這樣關在裡面。

——然後，雖然也想拍照，但由希還有比拍照更強烈希望她登場的理由。她有理由，也有權利。她為什麼不來？明明可以暢所欲言的。可以被大家拱上天，絕對可以成為全場焦點。她不想嗎？她不想讓大家好看嗎？

閉上眼睛回想。自己被做了什麼？後來又經過了多久的歲月？

3

高一的那一年間，是響子身為女王的黃金時代。

為了追隨清瀨而選擇升學高中的神話。她把這件事告訴了身邊的每一個朋友。就連不同班的由希，都聽見了這名剛毅女子的英勇事蹟。

「要是戀愛跟念書都能跟響子一樣全力以赴就好了呢。」

響子的企圖成功了。她播下的種子，被聽說這件事的同學們散播出去，傳播到各個地方。

自己班的班長不遺餘力地戀愛。朋友目瞪口呆地評論著：「真不敢置信呢。」臉上雖然擺出沒轍的表情，口氣卻是輕快的。

告訴由希這件事的朋友，好像前些日子在班級大會之類的場合第一次跟響子坐在一起，直接聽她本人提到這件事。看來她完全被響子給吸引了。

「就算清瀨同學很帥，那樣一來，其他人也根本不敢開口跟他告白了嘛。他跟響子真的很登對嘛。」

「啊，好可惜唷。原來一班的那個帥男生已經被訂走啦。鈴鈴不是也喜歡他那種型的嗎？不是嗎？」

「咦？我想都沒想過啦。」

「是嗎？妳不是說妳喜歡傑尼斯系的嗎？」

由希面露玩笑般的微笑，把這個現象歸類為不怎麼稀罕的事。

響子不同凡響。

響子敢做一般人不敢想像的事。

跟響子是朋友的我們也不同凡響。

這是不管小學還是國中，偶爾都會出現的，明瞭易懂的小魅力人物。過去由希也看過很多。響子所做的事，就這樣賦予了每一個平凡的她們夢想。所以大家不會對她的東西動手。相反地，信徒被允許談論教祖。好厲害呢，真傻呢，響子這個人。被允許像親人般謙虛地批評，以強調她們的距離有多親近。

即使地點換到高中，依然有著這樣的存在，而這次的風雲人物是一班的班長嗎？由希冷漠地理解。

「說是傑尼斯系，清瀨有點不一樣呢。我覺得他太壯了，我有點……」

由希只是隨口丟了個話題，但朋友不曉得是不是不習慣談論自己的戀愛，在一旁低著頭，臉都紅了。由希盯著她的臉，痛感到自己的「失敗」。

輕而易舉被其他班級的魅力人物給迷倒的「一般大眾」的個性。高中第一年的那個時候，由希清楚地悟出自己選錯棲身之處了。她讀的國中算起來是一所小學校，沒什麼大團體，因此只要跟不起眼的學生混在一起，由希自然就會成為眾人焦點。

她想避免跟自我中心的人彼此產生衝突的情況。進了高中，找到跟過去的朋友類似的個性，鞏固好圈子後，總算抬頭環顧周圍時，才發現自己錯了。

依靠其貌不揚的朋友烘托的時期已經結束了。花就是花，草就是草。受歡迎的女生彼此襯托，不受歡迎的人只能埋沒在集團裡。男生也只跟華美圈子的女生說話。他們的基準是「那群女生好可愛」這樣的、以團體為單位的評價。

由希的起步晚了。可是她也已經錯失了甩掉身邊已結交的朋友的時機。她能夠做的頂多就和國中一樣，為了令自己的美麗顯得突出而精心打扮，唯有這一點她沒有懈怠。

「那個女生已經跟男生告白了嗎？她們已經交往了嗎？」

由希問著，心想這確實教人佩服得五體投地。

連對鈴子這種不起眼的女生也滴水不漏，用相同的熱情傾訴衷腸。用可愛的女生鞏固好周圍，同時也不忘對下界的俗眾付出關懷。雖然好奇她的大愛究竟是不是一種障眼法，但對於蒙受恩寵的一方來說，確實效果十足吧。畢竟向她們搭訕的可是明星，會感到受寵若驚也難怪。

鈴子的語氣警戒似地變硬，想要轉移話題般地變得含蓄。

「好像還沒有交往，可是從她說的來看，清瀨也不討厭她的樣子，他們應該不用多久就會在一起了吧。那是別班的事，我也不太清楚。」

對於付出努力的人，不願只以成敗論英雄——大概是這個意思吧。鈴子繼續擁護說：

「——他們互教功課，感覺非常要好唷。連響子他們班的導師都知道了。聽到連老師都認同他們的關係，我好吃驚唷。」

「哦？」

由希想像。

全班同學都知道，正大光明的愛意。話題中的他——「清瀨」如果也是響子的信徒，那就沒問題了。但如果不是，這完全的第三者會怎麼看待來自他人教祖的愛意？

為了男人考進這所高中，這樣的報考動機有多少是真的？想要為世上多如繁星的戀愛之一，取一個不同於俗眾、只屬於自己的特別名字的衝動。然後由此而生的謊言，很遺憾，這一點都不稀奇。

可是只是在班級大會上相鄰而坐，就對這女生推心置腹說到這分上，並成功拉攏為己方，響子的手腕確實高明。透過再三敘述，存在於那裡的謊言和渲染被越踩越緊，越踏越實，就好似一開始就是如此一般。

再也沒有人敢打清瀨的主意了。沒錯。其實清瀨本來擁有響子以外的世界的，然而他的校園生活已經澈底被堅壁清野，再也沒有其他選項了。這看在旁人眼裡，是一種令人莞爾的努力，或勇往直前的插曲。然而這也同時是一種荒誕、恐怖。

「活潑開朗，跟每個人都能處得很好，正義感也很強，可以說是『正直的人』吧。她對每個人都很好，不會差別待遇哦。」

這是周圍的人對女王時代的響子的評語。

一視同仁地關懷周圍，如果看見有人沮喪，就立刻挨上去慰問：「怎麼了？」如果有同學在煩惱，就寫一封長信給她。什麼事都可以告訴我,我想幫助妳。我懂妳的心情。

即使不是好友,也會共同承擔朋友的失戀和悲傷,一起流淚。

那是支配欲。由希都想吐了。

響子不允許有人搶先她,沐浴在名為悲傷的聚光燈下成為主角。響子的個性光是聽人描述,其實簡單易懂。她對響子瞭若指掌到甚至不覺得她是外人了。可是自己絕對不會採取她那種做法吧。女王的做法,那種從滿分開始的過高起跑點,接下來只剩下墜落。

「由希,我把雜誌的剪報帶來了。」

「啊,謝謝。我也把妳拜託的錄影帶拿來了。」

微笑著,從包包裡拿出彼此的東西交換。

鈴鈴沒什麼不好,反倒如果是國中以前的自己,一定會很歡迎她這種型的女生。明白自己的斤兩,絕對不會搶鋒頭,對於現實的戀愛也有點死了心,所以一聊到藝人,就變得滔滔不絕。鈴鈴經常送親手做的糕點給由希,也會誠懇地聆聽由希的話。「我懂妳的心情。」鈴鈴這話,不是出於支配欲、也不是扮演哭泣女人的角色,而是純粹地淚眼汪汪。

每當鈴鈴這樣做,由希就越對她感到疏遠。我才不稀罕妳懂。妳以為妳跟我是同一個等級的?可是妳對現在這個地位就已經滿足了,不是嗎?但我可不一樣。

我還要往上爬。我隨時、只要想就能改變地位。

上了二年級換班以後,由希依然和鈴鈴同班。

「太好了,由希。」

她開心地說,但由希內心覺得沒趣極了:難道我就要這樣被一開始的失敗糾纏著直到畢業?如果有機會捲土重來，就只剩現在了啊。

就在這樣的新學期第一天。

「妳是由希吧？一年級的時候五班的。」

在體育館舉行的開學典禮結束，回到教室的途中，她在走廊被叫住了。回頭一看，她——她們就在那裡。

「我們常聊到鈴鈴的朋友裡面有個很會打扮的女生呢。可以跟妳同班真是太好了。」

「響子。」

「鈴鈴，介紹給我們嘛。」

響子笑著，把由希迎入她們的圈子。她的下一句話成了決定性的關鍵。由希從此以後的地位就這樣定下來了。

「由希在我的男生朋友圈子裡超受歡迎的。妳知道嗎？冬天的毛衣，我們的年級裡面，就只有由希一個人穿白色的不是嗎？清瀨他們也在說，妳穿那件白色的毛衣好可愛呢。」

日後的女星KYOKO與由希其實並沒有多要好。這是真的。但兩人並非完全沒有關聯。她們在後來的一段期間，同坐一張課桌吃午餐便當，連換教室時也一起行動。只是那種往來的形式與回憶沒什麼好向人吹噓的，不過她們確實比鄰共享同一塊空間。

太好了，她心想。由衷地。我的做法是對的——她覺得努力有了回報。

Ralph Lauren的，帶點乳黃色的白色毛衣。「還特地跑去百貨公司買唷？白色的不會容易髒嗎？真的好嗎？」不懂它的價值的朋友們瞪圓了眼睛，但她含混地打發過去，掏出好幾張萬圓鈔票付帳。沒有品牌的，平凡無奇的黑毛衣。我就非得跟穿這種玩意兒的朋友混在一起嗎？儘管對此感到沒面子，她還是砸下打工的薪水，買下那件白色毛衣。
她只想穿從專櫃買來的正品。她想跟滿不在乎地把冒牌水貨穿在身上的沒品味傢伙畫清界線。
有人明確地看出了她們的不同。響子說了：
「欸，吉田說由希妳很可愛呢。妳知道嗎？」
高二的春天。
響子跟由希成了同班同學。從一年級的時候就不乏話題的小魅力人物，在這時被與心上人清瀨陽平拆散了。
依文科理科分班的二年級班級，將這樣維持到三年級。沒辦法同班畢業的嘆息，響子對形同是剛認識的由希也訴說了。她認為每個人都認識她、認識她喜歡的男人，是天經地義的事。她那副態度，就像一年級的時候聽說的，「不遺餘力」。
由希觀察著，很快就發現應該是「對每個人都很好，不會差別待遇」的響子其實會挑朋友。
第一條件是絕對不會反抗她，但外貌和身邊小物要上得了檯面。特別講排場，以人面廣闊為傲的響子，喜歡在各種場合聽到她的跟班被稱讚。為了有這樣的跟班簇擁而開心。
響子誇耀著能夠與她共享班級中心成員地位的權利，在新的班級裡，已經展開了她的朋友挑選以及好惡篩選。
由希在我的男生朋友圈子裡超受歡迎的。
這裡面多少帶有響子甜言蜜語的成分吧。不過可以確定的是，清瀨的哥兒們在響子面前提過由希的名字。響子一定是在尋找下一個手段，好繫住變成不同班的清瀨。
感覺好像簽下了無字契約。

我被選上了。由希甚至對自己的做法感到驕傲。觸犯校規邊緣的淡妝、早起上髮捲。就連學校禁止的打工她也盡量去，在鄉下社會裡尋找散發出真貨氣息的衣服買下來。

遭到埋沒的第一年的世界裡看不見的事物逐漸顯現了。就是在這個時候，由希清楚地確信像這樣精心打造的外表是有用的。

對於要當響子的跟班，她沒有遲疑。響子開心地向朋友報告。

「小鈴，上次我們一起去看電影了呢。吉田跟由希，清瀨還有我。」

她，就處在那個複雜的團體裡。

從一年級的時候就是響子最為鍾愛的朋友。相對於其他跟班都拚命地討好響子，她卻是中立的，不附和響子，但也不拒絕。

太好了呢，她總是這麼答著，貫徹那看不出究竟是否感興趣的態度。對於新來的由希，她的眼神則是無所謂。

明明坐在跟班的中心，她卻與由希不同，看起來連對自己隸屬的事物名稱都不放在心上。

我們是共同陪襯響子的一群。

然而她看起來卻沒有對女王另眼相待，只把響子當成和其他跟班一樣的、相同程度的朋友之一。事實上比起響子，她感覺更常與其他女生聊天。有一次由希感到好奇，加入響子不在時她們的對話，發現話題全是些雞毛蒜皮的低水準閒聊，大失所望。

幾乎沒有聊到男人或流行，全是畢業出路或是老師的閒話等死氣沉沉的話題，要不然就是糕點的做法這類女孩子氣的東西。明明可以盡情歌頌她們身處的華麗地位，然而她們這副德行，跟一年級的時候自己被囚禁的生活有什麼不同？這是哪門子挖苦？由希感到氣憤。原來響子重視的小鈴那麼老土

——她在暗地裡唾罵。那樣的話，響子應該要更重視我才對。
在挑選新的跟班時，響子也會滿不在乎地拆散感情好的一對女生，只挖角其中之一。而這種情況，她絕對不允許不起眼的另一個一起跟來。
『下次我們五個一起去玩吧。清瀨他們也會五個男生一起來，所以要配合人數。』
響子會對儘管困惑於變化，但仍黏著好友一起加入的第六個人滿不在乎地這麼說。面對孤立無援的朋友，由希不敢和她對望，只在內心道歉。
對不起，鈴鈴。可是妳太軟弱了。
——現在甚至已經失去連絡，逃也似地消失不見的前任朋友。連長得什麼樣子都想不起來了。她一直黏著由希直到二年級冬天，拚命假裝不會察言觀色地在響子身邊屏息斂聲，直到有一天，她誤踩紅線，被女王判斷礙眼，就此消失了。
由希追求的是強者。能夠讓更多人俯首稱臣的、顯而易見的價值。就算被說成是狐假虎威也無所謂。那麼我要追求更強的老虎、更強更強的老虎。現在，她已堅定不移。
跟班有個條件。那就是絕不能忤逆女王。
犯下忤逆大罪的人，無論擁有再怎麼樣魅力十足的要素，對響子來說，都是必須澈底排除的對象。
這麼說來，一年級的時候由希就聽說過了。親近清瀨的女生們不好的流言。這些流言甚至傳到了連話題主角的為人都不清楚的別班的由希耳裡。
婊子，破爛貨。從頭到腳沒一個地方是緊的。
那些不規不矩、現在聽了要笑的各種貶詞，由希就是在那個時候學到的。鄙夷的可笑綽號、據說是她們做出的惡行、不曉得是不是真的說過的醜話。

告訴由希這些事的女生們，接著都會像這樣加上一句。打從心底不甘地說：

『明明跟她們比起來，響子那麼努力。清瀨居然會迷上那種女人，他是腦袋壞掉了嗎？』

『清瀨真的沒有看人的眼光。』

只差一點就要連清瀨陽平的名聲一起罵臭的流言。

因為喜歡，因為愛，響子的這種自我顯示欲與自我談論，有時會連對象都給吞噬進去。

諷刺的是，很多時候，響子身邊長得可愛的跟班會跟清瀨變得要好。即使程度有輕有重，但是響子的跟班們無一倖免，全都受過響子的制裁。而這些也化成了不負責任的流言，但是以更低更靜的聲音，流入由希的耳中。

可是我一定不會有事的。

能夠在眾所矚目的場所度過往後日子的期待，令由希輕鬆地這麼想。我可以一直待在這個位置上。我是靠外表錄取的，是清瀨的哥們中意的女生。再說，小鈴也一直都沒事啊。

就在那年冬天，出事了。

『淺井！』

響徹清早校舍的怒吼般聲音。昨天開始就下落不明的淺井鈴子。她在體育器材室被人找到了。

蒼白的側臉。

『我去器材室拿忘記的東西，在裡面找著找著，結果注意到的時候，門已經打不開了。』

總算能夠開口後，她如此說明。她宣稱那是她個人的疏忽而引起的意外。

她被發現的時候，兩手空空，只是抱著自己的肩膀蜷蹲著。

淺井鈴子顫抖的嬌小肩膀。這是「意外」，沒有加害者。

事情發生稍早之前，清瀨找她說過話。「我第一次跟清瀨說話，他人很不錯呢。他很替我擔心的樣子，問我最近跟響子處得好嗎？」她用天真無邪的聲音、雙頰微紅地對由希說。

高中二年級。開始罩下陰影的，女王過火的獨裁時代。

4

星期天傍晚父親打電話來。在房間翻雜誌的由希躺著撈起話筒。

『妳下星期要不要回家？奶奶一定也很想看看妳。』

「是嗎？」

由希揉熄香菸，隨口應著。然後她笑著接下去說：

「我最近很忙耶。爸，你沒看電視嗎？每年都會舉辦的東京女孩祭典就快到了。活動結束前我不太可能離開耶。我還得再畫幾張才行。」

『當天來回也可以，不行嗎？』

「我再看看。——我也很想奶奶啦，奶奶想不想我就不一定了。」

『妳很久沒去看奶奶了吧？妳從以前只要一有事就第一個跑去找奶奶。真不可思議呢，小的時候妳明明老是惹奶奶生氣，一點都不親。還叫她虎姑婆，兩個人常常吵架不是嗎？』

「所以我才說搞不好奶奶根本不想看到我哩。」

父親的這種口氣，以前她聽了就火大，但現在已經不在乎了。

一有事就第一個找奶奶。這是真的。國中跟朋友吵架的時候，高中差點要拒絕上學的時候，由希都是騎著自行車，趕去找奶奶。只要在奶奶面前發了誓，就再也不能逃避了。「明天我一定會跟她道歉」、「我再也不哭了」，諸如此類。

雖然距離第凡內太遙遠了，但有著類似的效果。她現在已經可以非常自然地聯想到史努比裡面總是拖著一條毛毯的男生。奈勒斯的毛毯。荷莉的第凡內，我的奶奶。

她想了一下下星期的預定計畫。

週末公司的其他同事的確得忙著準備活動，但自己休假一定也沒差。或許可以把預定要跟KYOKO去的溫泉旅行安插在這時候。KYOKO很忙，結果只能去兩天一夜——像這樣告訴公司的人。利用以前去的附近縣市的溫泉旅行虛構一下故事就行了。

——她想到了這個點子。

「好吧，下週末我回去一趟。」

她回話，掛了父親的電話後，撥了真崎修的電話號碼。鈴響了好幾聲，卻沒人接電話。轉進語音信箱後，她留下訊息。

「喂?我由希啦。聽說你很忙，方便嗎?下個星期我預定回老家，要不要見個面?我想跟你談一下上次拜託你的網頁設計的事。」

現身的真崎，一身襯衫皺巴巴的。

瞬間她以為那是那樣的設計，不著痕跡地再看了一次。可是應該不是。起皺的地方太不平均了。是沒熨平。

「你怎麼了？」

由希問，真崎表情不變，回道：「什麼？」由希為了確實表達出自己的不愉快，瞇起眼睛看他。

「見面地點。這一點都不像你。」

真崎指定見面的地點，是白天的家庭餐廳。就算有個美嬌妻，他應該還是有十足玩心，也想享享樂子吧。由希以為真崎會跟她約在晚上，找一家當地燈光美氣氛佳的餐廳見面。從窗戶可以看到的停車場上停著他的愛車，在白天的光線裡顯得十分張揚。

「截稿日前都是這樣的啦。去東京的時候，都是我比較閒的時候。今天我也沒辦法久待，不好意思。」

笑也不笑。看來他跟由希不相上下，心情好不到哪裡去。可是別瞧不起人了。不管是白天的家庭餐廳還是皺巴巴的襯衫，如果他覺得由希是可以這樣簡慢打發的人，那就太讓人意外了。

店裡客滿，坐的全是一家人或貌似當地學生的年輕人，吵得非拉大嗓門才能讓對方聽見。也不想想穿著腰線緊貼的新品洋裝的自己坐在這裡是什麼滋味。

由希「哦？」地點點頭，若無其事地說：「你老婆真可憐呢。」

「你們是雙薪家庭吧？就算週末假日，先生還要工作的話，也很難有時間出去玩吧。」

「她喜歡你們家的衣服，跟她說是談你們家的案子，她心情就會好了。」

跟島津說的一樣。不曉得是真的工作太忙嗎？雖然不到臭臉的地步，但今天的真崎完全不苟言笑。

但該說的還是要說。

她叫真崎去飲料區拿飲料回來。她覺得這是最起碼的誠意，但是看到他拿著兩杯咖啡回來的樣子，總覺得更吃不消了。真崎落座，由希正準備打聽 KYOKO 跟紗江子的事，意外的是，真崎先主動開口了。

「欸，KYOKO 的事順利嗎？我最近很忙，都沒有跟大家連絡。」

「紗江子不是說會去找 KYOKO 嗎？跟你還有貴惠一起。這是最新進度了。」

「是啊，可是我這陣子一直很忙。」

「我就是覺得你們會好好辦，才把去見 KYOKO 的機會先讓給你們的耶？」

「不要這樣說嘛。這樣啊，那妳們也沒見到面啊。」

由希觀望著，裝出有些嘔氣的表情。她一邊這麼做，回想起最後見到他們的情況。島津主辦的作戰會議。紗江子還是老樣子，穿著半點女人味也沒有的套裝。眼鏡也是銀框的。明明在那麼棒的業界工作，怎麼不找到更適合的享受方法呢？腦袋聰明的女人對「女人」敬而遠之，瞧不起她們，做出敗犬的遠吠[3]。由希並不討厭看到那種女人落入這樣的泥沼，連個妝都不會化的可憐相。

紗江子對自己能夠是真崎的「摯友」開心得不得了吶——一想到這裡，由希覺得紗江子那幼稚的想法真是可笑極了。紗江子一定會緊巴著真崎不放吧。

真崎修是與男人無緣的里見紗江子唯一能夠拿來炫耀的、簡單明瞭的名牌包——即使真崎修與她並不是男女關係，只是閨密的前男友，而且還是有婦之夫，定位微妙。堅信旁人會為此感到羨慕、不識真正男人滋味的女人的樂天幻想。「真是拿阿修沒辦法」、「阿修那傢伙實在是」，打情罵俏似地

3《敗犬的遠吠》是日本作家酒井順子於二〇〇三年所著書名，內容提到：「美麗又能幹的女人，只要過了三十歲還是單身而且沒有子嗣，就是一隻敗犬。」「敗犬」一詞就此成為中年單身女子的代稱。

喊著他的名字的那個模樣，教人覺得滑稽。

由希也知道為了維持那幼稚的炫耀，有潔癖的紗江子才光明正大地介紹工作給真崎。而真崎做為回報，溫柔地對待紗江子，允許她保有「摯友」的地位。但其實真崎修那傢伙最重外表，把他在外人眼中的形象看得比什麼都重要。就像本人說的，他這人黑到骨子裡了。

『真崎，你要接「荷莉」的網站工作嗎？』

由希那個時候會這麼向他探詢，其實並沒有什麼深意。一點惡作劇。她只是想讓拚了老命的紗江子看看罷了。看看她以為的「特別」，究竟有多麼地脆弱虛幻。

看到由希跟真崎說話時，紗江子那種沒趣到底的眼神。

可是我跟真崎的話，是有可能的。跟紗江子之間絕不可能的事。紗江子一定很不爽吧。可是她是在痴心妄想些什麼呢？吃得那樣肥，吃得那樣香。喂，妳懂不懂為了塞進漂亮的衣服，連晚飯都不吃是什麼心情？妳一定從來沒有想像過只能喝水，餓得甚至睡不著覺的夜晚有多難受吧？

「下次見面時，找紗江子一起吧。」

真崎忽然說，由希吃了一驚，瞬間聲音走了調：「啥？」

「這陣子都很忙。」

他的聲音佯裝若無其事。可是聽得出裡面暗藏著認真。真崎別開視線。

「沒有啦，我是在想，能不能像上次那樣大夥聚一聚。上次不是聊得滿開心的嗎？」

「——我以為你們是為了談工作才見面的。」

真崎的表情停住了。怎麼會在這時候冒出紗江子的名字來？他對這種不自然毫無自覺嗎？一會兒後，他「哦」了一聲。

「我們是在談工作啊。她也會委託我案子嘛。」

笨拙的謊言與焦急。由希感覺到了。身後一群學生大聲歡鬧著。啊啊，吵死人了。

「真崎。」

由希叫他的名字，打斷他還想繼續說什麼的聲音，覺得沒意思極了。心情冷了下來，變得掃興。她還以為那是單行道。是不識男人滋味的可悲女人的想入非非。男方了解一切，加以利用，但絕對不會把她當一回事。她一直這麼以為，也認為這理所當然。

可是剛才真崎的聲音裡面滲透出來的，是明確的執著。她直覺到，他也把她看成對象。他無視於由希的存在，剛才發出了那樣的聲音。

自作踐吶，真崎修。我還以為你這人不差。

由希喝了口水，對他微笑。接著一鼓作氣地說：

「你好像真的很忙呢。那正好，可以先談工作嗎？其實我上次跟你說的『荷莉』的網站設計，公司好像決定要委託其他業者了。我跟上面爭取過，說我朋友品味比較好，也做過好幾個時尚電影的宣傳網站，可是還是不行。——不好意思，下次有事再連絡吧。」

坐上開車到家庭餐廳來接的父親車子回家的途中，等紅綠燈時，導航系統轉到電視。由希坐在副駕駛座，漫不經心地看著父親操作按鈕的手。

「這有電視功能唷？」

「妳不曉得嗎？很久以前就裝了，可是妳從那時候就一直沒回家。上次回來是過年了吧？」

「我可以明天再去奶奶那裡嗎？」

「好啊。」

是因為三月的同學會今年在東京舉行。仔細想想，自己半年沒回家了。

變成綠燈，行駛期間，為了安全起見，電視機畫面會自動關掉。只剩下聲音的畫面傳出聲音來：

『高間主播？高間主播，請為我們預報一下天氣。』

『好的！』

心不在焉地看著窗外的由希聽到突然響起的高亢聲音，再次把頭轉向畫面。

是星期六傍晚播放的F縣當地的資訊節目。地方電視臺的主播。畫面沒有臉，只有興奮的尖細聲音像廣播似地傳達情況。

『我現在來到今天剛開幕的T町的佳世客活動廣場，在這裡為大家播報天氣。今天是開幕第一天，大家可以看到，這人山人海的盛況！白天將在這個活動廣場邀請來賓舉辦街頭雜耍——』

「這是妳同學吧？」

父親注意到由希在看導航機畫面。車子遇到紅燈停住，畫面又恢復了。別著「高間」名牌的女人，幾乎是一般便服的打扮，大大地伸展雙手笑著。不停地表現熱情。

「嗯。」由希應道，「我跟爸提過唷？」

「不，沒有。上次報紙有報她的事，說她跟女明星KYOKO是同學，所以我想那跟妳也是同學了。好厲害，妳身邊全是名人呢。」

「名人？只是地方報而已吧？而且雜誌模特兒等級的名人，我工作上常常見到。」

這樣啊。居然學不乖，說什麼跟KYOKO是同學。電視機裡面，高間主播在粒子粗糙的畫面裡正搬出天氣預報掛圖。她面對鏡頭，站在朝著電視機比勝利手勢的小孩和買完東西的全家福裡，報導著天氣預報。

「爸，關掉。」

『明天會是個大晴天。哇，大家都元氣十足呢！這邊場面非常熱鬧。』

鄉下狹小世界的，自以為是的女王。她也跟那時候的保母一樣，認為如果是面對小孩子，作威作福也無所謂。

我才不要那樣。我要老虎，更強的老虎。既然自己無威可發，多少我都要向別人借。

可是，這樣啊。

「爸。」

「什麼？」

由希喚道，父親臉看著她正面應著。她興起一個惡毒的念頭。

「那天的報紙我們家還有嗎？」

以前在美容沙龍工作的時候，她跟當時的男友邊吃晚飯邊提到。我領到特別獎金了，買點高級的肉吧。我來做點什麼，今天一起吃飯吧。

因為她負責的女高中生減肥減到了目標體重。「可是那女生的月經停了。」她說著，拔掉紅酒瓶栓。

男友夾菜的手停了下來。由希注意到他變得寡言，問他怎麼了？他答道：這是吃飯的時候聊的話題嗎？

妳怎麼能笑著講這種話？這是用停掉別人的月經賺來的錢換來的飯嗎？一個女高中生怎麼有錢上

什麼美容沙龍？那錢是怎麼籌來的，不難想像吧？甚至付出那樣的犧牲——。

那你不要吃啊！不要再來了，回去啊！——這是由希最誠實的感想。

搞什麼，軟弱成那樣。要變瘦，要變強，要變美。我跟那女生都是。那不是用犧牲或是代價就可以解釋的，對我們來說，那是理所當然的天理。

強者隨時隨地要多少選項都有。大型電機公司的上班族，當時覺得不差，可是你這種程度也沒什麼好稀罕的。我隨時都可以更上一層樓。真崎也是、這男人也是、櫻木也是，不差，但也不可惜。

所以，好了。無法理解的弱者我不需要。滾吧。

5

回家以後，由希尋找放在客廳角落的舊報紙，很快就發現了那篇報導。

週日電視節目表的背面。今天在螢幕上看到的高間主播面露燦爛的笑容，擺出逗趣的「準備起跑」姿勢，占據了版面。緊握拳頭，手臂前後舉起的動作，看起來就像兒童教育節目裡的大姐姐。

『新鮮的魅力，全力以赴。』

自小就憧憬在地方臺上看到的主播記者們，一直以她們為目標。長年來的夢想能夠實現，令人開心，我每天都在努力奮鬥，希望能為當地貢獻一己之力——報導內容這麼寫著。

這些內容，由希第一次聽說。

這麼說來，這份報紙是他們電視臺集團的。由希知道，「實現長年夢想的高間主播」的父親，就是那家電視臺的董事。

即使是這種形式的登場，但對她而言，仍然算是個成功吧。在全學年同學會、班級同學會，只要她登場，焦點永遠在她身上。得意洋洋地，用那種聲音說話。

追著鉛字看，然後找到了。訪談者問了。

「——聽說高間小姐和同樣是F縣人的女明星 KYOKO 小姐是高中同班同學？兩位是不是從當時就會彼此切磋鼓勵呢？

高間 我們從當時就經常談論彼此的夢想。我想好好加油，不要輸給她。如果站在彼此激勵的角度來看，比起當時，現在更是如此呢。」

看到這段文章的瞬間，由希忍不住笑出聲來。

光聽就夠扯了，但這超乎想像。她以為是地方報，所以不會被人看見嗎？她跟 KYOKO 根本就沒在見面吧？不肯現身人前，關在岩戶裡的 KYOKO。連由希他們試圖把她引出來的儀式都不肯參加。而且當時近在身邊的由希知道，她們兩個當時根本沒有談論過什麼夢想。她一次也沒看到過那種場面。

「妳在笑什麼？怪恐怖的。」

「沒什麼，爸。我去房間打一下電話。」

她拿著報紙，回到搬去東京後仍維持原狀的自己的房間。她猶豫了一下，認為這或許是個機會。就算由希邀請，KYOKO 也不會來吧。所以由希才乖乖退居一旁，但只要有契機，或許她也能主動出擊。而這篇報導，不是完全夠格做為一個契機嗎？

KYOKO 的手機號碼她已經弄到了。

聽美跟紗江子都靠不住。他們每一個都毫無緊張感，不肯全力以赴。上次的作戰會議，跟真崎還有紗江子道別後，由希找了島津去酒吧。適度地色誘，設法讓他離席，從留在座位的手機通話記錄中找出KYOKO的號碼。鍵盤鎖在他的日常生活中應該是多餘的功能吧。那傢伙應該甚至是渾然不覺。

由希吸氣，撥了電話。鈴聲剛響，她便挺直了背。說不緊張是騙人的。可是把長年以來不通音訊的尷尬，和接下來的期待放在天秤上一量，孰輕孰重，在由希心中高下立判。

只要出現其他的價值，隨時都能下車換跑道。正因為秉持這種想法，由希才能不把一切看得太重。況且更重要的是，她跟KYOKO過去應該是親近的。比起島津或其他任何一個傢伙都是。既然那女人能在報上那樣談論，我當然更有資格。

嘟嘟嘟，嘟嘟嘟。

『——喂。』

明明是陌生的號碼打去的，對方卻接了。光聽聲音就知道了。是本人。

由希不知道聲音是不是跟高中的時候一樣。可是緊追著每一個談話節目和電視劇的由希聽得出來。

「喂？」

電話詫異似地沉默了，由希朝著話筒開口：

「妳好，我是水上由希。」

對方似乎倒抽了一口氣，沒有回話。她翻開報紙，邊確認內容邊調整音色。妳知道嗎？這裡居然有人謊稱與妳曾是同志呢，我只是想通知妳這件事。

「不好意思突然打電話給妳。學生時代一起吃過飯後，就沒有再連絡了呢。」
『這號碼……』
「咦？」
她注意到KYOKO的聲音很僵，比剛才更戒備了。
『妳怎麼會知道我的號碼？』
「我聽島津說的，不方便嗎？」
就當作是島津喝醉自己告訴她的好了。KYOKO又不吭聲了。
「不行嗎？那我道歉，對不起。」
由希接著說。可是有什麼關係嘛？她都直接跟聰美還有紗江子見面說話了。
「我有事想跟妳說。妳知道高中時候的高間現在在做什麼嗎？我碰巧在F縣的報紙——」
由希想要接著說下去，卻突然被厲聲打斷了。
『我跟妳沒什麼好說的。』
「咦？」
『不要再打來了。』
就這樣了。由希才要說等一下，電話就蹭的一聲斷了。頓了一拍，「嘟～嘟～嘟～」的聲響傳來。握著話筒的手微微地緊繃。已是陳年的記憶猛地在胸口復甦。真的是相隔十年，她頭一次回想起來。
——難不成她知道我做的事？
由希自以為做得很巧妙，神不知鬼不覺。

電話另一頭，空洞的嘟聲仍持續著。她察覺到自己比想像中的受到更大的震撼。她隱約擔心過KYOKO可能不會給她好臉色，可是沒料到居然會遭到如此露骨的拒絕。

可是——。

接觸閉關在岩戶裡的KYOKO後，就此一去不回地脫離儀式的女人們。可是我才不會落得那種下場。電話可能行不通了。可是電話行不通的話，得換其他手段設法才行。她不知道KYOKO是怎麼想的，可是不管怎麼樣，那都是「誤會」。喏，就當成誤會一場嘛。

畢竟我們都是大人了。

不管是凋零還是報復，應該都可以不必再像小孩子那樣感情用事才對。

按下按鈕，掛了電話。總之得善後才行。電話響了兩聲島津就接了，由希裝出比平常更弱不禁風一些的聲音道歉。

「島津，對不起，我打電話給KYOKO，可是她不曉得誤會了什麼，不肯跟我說話。你可以幫我賠個罪嗎？」

你忘記了嗎？是你上次給我號碼的。那後來約好的事呢？那天不是約好還要再去那裡一起喝嗎？

——沒錯。

我百折不撓。

6

制服的裙子不見了。

淺井鈴子的事發生後過了很久。高中三年級，響子女王的凋零時代。

上完體育課，回教室要換衣服的時候，制服的裙子不見了。每個學年顏色不同的運動服，由希他們那一屆是俗得要命的鼠灰色，想想別人也一樣，還可以忍耐，但那種設計，要她拿來當居家服她都不屑。

她穿著束口褲和印著條紋及大大校名的運動衣，翻找課桌抽屜和置物櫃裡。可是找不到。哪兒都找不到。

「怎麼了？」

響子走近招呼。

「怎麼了？由希，沒有衣服可以換嗎？」

大大的眼睛望向自己的臉。

——是由希剛和清瀨說話的時候。

跟班數目減少，響子中意的小鈴也在體育器材室的事以後，完全與她保持距離了。儘管如此，由希仍跟在響子身邊，但任誰來看，都看得出眾星拱月般環繞在女王身邊的星星素質下降了。響子喜歡的可愛女生都早已棄她而去。而過去擠不進來的人就像遇缺補進一般，聚集在她勉強還散發出來的幽光周圍。

那天清瀨忘了帶傘。

社團活動結束後，清瀨準備淋雨回家。本來要和吉田回家的由希碰巧在玄關遇到清瀨，所以把自己的傘借給了他。

當時由希已經在跟吉田交往，而且她對於和男友共撐一把傘回家也有一種憧憬。如果同學還是學弟妹看到了，一定會羨慕死他們的。

『由希。』

幾天後，清瀨到班上來，把傘還給她。

『謝啦，我欠妳一次。』

只是這樣而已。然後現在她找不到裙子。

「怎麼了，由希？難道是找不到制服？」

今天的體育課是打籃球。分成三隊比賽的時候，沒上場的一隊在旁邊觀摩。這段期間，有一瞬間響子從場地消失了，而由希的眼角留意到這一幕。下課幾十分鐘前，她去了哪裡？

這跟由希有沒有男朋友都沒關係。由希是不是自己的跟班都無所謂。或許甚至跟她喜不喜歡清瀨都無關了。女王只是煩躁。對於諸事不順，她只是悲嘆，憤怒。

由希不認為響子是異常的。狹小的教室裡，正因為狹小，扭曲的律法和支配才能夠橫行。無論是對女王還是平民，這都會平等地帶來惡果。

關係應該良好的清瀨與響子。由希知道，把這樣的幻想情節掛在嘴上，裝模作樣的響子，其實背著她的跟班們，一次又一次向清瀨告白。對清瀨進行堅壁清野後，響子也一樣被斷了後路。校慶、運動會、畢業旅行，每次活動她都向他告白要求交往，然後一再碰壁。

接下來就只等著被施以最後一擊。等待清瀨選擇了響子以外的任何一個人。

搶走由希的裙子，是出於失控的恐懼嗎？

「是被誰藏起來了嗎？難道是男生？因為由希很可愛嘛。啊，真不可原諒。這太噁心了。」

蹙起形狀優美的眉毛，看著由希的臉。「沒事的，」她說。

「一定會找到的。我去跟老師說，由希，妳就先穿著運動服吧。」

她用不容分說的口氣，把制服上衣塞給由希。水手服領配胭脂紅領帶的下身套著窄管運動褲的模樣實在可笑，由希雖然沒照鏡子，但她能想像那模樣有多淒慘。

這時，幼稚園那天的回憶重現似地罩住了由希的肩。裙子被掀起，像把破雨傘的自己窮酸的身體。被脫下來的洋裝。那些人的所作所為。

這太過分了。

「老師，可以問一下男生嗎？——由希今天剩下的課可以穿這樣繼續上吧？」

沒有任何證據。

大半的同學或許直到今日都不明白幹下那種事的人是誰。不僅如此，應該就連有過這種事都不復記憶了。只有由希一個人還記得。

她完全有自覺，自己並非死忠的嚮子信徒。為什麼我要一直巴在這樣一個面具剝落的教祖身邊呢？為什麼我非得用這副模樣坐在教室裡呢？

她想向祖母道歉。

她想要祖母罵她，用那嚴格的口氣。如果她說她弄丟了衣服，祖母一定會暴跳如雷。問題不在於是誰幹的。祖母一定會一口咬定：就是妳太不檢點，太不像話，才會搞丟衣服。

今天得穿成這樣吃便當、穿成這樣放學搭電車回家嗎？裙子一定永遠都找不回來了。

就在她低垂著頭的時候。

「回家吧。」

一個毅然的聲音說道。由希抬頭，看見站在旁邊的那張臉，驚訝屏息。

「小鈴。」

響子去職員室，不在座位。由希好久沒跟小鈴說話了。小鈴還是一樣，眼神是不可思議的色澤。

「沒必要待在這種地方。我們回去吧。」

回家路上，兩人幾乎無語。

她對蹺課毫不遲疑。也不先向老師徵求同意，收拾書包，隨即就和由希一起走了出去。沒碰到響子。

由希垂著頭走到車站的途中，她問：「有預備的嗎？」由希慢吞吞地抬頭。全沒了力氣。她接著說：

「我入學的時候買了兩件裙子。如果妳明天上學沒有裙子穿，我可以先借妳。」

「……沒關係，我家裡應該也有。」

這是謊話，但由希這麼回答。她已經決定就算明天不能去學校也沒關係，要向父親討錢趕快去買條新裙子。小鈴的語氣沒有特別同情的樣子，淡然直爽，但由希不想依賴她。聽到由希的話，她也只應了聲「這樣」，沒有再說什麼。

沒提到響子。

沒多久看見車站，就要道別的時候，學校的方向傳來「喂」的叫喊。由希以為有人要來把她們帶回去，緊張地握緊運動褲，結果轉向那裡的小鈴「哦」了一聲，點點頭。

騎著自行車下坡而來的對方叫了她的名字。

「喂，等一下——！」

聽到這聲音的瞬間，由希赫然一驚。她驚訝地凝視對方的臉。然後唐突地確信了。

原來是她。

清瀨接著說：

「要蹺課的話，也算我一份！」

對他而言，能對女王使出致命一擊的人，除她之外別無他人。

令響子凋零的，就是他們。很快地，由希現在乘坐的船就要沉了。

懷著悲慘的心情回到家，把制服和運動服都脫了。換上自己買的最喜歡的襯衫和裙子後，由希跨上自行車，趕往祖母那裡。踩著踏板，不知如何是好，淨是喘氣。

奶奶，奶奶。

來到祖母面前，卻什麼話都說不出來，只能不停地敲打堅硬冰冷的墓碑。她再也不會對由希說什麼，也不會為她做衣服了。

我不想去學校了。我不能去了。不要去了。

可是我會去。我要重新來過。我絕對會捲土重來，所以原諒我。

她坐在墓碑前，靜靜地咬緊牙關。她不會哭。沉默著，瞪著前方。絕對不哭。我是堅強的，所以我只是來這裡報告要改變自己的位置而已。

小學的時候，她從臥病在床的祖母旁邊的皮包裡偷了兩千圓。

祖母身體變差，一直以為是感冒拖了很久。祖母看到夾報廣告裡減緩風溼痛的健康食品，抱著一絲希望不斷地訂購，三餐飯後必定服用。由希發現服用次數增加了。祖母住院以後，由希還是不知道病名。父親和祖母都沒有告訴由希。

所以她告訴自己，這是沒辦法的事。因為我什麼都不知道。

變得衰弱的祖母隔著紙門問由希。

「妳在那裡嗎？」

「在啊，奶奶。」

伸向錢包的手一下子停住了。

她想要漂亮的衣服，想要有滾邊的上衣。有兩千圓就能買了。只要去附近的店。

「點心放在櫃子裡，襪子在底下的抽屜。」

「嗯。」

看不到臉。從錢包裡抽出錢來，再放回皮包。祖母短短地「咳」了一聲。難得從醫院回家幾天，怎麼不起來做點事呢？好不容易回家，一直躺著太浪費了。由希想著，把錢藏進口袋裡。胸口怦怦跳個不停。

咳。

「由希。」

祖母叫自己的聲音。「什麼？」她又應。整顆腦袋都在盤算要買什麼樣的上衣。

——妳從以前只要一有事就第一個跑去找奶奶。真不可思議呢，小的時候妳明明老是惹奶奶生氣，一點都不親。

到了祖母病況惡化那一天，病死前一天，由希才知道病名。知道的時候，祖母已經陷入昏睡，聽不到由希的聲音了。

從此以後，她一有什麼就逃到祖母那裡。

跑過通往墓地的路，忍住作嘔欲吐的感覺，抱住墓碑。什麼都不會說了。對荷莉・葛萊特利而言的第凡內的靜謐。對水上由希而言的，墓碑冰冷的、靜默的觸感。

我偷了。無可挽回了。

奶奶。奶奶。奶奶。

丟失的洋裝和裙子，她不知道還有沒有找回來的一天。連要找回來的是什麼都不曉得。

仰望天空。

用祖母的兩千圓買回來的上衣，衣襬的滾邊脫線，一下子就不能穿了。一個月左右就扔掉了。

「半田，要不要一起吃午餐？」

夏天結束前，由希離開了響子。美女跟美女在一起，爭妍鬥豔的時代。新的裙子。我已經要逃脫那裡了。

聽美滿不在乎地回答：「好哇。」把由希的桌子跟自己的桌子併在一起。「謝謝。」她答著，回頭一看，響子已經不在那裡了。

或許是看不下去吧。那個時候的響子，經常一到午飯時間就從教室消失了蹤影。她開始一個人在外面吃飯。

7

打電話給 KYOKO 受挫的隔天，由希在附近的超市見到了那個人。

七百二十圓——看到如此陰沉低著頭的臉時，她當場怔立，動彈不得。

眼前的女人把只買了線香和蠟燭，沒用購物籃裝的商品放進袋子，就要遞給她。

那雙滲透出疲憊生活感的眼睛。束在後腦的長髮是土黃色的，燙成落伍老氣的細鬈髮造型。臉頰和眼角上的皺紋就像劃開乾涸地面的水路般，然後在這樣的皮膚上粗暴地抹上妝。不合年齡，看起來一整個怪異。

胸口一陣心悸。那衝擊之強烈，甚至令她可以聽見心跳聲。

都那麼久以前的事了，她不知道為什麼，可是她一眼就認出來了。她就是幼稚園的時候帶她們班的那個保母。

她伸手接過裝了東西的袋子。找零錢時，她的手指碰到了由希的手掌。

「謝謝惠顧。」

她行禮。應該是依照服務手冊規定的動作，雙手貼在小腹，彎曲背脊。抬起頭後，由希更加確信了。錯不了，就是室山老師。明明一直都忘了，卻又想了起來。她就是這張臉。

由希後悔，應該好好打扮，把自己現在所有的一切精華都帶來這裡的。心中的悸動遲遲無法平息，反而更加亢奮了。心臟好痛。

父親在停車場等她。牛仔褲配T恤。今天下午要去給祖母掃墓和做法事。因為等一下要換喪服，而且只是去一下附近超市，所以她疏忽了，連個飾品也沒戴。

結完由希的帳以後，沒有其他客人。她彎身，為接下來的客人收拾收銀臺附近的購物籃，開始準備塑膠袋。束起的頭髮有幾根鬆落到臉頰上。用常見的紀念品店賣的那種木雕髮夾夾在後面。

她根本不記得由希了吧。當然了。

那個時候也有很多小孩，在他們那一屆以後，她應該也教過很多小孩。「Atachi」這個綽號，還有從那個孩子身上奪走的事物名稱，不記得是理所當然吧。

可是我記得。

猶豫。裝了香的輕盈購物袋，還有直接拿在手上的LV錢包。俯視自己穿著牛仔褲的腳，很細。啊啊，一股輕微酩酊般的眩暈。我如此洗練。我在這裡。即使是這種程度的打扮，應該也效果十足吧？

「室山老師。」

開口搭訕很容易。

「室山老師，妳還記得我嗎？是我，水上由希。我都自稱『Watashi』，所以被老師取了個綽號叫『Atachi』，就是那個被妳瞧不起的由希。妳還記得嗎？老師以前脫過我的洋裝。是我祖母幫我做的，妳說妳想看看是怎麼縫的。妳還記得嗎？那件事到現在都還讓我留下心理創傷呢。」

天旋地轉。

布滿皺紋的手掏出購物袋，上頭的老人斑醒目極了。以前這個人全身香水味。塗著粉紅色的、招搖的口紅。她最討厭這個老師了，光是想起來就噁心得想吐。她一直覺得她是個沒品味的女人。可是儘管高高在上，儘管俗不可耐，可是她……。

室山老師確實差勁透頂，可是她很漂亮。

「請問怎麼了嗎？」

她有些客氣地看由希。

彷彿照片裡的人突然開口似的，缺乏現實感的聲音，由希一時間無法意會，慢慢地轉動眼珠子看她。

聲音都來到喉邊了。老師，我想從妳那邊要回來。

「忘了什麼東西嗎？」

我應該找錢了吧？她交互看著收銀機和由希的臉。那聲音即使上了年紀，還是那聲音。Atachi，過來一下。

「我——」

聲音哽在喉嚨。

就要跨出步子的那一瞬間。側頭的她，胸口上的店員名牌露了出來。

「室山」。

看到的瞬間。

彷彿被什麼冰冷的東西撫過背脊般，激情嘩的一聲退潮了。咦？由希詫異。可是怎麼可能？

室山老師。那所幼稚園裡最年輕、最活潑、最漂亮的老師。

原來她沒有結婚嗎？

也有可能是離了婚，或是招了贅。可是一旦冒出那樣的想法，就成了事實。狹小世界的女王後來怎麼了？

一瞬間的躊躇讓機會溜走了。

其他客人推著裝滿食品的購物車進到了這個收銀臺。室山注意到，雖然在意著由希，仍回頭結帳去了。

此時由希豁然回神。臨去之際，她再次滴水不漏地觀察邊唸出標價邊讀條碼的她的臉。可是就這樣了，生不出瞪她的氣力。

由希離開超市，頭也不回。心臟還跳個不停。她全力奔跑，心想自己應該再也不會光顧這裡了。再也不會看到室山的臉了。

難道如果室山成了園長就好了嗎？如果她做出符合年齡的高雅化妝，一直是個美女就好了嗎？至少帶個孩子的話。成了個鄉下主婦，罵著吵鬧的孩子，以客人的身分上那間超市的話。不明白理由。自己是想給她好看嗎？捫心自問，我想要變強，究竟是為了什麼？

打給 KYOKO 的電話。我跟妳沒什麼好說的。

我想把她從岩戶的另一頭拖出來，對她說的話。如果出現可以賦予我更強價值的事物或許就會結束的樂趣。我想看到的凋零，我想索回的事物。

跑回父親車子的時候，仰頭看了一下晴朗的天空，忽然一陣心驚。她不知道怎麼會這樣。頭上的明亮一下子撞進眼裡來，視野忽然變得清明，天空的藍沁入身體，擴散開來。

是格紋布。

她唐突地想。

那件洋裝。

啊啊，她嘆息，掩住額頭和眼睛。感覺有東西猛然墜下胸膛底下與腹部之間。無法訴諸言語。

想起來了。祖母做給她的洋裝圖案。那是紅色與白色的格紋花樣。

住持的頌經聲開始，同時由希悄悄離開墓前與合掌膜拜的親戚們。

她走到墓地旁邊的水龍頭汲水。陽光強烈地射在黑色的喪服上。

等待木桶裝滿水之前，她重新望向祖母的墓。香煙裊裊，只有那裡圍起了一道人牆。下次來會是什麼時候？她想。

可是那個時候應該只有由希一個人。要對祖母說什麼呢？是要商量、報告，還是發洩怒意、抱墓痛哭呢？

水從木桶溢滿出來。可是她想聆聽水流瀉的清涼聲音，就這樣在旁邊站了一會兒。水龍頭的金屬反射水光閃爍著。

我能原諒嗎？她模糊地感覺。

原諒誰？原諒室山、原諒響子、原諒水上由希。

我要做什麼，要往哪裡去？利用誰，借誰的虎威？明明或許又會像今天這樣，再也動彈不得。

腰間傳來細微的震動。掏出抖動的手機，看看來電顯示，是島津。

吸了一口氣。

誰要退縮？她心想。聽美和紗江子可能都退場了。她們或許沒有執著，或許是覺得荒唐可笑了。可是我偷走了許多東西，被偷走了許多東西，然後站在這裡。我跟空無一物的妳們覺悟不同。我主動選擇了這樣的哲學，用這副背脊抬頭挺胸。我知道現在還不是退場的時候。我不會像她們一樣屈服。至少現在這是最讓我樂在其中的。

我這劣根性可不是假的。由希介意著傳來頌經聲的遠處墓地，接起電話。然後說了：

「跟 KYOKO 連絡上了嗎？什麼時候可以見到她？」

喪服與脖間的真珠被初夏的陽光一點一滴地灼烤著。關起水龍頭，把手機挾在肩膀和下巴之間，搖晃著沉重的水桶走回祖母身邊。

——座號二一號——

島津謙太

Burberry 的雨傘。

因為那件事，現在在路上看到那種圖案的傘，仍會一陣心驚。

老師和其他班的學生常說二班的男生很幼稚。

升學班或許因為學生之間學力相等，所以並沒有特別突出的不良學生。都是群不會精打細算、臉皮薄的天真男生——不管在好或壞的意義上，他們都被這樣評斷。比起談論女生或說某人的壞話，話題的中心更偏向漫畫或電玩，要不然就是考試。當成一種遊戲，偶爾也會聊到抽菸或喝酒。可是當時的他們班之所以能夠維持健全的孩子氣，是因為他們被允許用相同的口氣去談論這類話題，而沒有高低之分吧。

實際上這也要看每個學生的類型。他們班也是有喜歡耍壞的男生的。可是上了高中以後，他們也變成熟了。已經沒有必要透過貶低別人、瞧不起人來確立優勢了。比方說，就連那個真崎修也是如此。

島津謙太毫無疑問是那個班的中心人物。

如果是國中以前，真崎那種男生絕對不可能跟自己混在一塊兒吧。可是真崎會找島津說話，跟他互相挖苦，偶爾也會聊聊他的戀愛經驗，非炫耀式的。「你覺得我該怎麼做才好，島津？」那口氣，至少在言語上，感覺是對等的。

或許他們早在無意識之中明白了彼此的地位差距。可是有人來找他討論戀愛問題，這讓島津覺得非常新鮮，也令他無比驕傲。證明他們已經是大人的孩子氣與友誼。自己應該是受到他們喜愛的，無論是真崎，還是一年級的時候同班的清瀨陽平。

也是在那個時候，島津發現就算大膽地跟女生說話也沒關係。

模擬考成績名列前茅，國中是學生會的一員。島津腦袋原本就不差，個性也相當積極。由希、響子、聰美、貴惠、小鈴——。他可以跟這些女生說話，被允許觸摸她們。她們並不討厭他這樣，態度也很自然。不過座號相鄰的里見紗江子，那張陰沉的臉上曾經浮現過不服氣的表情，有時令島津覺得可怕。他覺得腦筋聰明，但碰到男生就神經過敏的女生很麻煩。這種女生不習慣跟男生混在一起，明明沒有男人緣，眼界卻高得跟什麼似的。

他有自覺。因為島津自己也是這樣，所以他很清楚。

『你真的很外貌協會耶。』

清瀨的調侃令他感到愜意。

當然，有些男生還是一樣不敢跟女生說話，而島津就看著這樣的他們，再次確認自己的地位。我跟他們不一樣。雖然沒辦法變成真崎或清瀨，但沒必要讓自己淪落到他們那種地步。

不會受傷的安全範圍。狹小的金魚缸般，溫暖甘甜的水中，所以，他以為忘了那種感覺。

二年級的夏天。一個雨天。

孩子氣的他們，在中午的打掃時間，在教室裡把抹布捲起來當球，拿掃把當球棒玩起打棒球。島津跟另一個叫矢口的，個性內向，跟女生也不太敢說話的同學兩個人玩。

對方投球，島津擊球。掃把的柄太長，很難擊中，他邊咂舌邊跑到教室角落去撿掉下來的抹布。結果他在那兒發現了幾把靠放在窗邊的雨傘。長度拿來打球剛好。

他只是隨便挑了一把。Burberry 的雨傘，他只覺得應該是女生的，沒有多想。

拿來代替掃把揮揮看，比剛才更容易瞄準多了。「好了，上吧！」他用玩笑的口氣對矢口打信號。擊中了幾次抹布球，開始覺得上手了的第幾次時。

矢口投出來的球高高飛越空中。這如果是真的棒球，就會當成壞球放棄，但感覺勉強伸出去應該可以打中。

然而輕輕一跳，用力揮擊的瞬間，島津因為用力過猛而失去了平衡，身體朝牆壁栽去。抹布球彈在教室角落的牆壁上，垂直掉落。

「矢口，拜託丟準一點嘛～」

他笑著重新站定，望向手中的傘，然後發現了，經剛才那一撞，傘身被撞得微彎了。可是如果不仔細看是看不出來的。如果自己不說，一定不會被發現。

他一瞬間做出了結論，轉向矢口：「別玩了吧。」

當天放學後，狀況丕變。

「這是誰弄的？」

教室後方傳來聲音。島津若無其事地回頭一看，只見隔壁班的吉田站在那裡，手中抓著眼熟的格紋傘。

背脊緊張地挺直了，他就這樣再也動彈不得。

「喂！」

吉田重複說。

「是誰弄的？」

島津看見也坐在教室的矢口跟他一樣，臉朝著吉田，就這樣僵掉了。

「吉田，沒事啦，別這樣。」

水上由希一臉蒼白地抓住吉田的手臂阻止他。

由希——。

聲音來到喉邊。

跟女生說話時，島津一向最看重的是反應好不好。喊她們的名字、和她們聊天的時候，可以開玩笑地摸摸她們的肩膀或手臂，同時又不會被她們拒絕，這令他開心。

他知道由希有男朋友。可是最不會拒絕他的聲音，接受他、回應他的調侃的，就是由希。

原來那把傘是由希的嗎？

如果事情繼續鬧大，他們拿抹布跟雨傘打棒球的事一定會被人提起。可能已經有幾個人想到了。

他怎麼會一直忘了這種感覺？

隨著後悔，他如此痛苦地想起。吉田是個凶狠型的男生，將來也不準備升學。國中以前經歷過好幾次的某種感覺。暴力能夠制服一切的情境，面對那種暴力，他們擁有的「正確的」話語毫無招架之力的事實。

這時，由希的眼睛轉向了島津。

那一瞬間，他明白血液一下子衝到了脖子以上，彷彿胃被揪緊了。情急之下他想要逃離那裡，假裝什麼都沒有注意到，離開教室。——一起玩棒球的矢口可能會被問罪，可是矢口是個乖乖牌，一定不會連島津都一起招出來吧。就算被招出來，只要躲過今天，吉田的怒意應該也會減輕幾分。再說，最根本的原因不都是因為矢口控球力太差嗎？矢口或許躲不掉一頓修理，可是那是沒辦法的事，因為我只是負責揮棒而已。

在一口氣湧上來的混亂中，島津把臉背向由希，結果定身咒似乎頓時解開了。他望向教室外面的走廊，無暇去想她會怎麼想他。他滿腦子只顧得了眼前的危機感和焦急。

就在這個時候。

「去叫清瀨。」

一個聲音響起，打破了一片騷動的教室空氣。回頭一看，響子正從前面靜靜地走來。女王——這個詞掠過腦海。平時跟幾個女生一起背地裡揶揄響子時的稱呼。可是她這時的風範，對島津來說，完全只有女王足堪形容。

她對著一起來的朋友，這次略為小聲地喃喃說道：

「誰去把清瀨帶來。」

她的跟班之一點點頭，離開教室。響子走近吉田跟由希。

「吉田，拜託你冷靜點。這是我們班的事，所以我也跟你道歉。對不起——由希，不要計較是誰弄的了。如果真的是有人弄壞的，我也會勸他晚點跟妳陪不是。」

由希總算鬆了一口氣似地露出笑容。

「可能是我多心了，我只是覺得好像有點彎掉了。」

由希避免被扯進去似地說，然後她仰望男友的臉道歉：

「對不起，吉田，沒事了。」

然後清瀨很快地趕來了。

「哎呀哎呀，怎麼啦？吉田，你這是在替由希出頭嗎？」

清瀨瞥了一眼吉田隨時都要掄起來揍人的拳頭，露出與現場氣氛格格不入的爽朗笑容。他明明不可能察覺不出這緊迫的狀況。

「可是你也考慮一下自己的力氣吧？要是挨你一拳，連我都會被打到天邊去的。」

「幹嘛啦，我誰都還沒揍啊。」

「那就好了啦。你絕對不會手下留情的嘛。沒鬧出事來真的太好了。」

然後清瀨轉向由希，捉弄地笑：

「由希，看妳男朋友這麼護著妳。——吉田你啊，就別再向大家炫耀了吧。」

清瀨陽平是個率性正直到近乎不可思議的男生。不管是對島津還是吉田，他都以一視同仁的態度相處。由於他的出現，危機一下子就解除了。

那樣的人真的很罕見呢。

只要是當時在那個班的人，都曾聽過響子這樣讚嘆。被女王相中的，匹配自己的伴侶。

後來怎麼樣了，島津記不清楚了。

事情就像響子勸的那樣，沒有繼續追究是誰幹的，島津也沒有被告發。或許沒有人看見他們玩棒球，由希被弄彎的雨傘似乎也被當成是她多心。即使那個場面是那麼樣地令人戰慄、驚心動魄，已經過去的事都會被歸到記憶的另一頭。應該也幾乎沒有人記得了吧。就連雨傘的主人由希，或是從恐懼中被解放的島津也是。

畢業典禮那天，在女王的細語喃喃下，島津才真的事隔許久又想了起來。

「島津。」

當時已經完全日落西山的女王，即使如此仍具備某種威嚴。

「什麼事，響子？」

憐憫凋零的她的心情確實是有的。可是團體生活中要求的只有察言觀色，能否順利融入群體就是一切。當時的二班所要求的，完全是嘲笑一敗塗地的響子，並對她不屑一顧。

明明已經沒什麼好說的了，她會有什麼事？島津正自詫異，她微笑著只說了句：

「你不打算向由希道歉是吧？」

當時的她與水上由希已經澈底決裂了，至少看在男生群中是如此。

發不出聲音。他本來想問：「什麼意思？」心中想到的事卻不只一樁。他真的答不出來。

「再見。」

或許她只是一時興起向他攀談。

響子靜靜地微笑，從島津面前離去。獨自一人。

被留下的島津靜靜地按著脖子。憶起。那些封印起來，準備就這樣帶走的事物。

——我把……還給妳。可是別忘了。

午後的體育課時間，他偶然聽見她們的對話。

『我會淪為笑柄呢。』

島津在陽臺渾身緊繃，緊緊地，用力地握住拳頭，等待她們離開。

響子說了：

『這是妳的復仇嗎？——小鈴。』

聽到聲音，他才知道響子跟誰在一起。對方默然。響子接著說：

『回答我。沒時間了，得回去了。』

島津屏著大氣，靜靜地蹲著，她回答了：

『這不是復仇。』

她說。

『沒有一樣事情是為了妳做的。』

記憶彷彿被倒轉了。

『你不打算向由希道歉是吧？』

心裡的事不止一樁。接著蹦出來的是吉田的臉。襯衫歪七扭八，褲子邋遢地掛在腰線以下。他知道吉田那副花花公子的樣子很受女生歡迎。他可以理解把眾人畏懼的對象帶在身邊，能變成一種地位象徵。

『喂，島津。』

雨傘的事過了很久以後。島津在走廊被叫住，心裡一驚，回頭一看，只見吉田露出泛黃的牙齒正笑著。由希身邊的女生們常常興奮地說他長得很像電視裡出現的狂野型男星。

可是這張臉和氣質，自從那件事以後，對島津來說就成了純粹恐怖的對象。吉田沒想過是島津幹的吧。可是即使如此，那就像是某種預兆或是序曲，吉田盯上了他。

『喂，我想跟你打個商量。』

——你不打算向由希道歉是吧？

響子的聲音令他背脊發涼。

吉田提議的，那件齷齪事的記憶。

1

「川邊好像要結婚了耶。島津，你跟他不是同期嗎？」

從外頭跑業務回來，正把皮包收進置物櫃的時候，代理分行長對他說。回頭望去，「對象是以前跟她同一個分行的。」代理分行長告訴他。

「男的我沒見過，可是聽說一樣是F銀行的，也是同期的樣子。島津你認識嗎？」

「認識。原來他們要結婚啦？我最近都沒跟同期去吃飯，所以不曉得。」

「唔，說的也是，你都調到這邊的分行了嘛。」

「是的。」

島津應著，為了結束話題，從皮包裡取出必要的文件。他拿著那些文件當扇子搧著，回到座位。

這下子口口聲聲絕對不要跟銀行員結婚的同期八個人裡面，就有一半以上不是職場結婚，就是職場戀愛中了。結果還是跟銀行員在一起呀——與誇耀似地這麼說的他們最後一次吃飯是什麼時候了？雖然沒有受邀，但他們的同期聚會現在仍然繼續在舉辦嗎？

絕對不要跟銀行員結婚。就算結了婚，也等於是把這裡的關係帶著走，而這又是每個人都彼此認識的縣內狹隘社會。這麼說的那些女生，到底有幾分是真心的？

「麻煩了。」

剛回到座位，一名女職員就走過來。手上拿著黃色的便條本。她把便條貼到島津桌上，沒有多餘的話，立刻就回座位去了。是他跑外務時打來的電話清單。固定句式的『請回電』、『還會再來電』旁邊，附有四方型的打勾欄。

便條紙很方便，可是少了對話，也太死板無味了，他想。雖然每天都被忙碌的業務追著跑，或許這是沒辦法的事。

他一邊看著電話清單，一邊確定拿過來的金融商品契約文件，尋思著剛從代理分行長那裡聽到的消息。同期情侶檔的婚事，他怎麼會比島津先知道？一尋思起來，就越陷越深，幾乎不可自拔。是從前他也深陷過好幾次的死胡同煩惱。

進了大學以後，他完全不懂自己哪裡做錯了，就是無法像高中的時候那麼游刃有餘。無論是成為團體中心人物，或是與男性朋友親密地交談，或是愉快地呼喚女性朋友的名字，都處處受挫。

他不明白為什麼。途中他意識到這種情況，開始謹言慎行，甚至做出奉承討好其他中心人物的舉動，但越是這麼做，徒勞的感覺就越強烈。

「島津那是性騷擾了吧？」

當他發現明明只是客套地稱讚對方可愛，或是順著場子的氣氛邀吃飯，卻招來這樣的背後批評時，深受打擊。每一次他都想：自己怎麼會在這種地方？

高中時候的自己，跟比她們更出色漂亮許多倍的女生們打成一片，彼此嘻笑怒罵。如果是由希她們，他根本不可能碰到這種根本誤會大了的拒絕。他真想讓同期們看看那個時候的他。他不是應該在這裡遭受這種待遇的人。大家都誤會了。

「這件事我上次才教過妳，妳沒記起來嗎？」

櫃臺傳來剛才拿電話便條紙過來的女職員指導新人的聲音。他反射性地抬頭。

島津任職的F銀行，有新人指導專員的制度。每個分行每年都會進來一兩個新人，然後入行第三、四年的職員要負責帶新人，大部分的情況都是一般業務的女職員。年紀差遠一點比較容易親近，也有不少情侶是由此誕生。聽到因此結婚的前輩說這是新娘派遣制度時，島津大受衝擊。還說她們也都會高高豎起天線，物色適合的對象，所以對彼此來說都剛好。

原來我完全沒被當成一回事嗎？

島津差點就要這麼想，連忙否定。對於一個「制度」，有利用它的自由，當然也有不利用它的自由。非常公事公辦地指導他業務的女職員那冷硬的視線。用這種不正經的角度去看待人家，未免太冒昧了。

「我寫下來了，可是對不起，我忘記抄在哪裡了。」

歉疚的道歉聲。還沒有脫離學生心態的天真藉口。負責指導的職員的嘆氣聲傳來。

東京分行今年的新人是女生，指導的也是女職員。沒有制度和天線介入餘地的關係性，有時會碰撞出嚴厲的措詞。這是在指導如何應對客人，或許是沒辦法的事，但老實說，連聽的人心臟都要受不了了。至少當時帶島津的指導員不會像這樣罵他。

「朝倉，打電話來的這個人沒留電話嗎？」

他忍不住發作式地站起來。櫃臺的兩人當中，站著的前輩抬起頭來，一副就要「啥？」地頂嘴瞪回來的氣勢。可能是在進行數鈔作業，兩人前面堆著現鈔。她回答了：

「對方沒說，我以為你知道。」

「這樣，不好意思。我想應該是昨天來過的客人，妳可以幫我查一下號碼嗎？」

「……好。」

她用不服氣的口氣應道，回到自己的座位去。被留下的新任職員露出鬆了一口氣的表情，發現島津還站著，輕輕點頭回去繼續工作。

島津看著她用還不習慣的動作攤開成疊的紙鈔，想起幾年前只差了一、兩圓，數字一直對不起來的那段日子。

他自認為工作態度非常認真。

不對的金額，有時候櫃臺的女職員會從自己的錢包掏出幾圓硬是湊合，可是島津絕對不肯這麼做。他會一次又一次確認，即使是一圓單位，他也不會自掏腰包湊合，而是把其他職員拖下水，一起寫悔過書。

雖然隱隱約約，但他發現同事都在背地裡說他白目。他不像旁人想的那麼沒自覺，也對他們的輕視感到憤憤不平。可是他只想讓上司了解，他是很誠實的。

即使跟同期不合，不受異性歡迎，那也就這樣了，又不是什麼不能應付的事。不過在狹小的分行裡看待工作不力的人那種露骨的眼神，如果集中在自己身上，他大概承受不了吧。對於「沒用」的人可以群起攻之的不成文規定。剛才的女職員現在雖然勉為其難幫島津查客戶的電話，但是事實上在這家分行，就連這點小忙都拒幫的情況也是有的。相反地，只要工作表現得好，就算沒有女人緣，女生也會願意交談。

「麻煩了。」

用送來電話便條時相同的口氣，遞出只潦草地寫了一串數字的紙。「謝謝。」島津應道，但沒有得到回答。

號碼是現在正在洽談高額融資的對象。

島津並不是口才特別好，但也不是完全簽不到案子。他認為即使是跟業務無關的話題，他也頗能享受與客人的閒聊。雖然他不像明星業務員那樣，是可以伶牙俐齒地說動客戶，巧妙地打進對方心坎裡，「就蓋個章吧」的那種型，但他還是以自己的方式，努力達成了與他們相同的業績。

銀行的異動與升遷，都是全行一起通知的。在同期陸續升遷的狀況中，只有自己的名字不在其中，那種景象光是想像就毛骨悚然。——實際上在前一個職場目睹某個前輩真的陷入這種情況，被周圍投以憐憫的視線以後，這樣的想法更是強烈了。

不了解內情的朋友或同學會上，有人說他能調到東京分行，不就是因為「能幹」嗎？那種時候他飄飄欲仙，忍不住假謙虛應道「其實也不算啦」來閃躲，但實情更要單純。

F銀行每隔約兩、三年就會有一次人事異動。島津今年是第七年，東京分行是他第三個職場。年輕的男職員都會被調到離自家很遠的據點一次。不是勉強能從自家通勤的偏遠地區，就是調到東京分行這樣的外縣市。然後意外地，很多職員對於遠離自家面有難色，所以異動到東京的申請很容易通過。剛才在櫃臺挨罵的新人，聽說是學生時代就在東京的女子大學念書，忘不了這裡充滿娛樂的回憶，所以才申請調來東京分行的。

『我爸媽叫我回故鄉，我心想當銀行員很穩定，所以才報考的。可是如果可以在這裡多留幾年的話，我想一直留在這裡。』

她滿不在乎地微笑說，而因為不合己意的調動來到此地的女職員們都用一副不以為然的樣子看她。島津想起了這一幕。

——為什麼大家都不想積極地來東京呢？

『留在鄉下的那些人對來到東京的人，那種自卑感真是有夠嚴重的。』

上次同學會上由希說的話。我不是這樣，你也不是吧？像這樣把島津拉攏到過去的撒嬌嗓音。點上眼藥，轉轉肩膀，著手整理今天的文件。把手機從口袋掏出來放到桌上，通知收到新簡訊的燈閃爍著。他自覺到發現的瞬間，內心一陣飄飄然。

就算 KYOKO 不會來也無所謂，八月要再辦一次同學會。

他已經跟由希談到這裡了。

與留在F縣的老同學們聊到都會的不便與對鄉下的懷念。與由希們則是聊到都會的繁華。銀行的人事異動以月為單位，隨時都有。島津這種能夠同時維繫這兩方的位置，也不曉得能持續到什麼時候。可是他到東京分行才第一年，他覺得暫時應該不會有問題。那個地方，才是島津能夠恢復本色的地方。

確實有些人結了婚，或失聯了，而且也漸漸地都變了。可是如果沒有同學會，島津撐不過無趣的每一天。無法融入同期的聚會這件事，或許他毋寧可以感到驕傲。如果在狹隘的人際關係裡穩定下來，連F縣也沒踏出過一步，是會被由希她們瞧不起的。

島津站起來，為了看簡訊，明明不抽菸卻走向吸菸室。他們怎麼看待島津打簡訊的行為呢？由希是任職於時尚服飾品牌的美豔女性。

腦中浮現她的臉，島津驕傲到差點要露出笑容。

2

由希指定的地點是新宿三丁目的義大利餐廳。位在住商大樓的地下，外觀又小又舊，一開始他覺得不像是由希會來的地方，但進去裡面一看，他恍然大悟。雖然可能是進駐店之一，但有許多打扮時髦的客人。或許是業界中的行家才知道的店。不愧是由希。島津坐立不安地看著菜單，由希現身了，也沒為遲到了十五分鐘的事道歉，只說了句：「久等了。」

充滿初夏氣息的泡泡袖襯衫和白色長褲。他的目光就要盯住她胸口發亮的花朵項鍊，急忙垂下頭去。

「夏天也要辦同學會，真令人開心。如果每年辦兩次的形式固定下來就好了。」

島津等她在對面坐下後說，由希應道：「是嗎？」也不看島津的臉，隨手翻了翻菜單，還給侍者說：「特色酒一杯。」

「島津呢？」

「我也一樣好了。」

「點套餐就行了吧？這裡很好吃唷。」

「好多打扮得好時髦的人，嚇我一跳。」

「會嗎？很普通啊。」

島津介意著由希的應話如此簡短是不是因為心情不好，但她和他兩個人一起的時候，大部分都是這樣。如果這是由希認為跟他不必客套的證據，那就令人開心了。

從以前就是這樣的。由希就連在男朋友身旁，也維持著那有些緊張的表情，然而在島津面前，卻會完全卸下防備，口氣變得直爽、率性。

「今年是特別的吧？如果每年都辦兩次，未免太累人了。今年夏天是要看看從春天就一直邀請 KYOKO 的第一階段成果如何。老實說，我也覺得最好能快點做出結論。可是如果 KYOKO 不行，那就算了。」

「不行是什麼意思？」

「新的價值，是必須每天不斷地去追尋的。」

多哲學的發言，真像個設計師。那看起來像是在裝成熟，也像是在輕蔑島津。但他覺得這完全是在可愛的逞能的範圍內。他們用送來的紅酒乾杯。島津配合杯子身體前傾，但由希只是簡單地舉了一下杯子，就放到口邊去了。

「跟大家連絡上了嗎？聰美還是一樣沒消息。」

「紗江子跟貴惠也都沒有連絡。真崎現在好像很忙，感覺不是很起勁。」

「真崎應該是吧。」

由希眯起眼睛，露出看起來也像是傲慢的笑。

「舉辦時間就定在盂蘭盆節期間吧。配合大家返鄉，地點在F縣也沒關係。——反正她們也一定會來吧。」

「妳說高間她們？」

「對。」

前年舉行的全學年同學會。不只是一個班，而是邀請該屆所有畢業生的大型同學會，主辦人就是她。當地電視臺的女主播。真是太囂張了——由希之前曾經如此表示不滿，對她應該沒有好印象。

「我想讓她們兩個會一會。」由希說。

「咦？」

「她自以為是當地小偶像，不可一世起來了。我想讓她見識一下什麼才是真貨，認清自己有幾兩重。」

「由希好苛唷。」

由希肯對他吐露真心話，令人高興，但島津忍不住露出苦笑。由希用湯匙舀著送來的冷湯應道：

「哪會？我很清楚她，不過她要是會知難而退，我還覺得她有點腦袋。因為要不然的話，事到如今她哪有臉自告奮勇說要辦什麼同學會？真是敗給她了。」

「可是她不是也邀請KYOKO小姐參加那場同學會嗎？我想KYOKO小姐是因為行程無法配合才拒絕的。」

「你說那個唷？」

由希想起來似地點點頭。

「可是結果沒能實現，根本沒意義。這次她們應該要正面對決一下才好。」

「我是覺得如果KYOKO小姐是因為介意清瀨的事才不能來，那就太可憐了。——KYOKO小姐她們會願意來嗎？」

聽到「KYOKO小姐她們」這幾個字，由希挑起一邊眉毛，露出一點反應。她默默用紙巾擦拭嘴邊，一會兒後「欸」了一聲。

「島津，以前清瀨找你商量過戀愛的事情吧？我覺得他只跟你還有吉田願意說真心話。——雖然都被跟吉田交往的我聽光了。」

「我想也是。」

聽到吉田的名字，島津內心一涼。然後他想了起來，清瀨的確找他商量過。——我喜歡二班的那個女生，告訴我她的事。

全被聽光了。

那個時候，自己從吉田那裡聽到的事。不過，這些事由希一定不會知道的。

吉田的臉還有聲音，談論那些時下流的動作，他全都記得。可是島津把那些帶了回去。付錢給下流的他，明知道被他瞧不起，但自己也反過來輕蔑著他。由希也是，總有一天她會發現這傢伙有多不誠實而離開他。真正需要她、會重視她的溫柔男人。就是因為從吉田那裡聽到了那些，島津才會覺得，下次她一定會尋找這樣的對象。

現在也是可以的吧？他們都快三十了。如果她真的想，他能向她告白他從以前眼裡就只有她，一直為她擔心嗎？

「清瀨陽平，他當時說了什麼？」

「他很為難。要甩人也是很費力的，可是又不能扭曲自己的心情。」

「原來那傢伙是認真的啊。」

由希思忖似地按住嘴唇。

「發生過很多事嘛。他們兩個進了大學分手時，老實說我們覺得差勁透了。——這樣說是很難聽，不過現在的話，我可以承認當時是那種追星式的開心。他們是排除萬難才結合的情侶，但我確實也覺得他們太登對了，沒意思。而且也覺得KYOKO的手段太厲害了。」

「我打算這次連絡KYOKO小姐的時候直接告訴她，這次的同學會只會請二班的人來，叫她不用擔心。我會寄明信片通知，不過也會直接打電話。」

其他同學的出席率很低，這依然是個令人煩惱的問題，但如果KYOKO願意出席，這次大家一定會踴躍參加才對。

兩人決定好舉辦日後，由希淡淡地笑：「這次也拜託你當幹事啦。」「包在我身上。」島津答。

「明信片已經買好了。接下來只剩下列印而已。」

喝著餐後咖啡的由希說著：「哦，這麼說來，」望向島津。

「你每次都會寄明信片通知，那些錢是從哪裡來的？是包括在當天的參加費裡面嗎？上次的參加費很便宜耶。」

「啊，那是我自掏腰包的。」

島津說著回看由希，意外的是，她的眼睛瞪大了。驚訝似地，正準備拿咖啡杯的手止住了。

他不知道為什麼。不過他感覺到氣氛變了。由希邊眨眼邊問：

「每一次？」

「每一次，可是我們班只有三十幾個人，我都寄有回條的明信片，所以一次只要三千多圓而已。」

他明白籠罩在周圍的危險氣氛越來越濃了。他急忙說明：

「這樣啊，那下次含在參加費裡面就行了嘛。不愧是由希，真聰明。」

「等一下，我們畢業以後已經快十年了，有時候一年還舉辦兩次不是嗎？就算一次只有三千圓，積沙成塔，你等於是花了快六萬在這上面？」

「因為是沙，所以也沒怎麼意識到……」

「不，哪裡是沙？三千圓也是一筆數目耶。這要是我，絕對不會出這筆錢。」

他可以明確地感覺到由希退避三舍的態度。島津困惑著，曖昧地微笑。不久後她問了，語氣中帶著難以置信。

「你為什麼要做到這種地步？」

「為什麼……？」

「不好意思，聽到你那話，島津，我覺得你有點……」

她接著說出來的話，讓島津的心戰慄了。她說了。表情痙攣地，面露不知所措的笑。

「有點可怕。」

跟在理所當然先離席的由希身後，結完帳走出地上，聽見由希在途中的樓梯在跟誰講電話。打算接著邀她上酒吧的島津聽著那聲音，盡量緩慢地走上樓梯。

「喂？怎麼了？櫻木哥居然會打來，好稀奇唷。」

諂媚的、客套的聲音。在島津面前，她一次也沒有用這種音調說過話。明明知道她不偽裝的素顏聲音的，只有從那時候就認識她的自己而已——儘管這麼想，島津卻感覺心在受煎熬。

幾輛計程車經過前方馬路。由希看到島津走上來，對著電話說了聲：「不好意思。」然後按住手機話口。她轉向島津匆匆地說：

「不好意思，有電話打來。那麼幹事就麻煩你了。——再連絡。」

連道別的機會也沒有。她在路邊攔下黃色計程車，就這樣滑也似地上了車。看也不看島津一眼，計程車被吸進馬路。

3

求之不得的是，隔天KYOKO本人打電話來了。不是為了同學會的事，而是談工作。她說接到F銀行的通知，說幾年前在故鄉分行簽約的商品到期了，她想要辦理手續。

她在上午現身於新宿的分行。

島津說他可以在外出辦業務的時候順路拿文件去她家附近，但她堅持婉拒了。她的打扮比電視上看到的更輕便許多，戴著眼鏡。

這是島津學生時代的飯局後第一次見到KYOKO。他常在媒體上看到她。但實際見到的她，與過去認識的她，還有電視上看到的藝人的她，看起來都有些不同。用一句話形容，出現在眼前活生生的她，比這些更壓倒性地美麗。即使不必穿金戴銀，她就是有一股美麗的氣質。

「不好意思，你這麼忙，還占用你的時間。」

「不會，我才是不好意思。下次真的可以約在妳家附近的咖啡廳之類的地方。」

實際上在業務地區內只要能夠有往來，有不少客人都要求這麼做。若對方是藝人，更是如此了。

KYOKO在櫃臺裡面的會客區喝了一口送來的茶，搖了搖頭。端茶來的新職員離開後，快步回去自己的座位，頻頻偷看這裡。他沒有告訴同事今天KYOKO要來，但他們或許注意到了。

「新宿這裡離我家也很近，沒關係的。其實我本來想請家母在故鄉的分行辦手續，可是她說不清楚怎麼弄。而且我也擔心這年頭如果不是本人親自辦理，就算是家人，也有可能不被受理。」

「真的很抱歉，實際上很多時候的確必須要本人臨櫃才行。現在對個人資料的管理非常嚴格。」

島津苦笑著，遞出文件。既然會在上午來，表示就算是藝人，她也努力過著規律的生活嗎？今天或許她還是搭電車過來的。KYOKO抱歉地說了：

「你打過幾次電話給我，不過我們很久沒見面了呢。一直疏於連絡，真過意不去。同學會也一直沒機會參加。」

「印章蓋這裡就行了嗎？」KYOKO確認著，慢慢填好文件。島津盯著她纖細的手腕，無所事事地答道：「嗯。」他是在同時回應印章和同學會兩邊的問題。

「妳這麼紅，一定很忙，我可以理解的。我真的覺得妳很了不起。每次去同學會，大家都在聊——KYOKO小姐的事。」

他遲疑了一下，思忖以前的稱呼和現在的稱呼哪邊比較自然，結果還是像對女星那樣稱呼她「KYOKO 小姐」。

「謝謝。」

KYOKO 用遞出來的面紙把印章擦乾淨，抬起頭來。一陣猶豫般的短暫沉默後，她說了：

「上次水上打電話給我。她說是從你那裡聽到號碼的。」

「哦，那件事。」

他都忘了，KYOKO 提起他才想到。「真的很抱歉——」他低頭陪罪說。

「不好意思，我好像把妳的電話告訴她了。不過我好像喝得爛醉，完全沒印象。——平常我不是那種會喝到失憶的人，以後我真的會小心。我保證。」

KYOKO 沉默著盯著島津看。即使隔了一層鏡片，視線仍然銳利而有力。

「這樣。」她點點頭。「同學會好像辦得滿頻繁的呢。我是不太清楚，可是我覺得我們班算辦得很勤的。」

「說到同學會，夏天還要再辦一次。八月十三日。正好是盂蘭盆節期間，星期六。地點會是在F縣，KYOKO 小姐返鄉的預定時間決定了嗎？」

是上次和由希決定的日期。

KYOKO 慢慢地眨眼。她注視了島津的臉一會兒後，望向自己填寫的文件。然後又抬頭：

「每次都是你當幹事？真努力。」

「老實說，大家參加得不是那麼踴躍呢。」

既然覺得我努力，就請妳來吧。島津帶著輕微的煩躁，但小心避免表現在臉上地說明。

「如果KYOKO小姐願意來，我想大家一定會熱烈出席的。前年的全學年同學會，KYOKO小姐也沒來嘛。」

「我沒有獲邀啊。」

「咦？」

瞬間島津以為自己聽錯了。KYOKO只是面露沉靜的笑。她對著啞口無言的島津，用平坦的語氣重複說：

「我是最近聽半田說才知道的。我也跟老家確認過了，但沒有收到邀請函呢。」

「可是我記得……」

「你寄的班級同學會的通知，我每次都有收到。謝謝。」

被這麼明確地道謝，島津再也問不下去了。毅然的語氣不允許質疑。她撫摸茶几說：

「我跟上一部電影共演的女星聊到過——她已經是老前輩、藝界大老了。不過她也說，她從來沒有收到過同學會的邀請函。然後隔了幾十年，第一次收到國中還是什麼的邀請函，然後她參加了。」

島津很好奇那個女星是誰，但不想被認為自己愛八卦，所以按捺著聽下去。

「她說她跟那時候的朋友幾乎都已經失聯了，也不記得當時感情特別好，可是就是去了。她從當時就只對戲劇和電影感興趣，對於話題不合的同學們，她只把他們當成外星人。可是看在其他同學眼裡，她一定更像個外星人吧——她笑著這麼說。但沒想到去參加一看，似乎非常好玩。」

「非常好玩？」

「其實那是她們班第一次舉辦同學會，所以真的隔了好久的歲月，每個人的模樣都完全變了，讓她大吃一驚。她還說，從某個意義來說，當然也有沒變的地方，但就連這些也是個發現。感覺好像一口氣又交了許多新朋友，而這些人是光靠現在的人脈絕對不可能結識的，這讓她很開心。她跟老同學交換連絡方式，現在也跟好幾個人密切往來。」

KYOKO盯著島津。黑色瞳孔占了大面積的眼睛，用射穿似的視線盯著自己。

「是不是還太早了？」

不是勸諫、也不是目瞪口呆，而是純粹透明的聲音。裡面不帶感情，是單純陳述事實的語氣。

島津切實地感覺到口乾舌燥。

「太早了？」

「我覺得不用那麼頻繁見面，留著當成四十歲、五十歲以後的樂趣，是不是比較好？這只是我個人的意見。或許大家都把它當成一個慣例，每次都很期待。不過像那樣只有一小部分的人一直維持親密的狀態，坦白說，像我這種一直缺席的人，或許很難打得進去。」

「沒那回事，大家都很歡迎妳的。雖然的確有些人每次都會參加，感情特別好。」

KYOKO平靜地側頭。用一種為難的笑法，只是微笑說：「這樣。」沒有任何強硬主張的提案，甚至不給島津半點反駁的餘地。真驚訝。因為這是他完全沒有過的想法。同學會、跟那些人以十幾年為單位斷絕連繫這種事，他連想都沒有想過。

「KYOKO小姐是有什麼不想見到的人嗎？」

島津腦中浮現清瀨的臉問。聰美應該轉達了，但KYOKO的反應如何？因為與聰美失聯了，島津還無從確認。KYOKO那張優美的臉一點陰霾也沒有，滿不在乎地搖搖頭：

「我沒有不想見的人，也沒有特別想見的人。我也想懷念一下高中時代，所以如果行程可以，我會盡量設法參加。」

「那……」

「可是，是啊，如果是想見個面、問個清楚的對象，也是有的。」

她說得有些茫茫然，彷彿在遙望遠方。與其是對島津說，更接近自言自語。島津還沒來得及追問，「其實呢，」KYOKO已經繼續說了下去。

「其實呢，我有點發現了。你們在策畫什麼，想要把我拖出來做什麼。」

島津嚇了一跳，一時無法反應，沉默下去。他無法打馬虎眼，也無法否定。完全乾掉的喉嚨只能勉強擠出一點聲音：

「什麼把妳拖出來，我們並沒有……」

「島津，你在工作上的表現一定很好吧。」

「咦？」

「我說我是你的客戶，職員便非常親切地把我領來這裡了。這種事情不是會滿露骨地反映在態度上嗎？謝謝你的茶。」

「那是因為她發現妳是KYOKO小姐了吧？跟我沒有關係。」

「是嗎？」

KYOKO把填好的文件交給島津，淡淡地笑。

「總之文件麻煩你了。如果其他還需要什麼，不好意思，可以再打電話給我嗎？我的主要銀行還是F銀行，今後應該還會再麻煩你們。今天真的打擾了。」

KYOKO起身準備回去，島津急忙想要再叮嚀一聲，但她卻明瞭一切似地搶先說了：

「八月十三日，我會考慮。我會盡量調整行程，那天不要排工作。再寄明信片給我吧。」

KYOKO回去後的午休時間，不出所料，在同一個時段用午餐的那個新人職員匆匆跑來找島津了。
「上午的那個客人，難道是……」
「嗯。」
只是苦笑著點點頭就夠了。「哇，好厲害！」她發出興奮的尖叫。島津聽著，內心嘆息：果然。跟自己的工作表現無關。她們看到的只有KYOKO。

4

『我會淪為笑柄呢。』

高中三年級的那天午後。體育課。
島津聽見好像蹺課的她們在教室裡說話。女生打籃球，男生踢足球。島津忘了拿每堂課都會記錄的分數表，回去教室拿。
這時她們走了進來。他情急之下躲到陽臺，聽見了她們的對話。令人衝擊的詞彙。
笑柄。
她的恐懼，以及接下來甘願承受的覺悟。聲音帶著非比尋常的氣魄傳進島津的耳裡。就連第三者的自己聽起來都如此震撼了，直接聽到這話的對象，衝擊會有多大？她默然不語，響子更接著說下去。
明明應該很安靜，卻因為躲藏的內疚，心臟怦怦響個不停。極度的緊張讓他無法聽清楚話聲。

『我把……還給妳。可是別忘了。』

即使同處一間教室，看到的景色也截然不同。島津有島津的故事，她們也有她們的故事。十幾年後未來的同學會。目睹彼此的改變，笑著彼此的四十幾歲，無法想像那種場面的自己，該如何是好？她們也相信自己會改變嗎？確實，十年過去了。然而像那樣轟轟烈烈地坦露感情，她們不害怕嗎？島津不懂。

島津，我覺得你有點……有點可怕。

由希的聲音緊貼在耳底。那個時候他是不是應該動怒才對？如果沒有人犧牲，同學會怎麼可能持續這麼久？大家，還有由希，不是都很期待嗎？

把通知同學會的明信片丟進分行附近的郵筒。

見到了KYOKO，還有明信片準備好了等等，他有好多事想向由希報告，這幾天她卻一直不接電話。只傳簡訊太沒意思了，所以他等由希回電，卻一直沒有消息。

下雨了。

從東京分行回家的路上，他考慮要不要經過上次和由希一起去的新宿三丁目的義大利餐廳前。他知道地點，但不記得店名。他心想如果下次討論時還要再邀由希去那裡，至少也該記一下店名。

放倒塑膠傘，遮著斜斜地傾灑下來的雨滴行走。就在靠近店前的時候，隔著雨滴遍布的雨傘塑膠膜，白濁的視野中忽然闖進了由希的身影。

啊——驚覺的同時，島津在她身邊發現別的人影。一股冰冷的東西灌入背脊，他怔立原地。

由希跟一個不認識的男人在一起。

個子高瘦，像女人一樣留長的蓬鬆頭髮隨意束起。有種一副就是他們業界人士的氣質。或許是設計師還是什麼。

是職場同事吧——瞬間島津心想。心試著在自己的核心上，覆蓋上一層薄薄的保護膜。可是沒辦法。他們共撐一把傘，並肩站在傘下。近得幾乎彼此觸摸。高個子的他，手掌用一種包裹般的輕盈，就放在由希頭上。

她側頭。

花開一般，浮現平靜溫柔的笑，撒嬌似地說了什麼。從嘴唇的動作，讀出聲音內容。討厭啦，櫻木哥。

——討厭啦，吉田。

嗡，瞬間一陣耳鳴。

反覆地，在腦中不斷反芻的話語片斷。一直以來不停地代換的名字。討厭啦，島津。那聲音、那身影、那容顏，他再三再四不停地夢想著。

是上次電話的男人。

他記得。上次她在這裡講的那通電話。他應該制止的。明明就在身邊。明明這件事開始的瞬間，自己就在她身邊。

膝蓋變得石子般堅硬，動彈不得。兩人在他面前闔起雨傘，一同步下與島津一起度過的店裡。由希的聲音復甦。

如果 KYOKO 不行，那就算了。

那是什麼意思？那是不是將島津的存在置之度外的發言？即使不明白意義，不，即使被他明白了也無所謂的，隱含了輕賤島津的語調的——。

好想抱頭撓抓。她還說了。新的價值。

『新的價值，是必須每天不斷地去追尋的。』

他無法阻止。

由希跟男人一起走下樓梯，完全從視野中消失了。

他們撐的傘，不是Burberry的格紋。島津至多只能確認到這一點。

『喂，你要不要買由希破處的事？』

高中的時候，吉田這麼問他。

完全是上對下的口氣。「咦？」島津錯愕的瞬間，『我缺錢啦。』他笑。

『你不是常調戲由希嗎？有沒有興趣？我可以跟你說得很詳細唷。』

一次五千。做了多少次就告訴你多少次。

——這是誰幹的？

吉田握著被弄彎的雨傘，齜牙咧嘴地這麼低吼的表情重疊上來。恐懼的記憶刺激著皮膚。正因為記得那件事，島津根本不可能拒絕。他「買」了她。

所以他才會知道。

知道由希是怎麼變成女人的。被要求做什麼、是如何學會積極的。若非男女朋友，不可能相互展示的真的非常深入的地方，島津鉅細靡遺地一路守望過來。以某個意義來說，他比由希更清楚她。連她的男友一點都不誠實也是。因為那傢伙可是滿不在乎地賣了妳。用粗鄙的口氣連情事的每一句話都轉述給他的吉田，完全陶醉其中。確認她隸屬於自己，向島津炫耀他所擁有的世界。

島津懷著欲泣的心情不斷地付錢，不斷地輕蔑著他。心裡想著由希不該選了這種男人，下次應該挑個對她更好的男人。

他認為，總有一天由希會懂的。

幾天後，由希打電話來了。她嘴上一再道歉，但語氣開心地說：

『對不起，同學會那天我可能要去旅行。』

你已經把通知寄給大家了吧？不好意思唷，明明是我說那天可以的。如果KYOKO來了，幫我打聲招呼。

聽到聲音的瞬間，就如同相機的閃光燈一亮，眼前浮現聰美、紗江子、真崎、貴惠的臉。一直以來，總是開開心心地討論下次同學會的這批人。他確信了。

她也完全脫離了這裡。

嚥下重如鉛塊的口水，按住顫抖的手臂，答道：「知道了。」電話一下子就掛了。

5

「人事異動？」

晴天霹靂。下個月起島津就要調到F縣的新分行了。他拿著分行長給他的委任書，無法理解聽到的話，茫然若失。

「下個月起F市要開一家北分行，這你聽說了吧？是中心區的城郊，目前快速住宅區化的地區。」

「──我是、聽說過。」

聲音卡在喉嚨裡。他第一個想到的是，自己捅了什麼婁子嗎？這是左遷嗎？明明他自以為比任何人都留意齊頭並進，不落後別人。

只待一年就調走，是特例中的特例。銀行的確是以月為單位，經常突然有人事異動。如果在同一家分行待得太久，跟周圍的客戶成了熟面孔，業務執行起來就會越來越鬆散；否則就幾乎都是在突然的時機發布調動令，令人來不及湮滅挪用公款或貪汙的證據。

不到兩個星期，在東京的生活就要結束了。

「你很驚訝嗎？」

來自F縣的人事部參事還是什麼職位的人說。島津不知道該如何回答，沉默地低著頭。可是他還是招架不了恐懼。

「請問，」他抬頭。「我是犯了什麼錯嗎？」

「為什麼這麼問？」

對方驚訝地問。焦躁湧上心頭。

「因為我待不到一年就要調走，這……」

「哦，這我們真的覺得很抱歉。」

他苦笑。「噯，坐吧。」他催促島津在分行長室的會客區沙發坐下。被分行長和人事部參事夾在中間似地坐下後，島津更加如坐針氈了。

「F北分行是把兩家以前的小分行統合成一個，是眾所矚目的新分行呀。那裡有很多來自縣外的新興居民，所以必須從基礎建立起人際關係才行。我們評估過業績後，決定讓你去是最好的。」

「業績？可是我……」

「你沒發現嗎？還是謙虛？」

參事平靜地微笑，一旁的分行長說：「島津被挖走，我們損失可大了啊。」他懷疑自己聽錯了。他急忙轉過去一看，但分行長似乎不是在說客套話。

「島津很厲害嘛。他不會強硬上門推銷，也不會強迫對方，不過或許就是這樣反倒好吧。只確實地問出必要的事，告知必要的事，這或許意外地很難做到。」

「我完全沒有特別去這樣做。」

「但實際上你的業績很好啊。在同期裡面，你真的非常認真。」

島津太驚訝了，還沒有現實感，但聽到這話，他總算能夠放下心來。肩膀鬆弛，聲音忍不住滲透出放心的音色。

「那麼這不是左遷呢。」

「反而是升遷呢。考慮到你以往的業績，這是當然的結果。」

參事笑了，問道：「原來你在擔心這種事？」

要離開東京。

遲遲甩不開這件事的衝擊。但即使如此，他也無法否定胸口一下子變輕了。升遷。以往的業績。他想都沒想過。

你在工作上的表現一定很好。

響子那宛如神道教巫女般的洞悉眼神。我說我是你的客戶，職員便非常親切地把我領來這裡了。

「不好意思，不過請你立刻開始準備交接和搬家吧。」參事說。

「期待你在新的職場也能好好表現。」

6

就像島津有島津的故事，她們也有她們的故事。

隔週，島津匆忙收拾辦公桌時，令人驚訝的是，KYOKO上銀行指名要找他。要調到F縣的事，他已經傳簡訊告訴KYOKO了。因為他才剛說可以把業務交給他，就得離開這裡，是為此致歉。

看起來像出門辦事順道過來的KYOKO，頂著比前些日子更像女星的妝容。帽簷壓得很低，但連眼鏡都沒戴。

「怎麼了？必要的手續，上次的文件就沒問題了。」

「我剛好到這附近來。」

KYOKO微笑。她搖晃著端來的冰麥茶裡漂浮的冰塊，拿起杯子。

「而且我聽說你要調動，覺得得來打聲招呼才行。抱歉在你忙的時候打擾，我坐坐就走。」

已經過了三點營業時間，櫃臺鐵門拉下之後的會客區，今天應該不會再有其他客戶來訪了。也沒有約好要見面的客戶。「沒關係。」島津答道。

看著她慢慢品嘗麥茶的清爽面容，他突然、真的很唐突地冒出了一個念頭。原本他壓根兒都沒有這麼想過，卻覺得這樣做才是對的。

「同學會的幹事，我也不當了。」

把杯子按在口邊的KYOKO維持著這個姿勢定住了。她只動了眼睛，先看島津，然後抬起頭來。那張臉上浮現靜靜的微笑。

「這樣。」她點點頭。「因為工作會很忙？」

「這也是原因之一，不過雖然只有一點，但我好像了解妳上次告訴我的意思了。總之，這次的同學會我不會去。」

KYOKO默默點頭，島津忽然想問了。他記得。她以前是在什麼樣的故事裡，傾洩出什麼樣的感情與人相互撞擊。

——告訴我，小鈴。這是妳的復仇嗎？如果清瀨跟妳交往，我會澈底一敗塗地的。

「我打算把幹事的工作交給故鄉的其他同學。」

「你要拜託誰？」

「高間響子。」

KYOKO抬頭。眼中掠過當時的面容。「小鈴」。女王比任何人都親暱地這麼稱呼的那個女生。那個時候，她就總是露出這種堅定的眼神，陪伴在高間響子身邊。

島津覺得他的角色就到此為止了。雖然他曾窺見過她們的故事，但沒有資格直接參與其中。

「如果有什麼想問的事，就趁這個機會問問吧。」

島津遞出明信片。他打算親手交給KYOKO，只有她的沒有投遞，而是帶在身上。

「我想請妳參加這次的同學會。」

『鈴原　今日子（KYOKO）[4]　小姐　』

他出示用文書處理機打出來的收件人姓名說，她雙眼微眯。沒有曖昧、沒有打馬虎眼，而是毅然決然地點點頭。臉上浮現平靜的笑容。他看不出那是不是女星扮演出來的表情。

她從島津手中接過明信片。

「好的。」

以前沒聽清楚高間響子的聲音說了什麼？現在，他似乎可以猜得出來。她大概是這麼說的：

『我把名字還給妳。』

小鈴——最先這麼叫的是響子。改變與自己同名的好友的稱呼。女王在這個王國是獨一無二的，不允許有人與她同名。

『鈴原這個姓好可愛，很適合妳呢。鈴鐺作響的鈴聲，也很合今日子妳那高雅的氣質。』

欸。

『欸，我說大家，妳們不覺得叫小鈴很可愛嗎？』

二班的，同名的同學。當時眾人常在背地裡竊竊私語的壞話。名字一樣，人卻完全不同，她們兩個叫同一個名字，真是**太可憐了**。

4譯註：日文中，「響子」與「今日子」的發音皆為「KYOKO」。

那個女生的名字被剝奪了。沒錯，每個人都發現了。現在成了女星的她，不冠姓氏，只使用名字「KYOKO」，是出於什麼樣的理由。

「這明信片也寄給鈴鈴了嗎？還是我去邀她比較好？」

以前被響子關進體育器材室的淺井鈴子。

島津想起她在二年級期末轉走了，結果他們班的座號全部往前挪了一號，姓氏首字母在五十音SA行的里見紗江子變成一號，島津變成二號。就好像把消失的那個人給遺忘了一樣。的確，那個時候淺井鈴子跟KYOKO很要好。島津目睹過好幾次女王不在的時候，她們兩個開心地聊天，自然地笑著。原來這樣的交情現在也還持續著嗎？

島津感到歉疚，搖了搖頭。

「我們跟她一直沒有連絡。我只邀了一起畢業的同學。很抱歉，不過希望妳可以幫忙邀請她。我把預備的明信片給妳。」

「好，我會邀她看看。」

不過這次的幹事是那個高間響子。淺井也不想看到把她關進體育器材室的響子的臉吧。他不明白KYOKO打算怎麼做。KYOKO想要見響子，說些什麼？

還有，高間響子會接下幹事的工作嗎？既然她都主辦過全學年同學會了，應該比島津更清楚如何辦活動吧。可是這次鈴原今日子也會來參加。這個以前讓她栽了大跟頭的前閨中密友。

——我想讓她們兩個會一會。

一直迫不及待看到響子凋零的由希，或許會因為無法目睹這一幕而懊悔不迭。

我想讓她見識一下什麼才是真貨，認清自己有幾兩重

由於一邊找回了名字，而在其他地方投下了陰影。

每個人都叫她小鈴，但只有一個人喊她「KYOKO」。

『我喜歡鈴原今日子。』

清瀨這麼表白的時候，島津真的驚訝極了。這是革命。國王，竟沒有選擇女王。

『喂，島津，你是二班的，告訴我她的事吧。今日子有沒有喜歡哪個男生？』

對清瀨而言，「KYOKO」就只有鈴原今日子，獨一無二。

「幫我向高間問聲好。」

KYOKO 說，凜然昂首地。

7

打電話給高間響子前，島津環顧為了搬家而亂成一團的自己房間。

打開衣櫃。幾套上班穿的西裝、一組暖爐矮桌用的棉被。他的東西本來就不多。

掛在衣架上的西裝之間露出一件深藍色百褶裙的裙襬。拿在手上，那天的悸動彷彿又回來了。

體育課，他只是回教室拿分數表而已。真的只是這樣而已。兩個班級合上的體育課，男生女生分開，用各別的教室當更衣室。——回到二班一看，桌上堆著女生脫下來的制服。

眼睛會飄到由希桌上，大概是因為聽了吉田那些話。她是怎麼穿上那些衣物的？

絕對沒有深意。只是有種想要觸摸她的衝動。把手伸向裙子。曝晒到午後陽光的布料，散發著微溫。

這時響子她們回來了。所以島津⋯⋯。

畢業典禮那天，女王對他喃喃道。

『你不打算向由希道歉是吧？』

一時之間他發不出聲音。他本來想問：「什麼意思？」心中想到的事卻不只一樁。他真的，答不出來。

『再見。』

或許她只是一時興起向他搭訕。

響子靜靜地微笑，從島津面前離去。獨自一人。

被留下的島津靜靜地按著脖子。憶起。那些封印起來，準備就這樣帶走的事物。

那天，情急之下抓到陽臺去的裙子。事情鬧開來後，他再次探頭看陽臺，裙子還在那裡。他急忙把裙子塞進自己的書包。沒辦法。他還能怎麼辦？

——他一直珍惜著它。可是即使不是裙子也無所謂的。如果總有一天由希能懂，他打算好好解釋的。從以前，從好久好久以前，他就如此專心一意，只想著她。他甚至以為這可以昇華成一樁笑話。島津的故事就在這裡。

可是，已經。

閉上眼睛。

咬緊牙關，把裙子塞進垃圾袋裡。

『——喂？』

接電話的高間響子，發出與在電視上聽到的同樣活潑的聲音。和那時候一樣。我有事想拜託妳

——島津說出幹事交接的事。說明的時候，她訝異地逕自沉默。即使全部聽完了，也彷彿在估量這事怎麼會落到自己頭上，仍無反應。

不悅的聲音總算催促：『所以呢？』島津回答：

「明信片的回條，收到之後我會送過去給妳，所以接下來的事我想交給你。是我發起這場活動的，真的很抱歉，不過這次我不能參加了。」

『可是……』

「還有，」

『什麼？』

她冷淡的聲音。如果告訴她這件事，她會怎麼回答？深吸一口氣，然後接下去說：鈴原會來。

電話另一頭的響子倒抽了一口氣。

響子向身邊的人宣稱她在自己主辦的全學年同學會邀請過女星 KYOKO。可是 KYOKO 並沒有接到通知。

這算過分穿鑿了嗎？與清瀨的消息有關的各種流言蜚語。最先開始談論的，難道……。

「妳可以接下幹事工作嗎？」

回答來得意外地快。她回答了，語氣明確地。

『好。』

這聲音，又讓記憶倒轉了。在陽臺緊繃全身，從背後傳來的她的聲音。從以前到現在，完全沒變。

那天響子這麼說了：我把名字還給妳。可是別忘了。

——太陽不管在哪裡，都一樣燦爛。

座號七號

高間響子

高中三年級，十一月的放學後。

高處的體育館窗戶露出色如熟柿的夕陽。太陽的烈光灑滿了整座體育館的地板，自己的影子被拉得長長的，浮現其中。

鈴原今日子會不會理睬她的要求，是場賭注。局勢已經明確改觀了。

高間響子做了個深呼吸。視野一角，黑暗的門扉張著大口。敞開的體育器材室。

再無他人的體育館地板上掉了一顆籃球，像是被遺忘了。響子慢慢走到旁邊，撿了起來。

運球一拍，「咚」的聲音響徹館內。彷彿等待著那聲音似地，這時她從體育館正面的玻璃門另一頭現身了。——是今日子。

響子看得出略垂著眼朝這兒走來的她，眼睛確實地捕捉到響子的身影。但是那銳利的眼神頑固地不肯正視這裡。

把球擱到腳邊。走進來的她，不肯主動開口說任何一句話。她抬頭，四目相接的瞬間，光是吸入就要窒息般的高密度空氣籠罩了全場。

「謝謝。」

響子自覺光是發出準備好的簡短一句話，腳跟就抖了起來。聲音和手臂都是靜止的。她發現原來顫抖是從更深的地方，不為人知地發生。

今日子沒有回話。她只是瞪也似地回視響子。一股不可思議的感慨湧上心頭。悲傷。寂寞。

「我以為妳不會來了。」

不要用那種表情瞪我。存在於那裡的，不是凜然，而是醜陋。隱藏在內側的她的堅強，扭曲歪斜了。那種表情不適合鈴原今日子。我自認比任何人都了解妳的美，也肯定妳的美。比妳庇護的淺井鈴子——或是妳的情人清瀨陽平都更了解。

讓她露出那種表情的是自己，這令她悲傷。欸，妳有那麼醜陋嗎？

「有什麼事？」

陌路人般保持距離的聲音，與在教室逼問今日子時一樣。

——沒有一樣事情是為了妳做的。

聽到那冷淡的、遙遠的口氣時，響子確信了。她再也不會回來了。我們完全崩壞了。

「我想向妳道歉。」

臉上自然地浮現笑容。理解到不可能修復，只要嚥下去，就再也沒有任何可怕的事物了。

「為淺井的事。」

響子一說出這個名字，今日子眼中的光便微微搖盪。

「就算道歉，妳也不可能原諒我吧。我知道，覆水難收。可是我除了這麼做，沒有其他方法了。」

「為什麼？」

今日子開口。響子知道，防備著拒絕與忽視的心，接觸到那即便是憎恨的感情，也為此鬆了一口氣。

「為什麼要對鈴鈴做那種事？她那麼喜歡妳。」

「就算解釋，也不會有人懂的。」

她想起淺井鈴子那小鹿般驚懼的眼神。

換了班級，身處的環境改變，淺井鈴子顯然慌了。她總是和朋友水上由希黏在一起，跟進她們的圈子裡，怯弱而沒有自信地附和著眾人。為了絕不能失去這個場所，她稱讚響子，強顏歡笑，向她說話。

——我可以叫妳響子嗎？

想要拉近和「高間同學」的距離。那拚了命的意圖太明顯了，令響子覺得有點煩。其他女生都不會做出那種奴顏婢膝、乞求允許的沒品行為，淺井鈴子卻連這都沒發現，那種駑鈍教人受不了，但響子回答了：

當然可以了，淺井同學。

她明白淺井鈴子希望她像大家那樣喊她「鈴鈴」或「鈴子」。響子的回答讓淺井鈴子面露失望之色，但有時開玩笑地喊她「鈴子」，這回她又會近乎露骨地開心蹦跳。

那種諂媚的、搖尾乞憐的眼神。淺井鈴子才不可能「喜歡」我。那只是一種處世術，而且是拙劣透頂的處世術。

「是由希告訴我的。她說淺井跟清瀨說話。」

「水上告訴妳的？——鈴鈴跟清瀨說話？」

「妳不用叫他清瀨沒關係。」

還沒來得及思考，聲音就先脫口而出。

今日子看向這裡。隔了一拍她改口：

「水上說鈴鈴跟陽平說了什麼？」

聽到她這麼喊，心比起覺悟到的更痛更痛，遠超出想像。響子在臉上戴起笑容，說明：

「由希說，淺井向清瀨哭訴，說她在圈子裡被我排擠，受到近似霸凌的迫害。」

若說那是事實，確實如此。不允許難看的人加入的狹量與幼稚，是自己的過失。

『響子，我告訴妳唷，我聽到難以置信的事情耶。這樣好像在打小報告，其實我是不想說的，可是我最喜歡響子了，實在無法原諒那種卑鄙的行徑。』

鼓著腮幫子，瞇起眼睛，——同時喜孜孜地跑來向她報告的由希的嘴臉。

「那是水上在撒謊。我從鈴鈴那裡聽到的根本不是這樣。只要冷靜想想就知道了。鈴鈴只是想跟大家好好相處。是陽平擔心她，才找她說話的。」

眨眨眼，她可以想像。低垂著頭的淺井鈴子。擔憂地注視她的清瀨。「我知道。」響子回答。今日子默默地，眼睛微瞠。

「由希誇大其詞這點事，我還曉得。還有她想透過告訴我那些，期待得到什麼。」

——響子，妳最好治治那傢伙。鈴鈴得意忘形，囂張起來了。

『好嘛。』

水上由希的哲學很澈底。除了關注自己的所在和地位，其餘就是那裡有沒有讓她覺得好玩的活動，這就是對她而言的全部價值。

『才一個晚上，不會怎樣的。——下星期叫她去找分數表吧。我們籃球同一組嘛。』

鈴子尋找忘了拿的分數表時，拖把**不小心**倒下，把門卡住了。體育器材室沒有鎖。只是拖把剛好把門卡死了。

拚命地從內側敲打緊閉的門的聲音。

無人回應的呼喚持續著。開門！開門！拜託！誰來救我！

響子去體育館的時候，她拚了命的求救聲已經微弱了幾分。由希就站在器材室前。她一邊屏著呼吸，不讓門裡的人發現，一邊向響子使眼色。無聲地笑著，這邊這邊，領她往緊閉的門扉去。

小心謹慎地，觸摸冰冷的鐵門。隔著一片門，彷彿可以聽見淺井鈴子痛苦的喘息。甚至好似可以看見那因恐懼黑暗而流下的淚水。

如果是我——。

響子對她的軟弱瞇起眼睛，把手從門上拿開。

如果是我，就絕對不會哭。我絕不會在閉起的門中，感受到真正的黑暗。

轉身背對敲門聲不斷的門，離開體育館。一走出外面，由希就「噗哈～」一聲，誇張地做了個深呼吸。

『妳真的幹了呢，響子。』

這樣一句話，把響子變成了主犯。這樣就行了。我不是被誰操縱，而是依自己的意志選擇了這樣做。

「既然知道，為什麼還那樣做？鈴鈴哪裡錯了？反倒是水上，她現在……」

說到一半，今日子噤聲了。現在由希已經放棄響子，把響子當成空氣一般，跟其他小團體混在一起了。她是在說這件事吧。

響子虛弱地微笑，搖了搖頭。

「那是無可奈何的事，我只能這樣說。」

即使如此，她無法原諒的還是淺井鈴子。響子無法責怪由希的坦白、貪婪。因為她很像我。精打細算到家，了解自我欲望叫什麼名字的人，是我的同類。成為我的仇敵的，永遠是那些毫無自覺的人。像淺井鈴子那種。

響子筆直注視今日子。

——像妳這種。

「一想到淺井被清瀨擔心，我就克制不住。除非那樣做，否則我嚥不下這口氣。」

「妳是說認真的？連那種事都要嫉妒，豈不是沒完沒了？」

「我不是嫉妒，不是的。我只是發現我被看透了。」

抬起眼神，重新望向今日子。

「即使如此，我自認為還是沒有露出馬腳。起碼在清瀨面前。」

對於被揶揄稱呼的女王外號，她自認為也正確地貫徹著名副其實的個性。會允許淺井鈴子那種女生長久跟在自己的身邊，也是博愛主義的一環。可是他看透了，他發現了假面具底下的真面目。

妳跟高間響子處得好嗎？有沒有被她排擠？

他別無他意地看著鈴子的臉問。

聽到由希的話，一口氣想像到這裡，瞬間心中有什麼東西繃開，胃底熊熊燃燒起來。疼痛從骨子裡擴散到全身。止不住，收不回。滿溢而出的痛與苦，就不能當成沒有過嗎？就沒有止息的方法嗎？

由希喃喃道：治治她吧。

——如果沒有淺井鈴子的話。

撿起腳邊的籃球，朝地上一拍，聲音反彈。好冷的聲音。咚，咚，咚。連續、規則地拍。

「我不認為妳會原諒我，不過我道歉。」

「——妳搞錯道歉的對象了。」

「我沒想到會鬧到淺井轉學。」

體育器材室那件事以後，淺井鈴子就沒有再來學校了。高中二年級期末，她最後來學校的那天，是來通知要轉學的消息。她們舉家遷到原本只有父親一個人赴任的外地。那根本是離開這裡的藉口。匆匆道別後，不知不覺間她的座位從教室消失，她們升上了三年級。

「我連她搬去哪裡都不曉得。——小鈴，妳知道她的連絡方法嗎？」

這樣稱呼需要勇氣。她有了被瞪的心理準備，但今日子無動於衷。沉默了一會兒後，今日子說了：

「那天是我找到鈴鈴的。她下落不明的隔天，我心裡有預感，找遍了整個學校。她的母親非常擔心，還三更半夜打電話到我家裡來問，說她不是個會夜遊的孩子。」

「嗯。」

「真的都急壞了，還哭了。」

「嗯。」

承受著話語。今日子說了：

「妳明知道她在哪裡，隔天早上卻能默不吭聲地坐在教室自己的座位上？」

眨眨眼，然後點頭。

「嗯。」

今日子蹙眉，一副難以置信的模樣。她唾棄似地接著說：

「看到體育器材室門上卡著一枝拖把時，我心想難道，打開一看，鈴鈴渾身癱軟，躺在軟墊上。」

視野角落，體育器材室張著大口。幽暗的室內塵埃飛揚。

今日子繼續說：

「這間器材室沒有窗戶，黑鴉鴉一片，打開的時候霉味也嗆死人了。她在那裡面，懷著不曉得什麼時候才能被放出來的恐懼，待了一個晚上。」

「……嗯。」

今日子瞪響子。又乾又冷的眼睛裡泛著光。

「為什麼事到如今才要道歉？」

「因為我失去了。」

吐出話時，呼吸短促地中斷，她差點對自己失笑。全心對付淺井鈴子，竭盡全力去摧毀那種小地方的自己的視野之狹隘。「如果沒有她就好了」的對象，其實應該是誰才對？

今日子默然，然後有些躊躇地問：

「我聽說妳找陽平說話了。雖然沒問具體內容。」

「問也沒關係啊。不過或許妳也沒興趣吧。」

一字一句，每說一句話，就好似快要喘不過氣。真窩囊。不管是自己發出如此卑微的聲音，或是沒有權利參與他們的事實都是。

「是跟妳在體育課跑回教室說話之後。我是抱著最後一次的心情找他的。被拒絕後，他明確地告訴我了。說你們兩個在交往。」

幾乎就快回想起來，全身的皮膚痙攣似地疼，警告著心即將要被千刀萬剮。他所說的話：妳對我根本就——。

我失去了。失去地位、失去妳、失去名字、失去他。

既然如此，就乾脆失去個澈底吧。

「我有個請求。」

單調的聲音持續著。自己的手摸著球的感覺逐漸麻痺。

「可以請妳把我關起來嗎？就像那個時候的淺井那樣。——那邊也有拖把。」

今日子不發一語地看著她。她繼續說下去：

「妳可以把我關到滿意為止。或者妳可以跟淺井一起決定要把我關多久。今天是星期五，所以妳至少可以把我關上週末整整兩天。如果還是不滿意，一直把我關下去也行。我已經跟家裡的人說週末要去朋友家過夜了。」

今日子沒有應聲。沉默之中，只有球在自己手中彈跳的聲響。

「——動手吧，沒關係。」

如果多少能夠挽回自己的過錯。

「妳有這個權利，我會乾脆地接受。」

她注視著今日子。令人誤以為是漆黑的、深群青色的水手服。

看著那既嚴肅又沉重的顏色，她心想。就像在電視和電影中看到的，宣告判決的法官法衣。她有審判我的權利。

停下手來。失去反彈力道的球一眨眼便少了衝勁，滾到今日子的腳邊停了下來。

下定決心跨出步子。

「我不會說出是妳幹的，不用擔心。」

回頭望去，唇邊浮現笑容。夕陽的色彩沁入眼角。

「記好，被關和閉關是不一樣的。」

慢慢地，一步一步走近門口。

進入器材室，用自己的手從內側關上。反手關上之前說了：

「太陽不管在哪裡——」

我跟那些害怕黑暗的人不同。

天照大御神消失在天之岩戶後，諸神居住的高天原，還有人類居住的葦原中之國，都成了失去光明的夜晚世界。但是太陽神所閉關的岩戶裡，應該充斥著眾人失去的燦光。她看過這樣的圖。

聽到八百萬諸神歡笑的聲音，感到不可思議的天照大御神為了一探究竟，微微打開岩戶的那一幕圖畫。瞬間，耀眼奪目的燦光從隙縫間橫溢而出。背負著太陽的女王。無論身在何處，女神所在之處才是白晝。太陽所在之處，由我決定。

砰的一聲，門關上了。腳跟的顫抖平息了。

遍照體育館地板的眩光，在眼中留下柿色的殘像。

1

醒來一看，高間響子身在早晨的陽光中。

從床上起身以後，隨即望向窗戶確認。這是從以前就有的老習慣了。意識一覺醒，第一件事就是思考：現在自己面臨的問題是什麼？

——啊，對了。

這陣子都只有模糊的長期課題，而且都與工作相關，但今天開始，就有個明確的問題了。甩了甩頭，視野一口氣變得清明。昨晚島津謙太打電話來。

起身從冰箱拿出瓶裝水。喉嚨渴了。一口氣喝了一半以上之後抬頭，環顧自己的房間。不顧不願讓孩子離開的父母反對，租下來的獨居公寓一室。中央的桌子上，相簿依然攤放著。

《平成ＸＸ年度　Ｆ縣立藤見高等學校畢業紀念冊》

自己就讀的，三年二班的那一頁。

由於知道現在的長相，照片上的老同學們更顯得稚氣。稚氣得「還是孩子」、「還年輕」這種藉口可以通用，而且正因為如此，更顯得罪孽深重的臉。

「高間響子」在頁面中央看著這裡。

個人的大頭照，是在剛換上冬服的十月初拍攝的。所以照片上的響子還不知道。在班上的地位雖然略為失色了，但這時她還能天真地面露出不動如山般自信的堂皇笑容。

直到幾年前，她還無法正視這一頁。

她一直以為那段宛如被自我意識的尖針刮切肌膚的時期早已過去了。

可是。

『鈴原會來。』

『好。』

回答的聲音毫無遲滯、迷惘，連自己都感到吃驚。

視線落在相簿上的大頭照。對於見到其他人，她已經沒有抗拒了。我已經脫離了那既深邃又滑稽、宛如玻璃製成的森林了。或許雙腳鮮血淋漓，臉和手臂也傷痕累累了。但是我逃脫了。

望過去一看，那一頁的上面有著她。

座號三號，「鈴原今日子」。

翻頁。

隔壁班，三年一班。裡面有一張她連觸摸都不能的照片。咬住嘴唇。

座號四號，「清瀨陽平」。

看著那張天真大方的臉，喉嚨好似被勒住了。

『高間意外地有點脫線呢。』

國中三年級，夏季講習班的補習班校舍。自己跌坐在走廊上，一起撿拾撞掉的講義，手碰到一塊兒，手指相觸的瞬間，她感覺自己的臉頰變得通紅。怎麼辦？還沒來得及想，他對她笑道：

『我可以跟別人宣傳嗎？說我看到高間同學不為人知的一面了。』

『不要啦！』

她急壞了。明知道他是在開玩笑，卻忍不住要動氣制止。慌張抬頭一看，他愣了一下之後，一口氣展顏微笑。

『ＯＫ。那我會把這個祕密帶進墳墓裡。高間同學是個完美無缺的人。』

垂頭低笑的嘴唇。一股想要觸摸他的嘴唇的衝動像電流般竄過背脊。在社團活動中晒成淺黑色的手臂與修長的手指。想要摸摸它。想要它來摸我。

忽然想起順風搖曳，絕不抵抗的柳樹不會折斷。她頭一次了解到原來有這樣的強韌，是可以用溫軟的話語像這樣四兩撥千金的。

即使是現在，如果可以回到那時候，她想要回去。即使一切都將如同過往、不論前方有什麼在等待。只要能夠觸摸那雙手，她什麼都可以不要。即使必須一再地迷失在玻璃森林裡，她也在所不惜。

束起長髮，端詳鏡中的自己後，回到房間拿起手機。叫出F飯店的號碼，找經理聽電話。

「你好，我是高間。」

啊，好久不見。

對方的聲音親密地揚起，她面露微笑，說道：

「我想拜託一件事。八月十三日星期六，那時候是盂蘭盆節期間，我知道很強人所難，不過還是想拜託看看，那天有沒有空的會場呢？我明天會直接過去跟你談談。」

2

開車前往飯店的途中，行經藤見高中旁邊的路。狹窄平緩的坡道另一頭有座神社。樹木底下，學生們行經一處處短暫的日蔭走下坡來。

即使是夏天，男生的制服也是長袖。捲起袖管，鼓起的袖子就會在手臂的正中央滾成一顆瘤。那時候常見的穿法，現在還是一樣嗎？露出手臂的男生旁，女生們笑著走在一塊兒。

正好碰到紅燈，停下車子。今天也熱得教人發昏。擋風玻璃另一頭的陽光刺眼，空調發出嘶吼般的聲音。混雜在那聲音裡，外頭的蟬聲毫不間斷。

高中生輕浮地相互打鬧，經過車子旁。額頭與脖子浮現豆大的汗珠，女生的頭髮幾乎都要貼在額頭上了。他們一點都不在乎被晒黑，裸露著手臂走在豔陽天下。

自己以前也是那樣的嗎？像那樣稚氣嗎？看在當時的大人、現在的我的眼中。

變成綠燈，把臉從他們轉回正面，踩下油門。腳底有股繃緊的感覺。

最後與今日子在體育館會面後，已經過了快十個年頭。

只要畢業。

只要離開這裡。

這麼想著，躲避著並肩一起放學的今日子與清瀨的日子。日子一天天沉重停滯，如龜速牛步。在體育館與她談判之後，學校依然有著她們的日常，無法就這樣一走了之。

幸而響子很快就推甄上東京的私大了，她只是一逕忍耐著度過最後尷尬的幾個月。沒有人和她進同一所大學。雖然也有人進了東京的學校，今日子和清瀨也是其中之一，但往後一定幾乎不會有機會碰面了。

她這麼想，忍耐著。

昂首挺立，假裝沒聽見刺耳的噪音，微笑著閃躲。毅然的態度會招來抨擊，她再清楚不過，但她打算負起責任直到最後一刻。高間響子是個只會嘩眾取寵的女王。你們如此選擇、期望。成績依舊維持前幾名，不管再怎麼難受，她一天也沒有缺席，繼續上學。

明目張膽地割腕或自傷、宣稱身體不適衝進保健室、誇張地在廁所嘔吐。

宛如立足於沙漠，不穩定的十幾歲尾聲的教室裡，有許多這樣的人。唯有向他人展示才能成立的精神官能症。要讓分手的男友還是鬧翻的朋友好看的依賴心。

她決心自己絕對不要變得如此。

她並不是特別輕蔑這麼做的她們。反倒是主動牽起她們的手，撫摸她們的背問還好嗎?寫信告訴她們我懂妳的心情。由希被吉田毆打時，鈴子跟由希處不好而垂頭喪氣時，也是如此。

若論先前的過程，響子也扮演過近似的狀況。為了引起清瀨的注意，她或哭泣或大笑。但真正陷入毫無餘裕的狀況一看，不管是嘔吐還是淚水都湧不上來。心只是乾涸，靜靜地龜裂。

她以為畢業以後就能解脫了。不是希望，而是預料應當如此。

可是她想得太簡單了。

原來我什麼都沒有嗎？

在那所學校、那間教室，我有過事件，也有過感情。那應該是明確而不可動搖的，然而如今卻沒有任何事物能夠證明那一切嗎？

那是長達好幾年、源於激烈的自我糾葛的漫長黑暗時期的開始。

不是因為近在眼前，才對他們感到厭煩。受苛責般的感情，反倒是他們遠離之後才正式開始。新的環境沒有今日子也沒有清瀨，也沒有其他同學，即使如此卻仍脫不了身。

在生活的東京、在返鄉的故鄉，每次看到當時的同學，她就掉頭閃避。如果對方搭訕，她會在那之後立刻衝進暗處躲起來。不哭，也不吐。可是頭好痛。因為太痛了，她急忙衝進廁所裡，踹門捶牆也不是一兩次的事了。

必須學會如何馴服自我意識才行——她銘記在心。

她逐漸理解到自己並不是那樣的天之驕子，得以永遠穩坐在不動的寶座上。否則她怎麼會像這樣顫抖、又如此疼痛？

她常聽到現在工作的同事因為精神或身體失調而上醫院。她也聽過嚴重的憂鬱症病情，但當與響子年紀相仿的主播朋友坦承自己不為人知的一面時，言語間滲透而出的卻是自我陶醉。就和高中時的那些同學沒有兩樣。

每次看到她們，響子便體認到自己應該再也不會像那樣崩壞了。

她不依靠醫生也不依靠藥物，只是閉關，靠時間療傷到能夠前進。她經歷過那段時期，並且克服了。那樣難熬的事，在人生的起伏中，應該再也不會有第二次了吧。回顧十八歲的那場挫折，她什麼事都能夠面對。

——就是在那場風暴之中，她得知有一群人嘲笑著凋零的她。

「上次的飯局怎麼樣？」

本村佳代在購物回程的澀谷咖啡廳這麼問。

佳代是當時響子的團體中的一分子。若要分類，是介於由希那種「了解欲望的人」與今日子那種「無自覺的人」中間的存在。佳代有很多其他學校和別班的朋友，比起響子她們，更重視與那些人的交往。對佳代來說，班級內的交往，就像暫時的住處一樣吧。因為有穩定的老家，所以才能與響子維持若即若離的關係，正因為如此，在其他朋友離開響子後，佳代仍繼續留在她身邊。

「上次的飯局？」

畢業以後，響子與佳代偶爾也會連絡。這次也是留在故鄉念大學的佳代到東京來玩，所以約了響子。

可能是因為天生的直爽個性，佳代的語氣沒有心機，也不怎麼體貼細心。佳代經常提起清瀨和今日子等老同學的話題。——比起不自然地絕口不提、隱瞞不說，這不曉得更令響子感到有多安慰。所以響子和佳代才能持續交往到今天。

「不是住在東京的老同學聚了一下嗎？上個月底左右。島津當幹事。我也收到簡訊說如果那時候人在東京，要不要參加。不過結果我有事拒絕了。」

「這樣啊。」響子輕應一聲，臉頰和嘴唇再也無法從現在的位置挪動半分。佳代繼續說下去：

「妳也是沒法參加嗎？我聽說還滿多人去的。」

「我是聽說了。」

想起島津的臉的同時，接連浮現他親暱呼喚的幾個女生。眼前的佳代，也是當時被他親暱地喊名字的女生之一。由希、聰美、貴惠。不會刻薄對待島津的那幾個人。

三年二班。

那間教室，中心現在轉移到那些人身上去了嗎？

「確定他有邀男生嗎？」

為了隱瞞呼吸困難，響子努力裝出滿不在乎的聲音。

「比起男生，島津比較喜歡我們班的女生嘛。」

「不曉得耶。聽說也有男生去，可是應該只有跟他要好的幾個吧？像是真崎。」

「他只有找同班的嗎？」

「聽說清瀨也去了。」

聽到那名字，一股麻痺般的痛油然而生。她覺得佳代這個女生真的很不可思議。在她那種連沒神經這樣的形容詞都無用武之地的滿不在乎態度前，響子覺得一直對那種事耿耿於懷的自己反倒是錯的，想要隱瞞自己的軟弱。

「雖然不同班，但站在島津的立場，應該是想要炫耀他跟風雲人物的男生有交情吧？好像有邀他。」

「這樣。」聲音自然地溜出嘴唇。「小鈴也去了？」

「當然。聽說很好玩，還要再舉辦。我叫他下次在F縣辦。還要特地只為了吃飯上東京太麻煩了嘛。」

「既然如此，好好邀請全部的人，正式辦一場同學會不是很好嗎？」

響子佯裝若無其事，用吸管吸著冰咖啡，感覺到心臟劇烈、飛快地跳動著，幾乎都痛起來了。

類似同學會的，東京的飯局。

如果過去什麼都沒有的話——其實策畫那樣的聚會的，應該會是高間響子才對吧？

一陣眩暈，頭痛了起來。

毫無芥蒂的佳代，對那個地方毫無執著，漠不關心，這令她羨慕極了。響子跟她不一樣，她明確地從那裡被排擠了。

「島津打算下次什麼時候辦？」

「不清楚耶，春天左右吧？感覺他迫不及待呢。還是老樣子，對由希的態度露骨得要命。」

不怎麼感興趣地談論的語調很像佳代的作風。她是真的覺得無所謂吧。

「倒是響子，妳的那個他怎麼樣了？」

佳代瞬間切換表情詢問，響子忍住頭痛苦笑：

「沒怎麼樣。是啊，我們是在交往，可是感覺有點沉重。」

「真的假的？真可憐。響子啊，妳是不是其實不太喜歡那個人？」

告訴佳代的戀愛近況，有實話，也有出於虛榮的謊言。而就連虛榮的時候，她也無法將狀況描述成完美的幸福。她不明白為什麼。她對高中最後自己表現出來的淒慘有著十足的自覺。她應該是想藉由述說來拭去，但又覺得談論預支的寧靜，會再也無法真正得到它。——如果，萬一，這些話傳進清瀨的耳裡——。

她明白再繼續期待他太可笑了。可是這不是道理說得清的。她就是割捨不下。

「佳代妳呢？」

話鋒一轉這麼詢問，佳代的表情放鬆下來了。啊哈哈哈哈。她戲謔地笑著說了起來：「上次的那個已經分了，不過現在又遇到一個不錯的。」聽著那毫不做作的開朗聲音，啊啊，響子心想。她活在「當下」。

高中時代的回憶，對他人來說是過去的遺物。

可是在島津主辦的聚會中，響子一定甚至無法徹底缺席。即便只有五分鐘十分鐘，他們都一定會拿高間響子來當下酒菜。

咒罵島津的言詞在疼痛的腦中接連爆開，可是她也能理解，元凶不在那裡。

不要聚在一起。

祈求或詛咒一般，無計可施，她咬唇心想。

她聽說清瀨與今日子是在大學二年級，高中畢業第二年的時候分手的。

這件事也一樣是聽佳代說的。登對過頭的俊男美女情侶檔的分手消息，大部分的老同學都用卑俗的笑來反應，這她也從風聞中聽說了。

掀起革命的明星，只被眾人要求去終結一個時代。接下來被期待的，就只有凋零。

——她已經不會再來參加了吧。

她可以歷歷在目地想像他們彼此碎嘴的場景。那或許是過去的自己。

那無疑事不關己。可是她差點就要打電話給清瀨、給今日子，她用顫抖的手克制住了。

如果想要再深地牽扯進去，只會讓響子顯得更滑稽。連自己都不明白怎麼會陷入這種心情，她只是承受著湧上心頭分不清是懷念還是憎恨的感情與衝動。

結果她兩邊都沒有連絡。理所當然。後來冷靜下來的她失笑了。笑自己的愚蠢。

大學畢業那年開始，老家每年都會收到同學會的通知。主辦人是島津，每次佳代都會打電話來。

『雖然也覺得事到如今沒什麼好聚的，可是還是想去一次看看。響子，妳要去嗎？』

「不好意思，我有點忙。」

不是謊言，但嚴格說起來也不是事實。如果想要挪出時間，隨時都有辦法。

可是，那個地方把她排擠出去，在清瀨和今日子分手後，這次連他們兩個也被排擠出去，現在依舊熱鬧滾滾。就是那種性質的聚會。

『這樣啊。妳現在好像真的很忙嘛。我在電視上看到囉。像我媽，還興奮地跟朋友吹噓說：「那是我女兒的朋友耶，很可愛對吧？很活潑對吧？」』

「謝謝。聽到有認識的人在看，感覺很不可思議又很微妙呢。——可是謝謝，我真的很開心。」

地方電視臺的主播，是她從以前就很嚮往的工作之一。因為是父親的職場，過去她也一直隱約覺得那是近在身邊的世界。回到滲染著回憶的故鄉就職，通過父親任職的電視臺考試，她也知道當地的朋友和同事怎麼說，但是對響子來說，重要的是她終於找尋到工作的價值。

響子在就職的時候，並沒有拜託任何人任何事。不過身為主播的出發點確實一開始就相當高，因此她現在相當忙碌，也是事實。

『啊～啊，如果響子不去，我還要去嗎？』

「幫我跟島津還有大家問聲好。」

『好。』

正因為個性不拘小節而落落大方，佳代這樣的女生有時會近乎可怕地直指事物核心。每次同學會結束，她都會向響子報告情況。

「小鈴今年也沒來呢。」

自己的缺席，與其他沒有任何芥蒂的同學的缺席性質不同。

響子對此也有自覺，其他同學應該也都發現了。出社會後第三年的春天，島津打電話到老家來了。

『我收到妳缺席的回條，所以想直接約妳看看。如果妳來的話，大家都會很開心的。其實出席率一年比一年低，身為幹事，我也覺得很煩惱。』

「那天我真的有事不能去，對不起。」

島津居然特地打電話來邀，這讓響子半是吃不消地回答說。每次都是這樣，其實那天她根本沒事。可是她還是老樣子，提不起勁來。

『別這樣說，來參加嘛，響子。』

幾年沒連絡的他，語氣卻像以前那樣毫不客氣。他在電話裡隻字未提響子現在在電視臺當主播的事。響子覺得訝異，但主動告訴他又教人不甘心。坦白說，她覺得很沒意思。因為現在只要在街上遇到以前的朋友，幾乎都能得到一句「好厲害」的讚賞。

或許島津真的不知道。那麼稍微暗示一下再掛電話怎麼樣？她這麼想。就在這麼想的當下。

『我每天都在電視上看到妳，能不能就請妳來露個面呢？』

突如其來的這句話讓喉嚨哽住，發不出聲音了。
——我知道的啦。
她覺得彷彿被人在耳畔這麼呢喃，背脊一陣毛骨悚然。
妳現在以什麼為傲、拿什麼做支撐，才能回到這塊土地？——我都知道的啦。
「對不起，我不能去。」
湧上心頭的是怒意。
她感覺到自己正拉出防線，不讓島津瞧不起、輕賤自己，同時也痛感到讓他們這樣做的不是其他，就是過去的自己。她不知道該把這沉積在胸口的感情排遣到哪裡去才好。
為什麼我不能跟其他同學一樣？
放下話筒，按住額頭，冷不防想起佳代的聲音。小鈴——。
她憶起剛進高中的時候，看見鈴原今日子坐在窗邊的側臉在光照之下顯得好美。周圍的女生都害怕孤立，為了盡快找到朋友而相互攀談，在這當中，她卻默默地，存在於那裡。
響子被吸引了。是響子主動找她說話的。
——我叫高間響子。妳呢？
臉轉向這裡，四目相接，幾秒之間面無表情地看著這裡的今日子的臉，在下一瞬間浮現笑容。應該再也看不到的那張表情。她說了。
我們名字一樣呢。我叫——。
佳代說了：
『小鈴今年也沒來。』

那年夏天，響子下了個決心。

『除了每年三月舉辦的同學會以外，今年夏天預定再加開一場。』

在房間裡讀著明信片上的通知內容時，正好佳代傳簡訊來了。

『島津寄通知來了，我轉寄給妳唷。

Fw：高中同學會通知

大家好。前些日子已和部分同學確定的同學會，決定於下述日程舉行，請各位確定一下內容。我想大家都很忙，但為了確定地點和人數，請大家用另行寄送的明信片回覆出缺席或保留。（或許有人覺得既然都寄明信片了，就不用再傳簡訊了，可是有些人搬出去住，沒收到通知，所以我兩邊都通知了。）』

上面的日期已經是下星期了。或許是臨時起意決定的事。但是看到簡訊內容，她忍不住苦笑。

『前些日子已和部分同學確定』這樣的開場白太多餘了。因為這句話，曝露出這場聚會與其說是同學會，更近似只為了島津身邊的幾個熟人而辦的飯局。他是為了避免給人他們偷偷摸摸聚會的印象，才像這樣公開通知嗎？舉辦日迫在眉睫，也讓響子這種局外人難以打入。

闔上手機，望向桌上的明信片。

那裡不是我該去的地方吧。她決定性地明白了。如今自己不在那裡才有意義。她只要身為一個受談論的、沒有實體的幽靈就行了。

看看房間書架，上面擺著畢業紀念冊的書背。瞇起眼睛。自己怎麼會把它從老家帶來呢？明明或許再也不會翻開了。

再次打開手機。

「喂？佳代？」

對著接通的手機，她想用宣告來鞏固決心。她一口氣說了：

「下星期的同學會我會去。」

指定的F市站前的居酒屋，難說是一家有品味的店。

響子職場的上司和同事，很多人對吃和娛樂很講究，所以狹小的F市內不錯的店家她幾乎瞭若指掌。可以一邊欣賞爵士樂現場演奏，一邊品嘗別緻酒品的店；沒有招牌，祕密基地般的時髦酒吧。就職之後，她被帶去過許多地方。雖然是鄉下，但還是有了解都會感覺的時尚人士。而自己毫無疑問也是其中一分子。

她鼓舞自己。

就算面對只因為住在東京就盛氣凌人的那群人，也沒有什麼好畏縮的。我活在這裡。

因為是下班後才去會合，同學會的開始她晚到了十分鐘。站在流洩出流行輕音樂的店家門口，她把皮包拉近手臂。

現在還可以回頭。事到臨頭，胸口才顫抖起來。

或許他們正在店裡嘲笑著她的遲到。說高間響子結果還是缺席了，臨陣脫逃了。她幾乎可以看見那場景。

可是我得負起責任。

澈底地、沒有止血點地重創到底。我是不是應該這樣做？

胸口忽然靜如止水的瞬間到來了。筆直昂首面對。她感覺到先前的困惑和恐懼彷彿從表情上擦得一乾二淨，再無破綻。開門一看，可以聽見懷念的聲音笑鬧著。

他們的身影全聚在裡面的座席。佳代、由希、島津。他們注意到響子，停止說話，轉過頭來。

曾幾何時那般，腳跟抖了起來。從表面沉潛到內在的恐懼隔著一層皮膚，電流般地爆出火花。她怕，怕得不得了。

無論十八歲的時候，穿越玻璃森林的自己有多麼地毅然決然，那張臉仍是傷痕累累吧。手和腳也是，無論何時，一想起來就會淌血。

「大家好。」

自己的聲音聽起來從容大方。臉上浮現連工作中也不曾展現的優美笑容。她用彬彬有禮的聲音接著說：

「好久不見，我是高間。我好想念大家呢。」

居酒屋的燈光正從她的身後朝頭部照去。背後好熱，燒起來似的。

響子！

她聽見叫聲。非常女性化的，尖高的聲音。高跟鞋裡頭，腳跟抖得更厲害了。水上由希站起來，「哇！」地誇張尖叫。啊啊，她瞇眼。

——她一點都沒變。

「好開心！響子，妳真的來了。欸，妳現在在電視臺工作對吧？我去了東京，是我爸最近告訴我，我才知道的呢。妳好厲害唷！繼女星KYOKO之後，妳是我們班的第二號名人了！」
她歡欣地說著，眼裡卻沒有笑意。
「當地電視臺的新聞，在這裡收視率搞不好比富士還是日本電視臺還要好對吧？」
「嗯。」
頭好痛。額頭深處疼癢似地又熱又痛。
「好久不見，由希。」
響子回來了。
這下子就再也沒有退路了，她不會撤退。今後每年，我要坐落此處。

3

上次來到F飯店，是兩個月前參加在這裡舉行的同事婚禮。
就職後她參加過幾場婚禮，生活在當地之中，也漸漸地對縣內的宴會廳和飯店情況瞭若指掌。她知道縣內優良企業的董事會議、知事的姐妹縣招待宴會如何舉辦，還有這些活動所選擇的掛保證的場地、最高級的場地在哪裡。
兩年前的全學年同學會會選擇這家飯店，還是出於虛榮心作祟吧。她必須準備這種等級的事物。如今回顧，她能承認那是受侷限的狹小世界的心理。可是響子現在又回到了同樣的地點。
「這次比上次的房間更小一點的場地就可以了嗎？」
「上次我請貴飯店把兩個會場連在一起，給我們最大的空間，不過這次比上次其中一廳更小一點的就可以了。」

響子在走廊上看著會場指定說。經理在手中的資料填寫了什麼，點了點頭：

「我了解了。——六月舉辦的小池女士的婚宴場地如何？」

「不愧是經理，每一位賓客你都記得嗎？」

職場前輩小池友香的婚宴。經理微笑著搖搖頭說：「高間小姐另當別論。」

「那個時候高間小姐也擔任主持人。恕我們僭越，但在我們心中，高間小姐不僅僅是賓客，感覺也是一同籌備婚宴的戰友。」

「太誇張了啦。」

她輕笑著，想到被找去擔任婚宴主持之類的次數，連自己都數不清了。

就像之前由希說的，在這裡，比起全國電視網的電視臺，地方臺的收視率更好。很多客人光是看到電視中的臉孔出現在眼前，就會興奮不已。想想婚宴這種場所是兩邊的家庭以及新郎新娘炫耀較勁的地方，她能被找去，以某種意義來說也算是光榮。

幾年前真崎修的婚禮也是。本來她跟他並沒有親到能夠受邀。可是她一開始就決定了。既然決定要回去那裡，這類委託也應該甘願接受。

被經理帶去的房間，感覺大小很適合這次的人數。由於柱子之間有鏡子，看起來比實際的空間更要寬敞許多。

「中間隔開，做個可以抽菸的空間吧。那樣的話，就不會有主會場太空曠的印象。」

「謝謝。」

其實只要預約個居酒屋，就不必像這樣大費周章地準備，參加費也可以便宜許多。她明白是明白，但她想盡量安排一個與上次相同的狀況。

「上次的全學年同學會也是，因為貴飯店費了很多心，大家都很非常盡興。同學們都說居然能在F飯店辦同學會，太棒了，明明不是我的功勞，但大家都誇讚不已。我真的很感謝。」

「我記得上次本來預定請來賓做個簡短的演講，這次沒有那類計畫嗎？」

「嗯。——上次麻煩你們準備，結果沒能派上用場，真的很抱歉。這次也沒有安排演講。不過……」

「是的。」

「不是來賓身分，我邀請她以一般參加者的身分來參加。KYOKO小姐好像說她會來。」

「哦，那真是太好了！」

經理開心地笑了。

「我們會好好款待，絕不失禮。大家一定都很期待吧。」

「是啊。」

兩年前也是如此。事前跟飯店洽詢時，也說要將KYOKO視為當日主賓，好好歡迎款待。選了這家服務水準出眾的飯店，也是為了這個目的。

「料理內容要怎麼安排呢？」

「自助式的，請準備一些適合夏天的涼爽菜色。」

響子答著，走出房間。會變得怎麼樣呢？她早已不再期待。甚至連不安和恐懼，現在都真實感薄弱。

無法預測。那樣熱衷於把KYOKO拱出來的島津和由希，這次都說不參加。

前年在F飯店舉辦全學年同學會時。

——我覺得妳那樣說很不厚道。

這麼說的瞬間，由希驚訝地瞪大眼睛，噤口不語了。

之前的幾場同學會，由希彷彿沒有過任何嫌隙似地，再次向響子攀談聊天。她一直想要打聽響子的工作內容，口裡應著「好好喔」、「好華麗的世界」，眼底卻泛著冷冷的寒光。那道光雄辯地道出了由希對什麼感覺到優越。好好喔，哪像我工作的業界，相比之下啊。都會就是這樣啦。

那個時候響子沉默著。

彼此都把真心話壓在咽喉，偽裝出來的祥和對話中，那天話題突然轉到清瀨身上。就在響子主辦的這個地點。

「妳沒跟那種男人交往，真是做對囉。妳知道那傢伙現在怎麼了嗎？聽說那傢伙啊——」

她想起頭一次在媒體上看到女星KYOKO的成功時。

在電視上看到她，得知她的藝名是只有名字的「KYOKO」時，響子宛如被雷劈擊中了似地，當場動彈不得。

小鈴——。

按住嘴巴，感情決堤似地橫溢而出。電視劇裡，化著淡妝的臉正微微扭曲著演戲的她，眼睛散發出一如以往的凜冽光輝。

——我叫鈴原今日子。

頭一次找她說話時，她對自己展露的微笑，化成了遙遠過去的回憶復甦。再也找不回來的聲音與表情。

我們名字一樣呢。妳的名字怎麼寫？

她的臉從電視機畫面消失。可是她的每一個動作、每一個表情都一清二楚地烙印在胸口。衝擊平息下來，一會兒後，「啊啊……」她呻吟。身體逐漸虛脫。她癱坐下去，然後想。她也回來了。

響子想起拉住演對手戲的男星手臂、拚命叫喚演戲的今日子，預想到今後自己還有她將面臨的暴風雨。與已經經歷過的從前的激越相比，可說是悠閒自在到了無從比較的暴風雨。可是，我的周圍，還有她的周圍，又要起風了。

她不願允許任何人那樣。

在響子那群有許多女生早熟化妝的圈子裡，今日子總是順其自然。單眼皮的眼睛、沒怎麼修整的黑色眉毛，沒有教人不忍卒睹的工於心計，原原本本地，卻是那樣美麗。

後來過了一陣子，某本週刊刊登了她們畢業紀念冊上的她的照片。刊登只有純粹的素材，但還沒有現在這種脫俗清麗氣質的鈴原今日子的臉，旁邊附上的標題是：『今昔大不同！？』用一種出於低俗的嫉妒、暗示整型可能性的寫法。

他們到底有沒有眼睛？

今日子一點都沒變。如果她有任何人工修整的痕跡，或許因此能夠獲得救贖的，全世界就只有響子一個人。其他任何人，響子都不允許他們擁有像她那樣依附著今日子的自由。

包括把紀念冊提供給媒體的、應該是她們那個年級中的「誰」，她都無法原諒。

「我覺得妳那樣說很不厚道。」

停話一拍之後，由希眼中燃起火焰般的光輝。「啊？」她蹙起眉頭，瞇起眼睛瞪響子。

「抱歉，」響子陪罪，站了起來。「我失陪一下。」

她離開會場，在進入的化妝室鏡前按住胸口，對剛才聽到的有關清瀨的不負責任傳聞，以及無法默默聽到最後的自己啞然失笑。

轉向正面，鏡中的自己一臉疲憊，泫然欲泣。看到那張表情，她微微地笑了。由希的話，我是不是應該笑著帶過的？

回到會場一看，由希已經離開剛才跟響子在一起的地點，加入真崎和島津他們的圈子了。她沒有回看重回同一個地方的響子，但是說給她聽似地揚聲說：

「欸，為什麼『KYOKO』沒有來啊？我好想看看明星唷。」

4

同學會當天。

穿著重要工作時常穿的套裝，戴上不過度主張的珍珠項鍊與成套的耳環站在鏡前，佳代打電話來了。

『聽說參加者沒有很多，是真的嗎？』

「嗯。」

以前的響子喜歡又大又花俏的飾品，但現在有些不同了。她越來越常選擇素材或石材精緻的、低調的款式。即使少了年輕和衝勁，在旁人眼中顯得樸素，但她開始會以避免俗麗為優先來挑選飾品了。

她把手機夾在右肩和脖子之間，對鏡確認耳環位置。

「從來沒有缺席過的人，這次全都缺席了。」

『哦？這麼說來，由希說她交了新的男朋友，現在沒空參加什麼同學會。可是到底是怎麼了呢？像島津，他不是把同學會當成他的生命價值一樣嗎？居然不當幹事了。』

「別把他說得那麼難聽，我覺得他很了不起。」

『咦？』

「過去同學會的出席率也一直不能算好吧？可是即使這樣，他還是不屈不撓地繼續舉辦呢。如果沒有人攬下這個差事，我們一定不會彼此連絡的。」

這是真心話。但佳代的回答只有冷冷的一聲「唷」。她一下子轉移了話題：

『倒是響子，妳還記得約定嗎？明年的婚禮，我也考慮要在F飯店辦。』

「當然記得。我今天會介紹經理給妳。」

垂下眼皮，剛塗上睫毛膏的睫毛覆上視野。望向鏡子。她覺得好久沒有好好正視自己的臉了。

「主持人我來擔任就行了嗎？」

其實她已經發現，頂多就只有佳代了。在那間教室裡，自己還剩下的事物。佳代是個不可思議的女生。輕快的聲音很快就回來了：

『這還用說嗎？』

「謝謝妳。」

島津轉寄給她的明信片回條綁成一束放在桌上，依當時的座號順序整理好了。最上面一張。看到那名字，胸口一悶。

當時的座號一號。淺井鈴子。

現在的姓氏因為結婚變成了齊藤。地址和當時轉學去的地方一樣，是新潟。

抵達飯店，與經理進行最後確認後，確定菜色。把名冊交給事先委託顧櫃臺的老朋友，到了開場前三十分鐘，人開始一個接著一個來了。

三十八名同學中，這次參加的有二十二名。與島津要好的一群人，真崎、貴惠都說不方便來，由希、聰美、紗江子那些東京組，大部分這次也不來。想想原本的中心人物全都缺席，這樣的出席率可以說相當不錯。

KYOKO要來這件事，有多少人知道？接到名冊的兩個坐在櫃臺的朋友吃了一驚，接著有些興奮起來。

「KYOKO，還有……哇，淺井也要來嗎？好懷念唷。」

「我想她們會一起來。她們來了的話，告訴我一聲。」

響子說，眼前他們臉上開心的笑一下子消失了。取而代之，顧慮般的視線低調地望向自己。她假裝沒發現，繼續說：

「等到開場時間，妳們就把櫃臺收了，進裡面來吧。」

好久不見。過得好嗎？聽著會場各處傳出的制式招呼聲，她在會場中央檢查麥克風是否設置好了。因為大家頻繁相聚，談論的內容就算「好久不見」，也不脫朋友之間報告近況的範疇。從這個意義來說，這次的主角果然還是KYOKO，還有她帶來的淺井鈴子。

那個瞬間何時會到來？

響子與朋友們保持距離，獨自等待那個時刻。照亮頭頂的會場黃色燈光。她仰望著，幾乎就要被吸進去了。被吸進那間教室、那間體育館。

夕陽燃燒般地紅，把整片地板染上它的色彩。響子穿著冬季制服，然後她也是。

「KYOKO小姐！妳來了！」

櫃臺傳來歡呼。原本一片嘈雜的會場就像在等待那聲音似地，瞬間鴉雀無聲。眾人的視線默默地，集中到角落的門扉。

腳跟還有胸口，身體沒有任何一處顫抖，已經不痛了。慢慢地，門打開了。一隻纖細的白手露出，她現身此地。

不可思議的是，那雙眼睛立刻找到了響子。響子甚至沒有時間做心理準備。今日子的眼睛一直線送到了身在會場深處的自己。

背負著光的是誰？

就好像看見打開的門縫間射入了刺眼奪目的光。眾人全都屏氣凝神，注視著今日子的登場。她獨自一人站在那裡。

即使面對完全沉默的會場，她依舊泰然自若。她向裡面的響子瞇起眼睛。

看見她的身影，時光倒轉，響子興起站在被染成橘色的那個場所的錯覺。

現身的十年後的今日子，穿著一襲黑色的連身長裙。雖然是夏天，卻是長袖，裝扮十分高雅。令人心頭一驚的黑，看似喪服，也像法官的法袍。

「好久不見。」

聽起來像是對響子一個人說的，也像是對所有的人說的。她的嘴脣浮現淡淡的笑。表情並不僵硬。但，她確實是個女星。

「我是鈴原。」

一瞬的寂靜被打破，時間動了起來。

「鈴原……」

一個人的聲音成了引子。

「妳真的來了！太棒了！」

「我們以為妳絕對不會來呢。」

「拜託，跟我握手！跟我合照！」

她立刻被團團包圍，微笑著，視線轉向他們。直至這時，響子才被允許將視線從她身上移開。然而那也只有一瞬間。

「高間。」

會場入口。有如摩西過紅海一般，今日子走了過來。款式與響子相近的珍珠項鍊在脖子上搖晃著。朝聲音回頭的瞬間，她覺得嗅到了味道。嗅覺的記憶是正直的。不管經過多久，都記得一清二楚。太陽的氣味、霉味、那個地方的味道。

再次對望了。

周圍再次被剛才的寂靜所籠罩。她知道在場所有的人，眼睛都盯著兩相對峙的響子與今日子。下定決心後，臉頰浮現笑容。

周圍的空氣一陣騷然。她聽見呢喃。「好可怕……」就在聽到這話的瞬間。
——女人真可怕吶。
唐突地，過去一直沉浸在內心最深處的聲音記憶復甦了。即使自以為遺忘了，其實卻還記得。
「好久不見了。——今日子。」
呼喚她的名，她看起來微微地眨了眨眼。一陣短促吸氣的聲息後，她靜靜地笑：
「是啊。」
她面露令人屏息的、壓倒性的豔麗笑容。她對響子說了：
「我想跟妳談談。要不要坐一下？」

5

自助式餐會的派對上準備的椅子並不多。
響子和今日子並坐在沿著牆壁設置的休息用椅子。不是面對面，沒有對望，彼此都只看著前方。最先開口的，這次一樣是響子。
「我一直很想念妳。——不過我一直以為妳再也不肯看到我了。」
「其實我本來不打算來的。」
今日子回答。臉上沒有剛才對全班同學展現的笑容，而是頓時丕變，冷若冰霜。
響子傾斜手中的紅酒杯，答道：「我想也是。」今日子沉默著，只是點頭。
「妳沒有跟淺井一起嗎？」
「電車沒有剛好的班次，她好像會晚一點。她到飯店會打電話給我。鈴鈴很期待今天。」

「──這樣。」

今日子的手中，倒了紅酒的杯子搖晃著。只是坐著而已，她的身影卻像電影中的一幕，耀眼奪目。剛才還聚攏在今日子身邊的同學們都完全靜了下來，正遠遠地觀望著這裡。就彷彿是一種默契，沒有人靠近這一角。

「我有事想問妳。今天我等於是來問這件事的。」

今日子說。

「什麼事？」

「我一直覺得很不可思議。為什麼妳會參加同學會？」

這問題出乎意料。響子感到詫異，望向她的臉。今日子不耐煩似地又說了：

「不是挖苦，是純粹覺得好奇。」

今日子拉回肩膀，也望向響子。

「像妳這種身分的人，怎麼會……？」

總算了解問題的意義了。領悟的同時，心頭一驚，她苦笑著搖搖頭：

「妳太抬舉我了，我沒資格被這樣說。」

「妳也不是不明白吧？這個地方過去是用什麼樣的眼神看待妳、排擠妳。」

今日子的聲音毫不保留，赤裸裸的。她不再裝出相敬如賓的聲音了。響子點點頭。

「我沒有忘記。」

「那麼妳也明白回到這裡，代表了什麼意義吧？我一直不懂。妳現在的工作我聽說了。F報的訪談我也看了。」

「上面的訪談都是瞎掰的。對不起。」

不管說什麼，聽起來都像辯解吧。她只能道歉，今天也已經抱定了這種覺悟而來。

當地報紙的那篇訪談，也是因為她是「女星 KYOKO 的同學」，才會找上她的。剛開始答應的時候她並不知情，但是訪談到一半，她就從訪問者的提問方式發現了。從一開始就設計好了，如果不談論 KYOKO，就沒辦法完成一篇報導。

她做了出賣自尊的事。可是拒絕也很麻煩。

「那無所謂的。」

今日子垂下目光。

「我想說的是，妳看起來已經在新的地方，好好地找到了新的價值。妳何必拚了命執著於這種地方呢？」

「就像妳不把這裡當成一回事，我也該這麼做的。妳是這個意思嗎？」

響子問，今日子沉默了。猶豫的沉默持續了一兩秒，然後才點點頭。一會兒後，今日子的口中發出驚訝的聲音：

「妳打算參選嗎？」

「什麼？」

「我聽到妳舉辦了大型全學年同學會，馬上就想到了。妳有什麼迫切的理由，必須在當地打好基礎。不是嗎？」

「怎麼可能？」

太荒唐了——她就要笑了，卻發現今日子這麼說的眼睛沒有半點笑意。語氣徹頭徹尾地嚴肅，氣憤似地厲聲說：

「我不是在開玩笑。否則這實在無法解釋。如果沒有必須更上一層樓的目的，妳——」

看見她動怒的表情瞬間，響子再也忍俊不禁。什麼參選，她想都沒有想過。她笑出聲來，掩住了嘴巴。

「哪裡好笑了？」

異於電視裡冷酷的女星相貌，過去的同學今日子鼓起了腮幫子。看起來不高興，但這張表情很不錯。

「對不起。」

響子笑著擺擺手。她為了平息呼吸而吸氣，結果聲音忽然頹軟下來。她回想剛才今日子說的話。為了更上一層樓的目的。

響子搖搖頭：

「那一樣是妳太抬舉了。不好意思，我這個人就這樣了。怎麼樣都擺脫不掉妳早已失去興趣的班上地位。」

今日子沉默著觀察響子的眼睛。就像要看透人心底的，既深邃又漆黑的瞳仁顏色。凜然的目光似乎比當時更加銳利了。她悟出無法逃避而回視她，然後低低地答：

「我想要澈澈底底地丟人現眼。我想要待在這裡。」

說出口來，她才第一次了解到。原來真是如此。她決心既然墮落到這種地步，就應該堂堂正正地，迎面受傷。有些人只能透過被束縛，才能衡量過去的意義。那就是我，這是我最起碼的自尊。

「我無法理解。」

今日子目瞪口呆地說。

「應該吧。」響子瞇起眼也說。「我想妳是不會理解的。」

兩人沉默著，喝了一會兒紅酒。差不多兩只杯子都快空了的時候，今日子忽然說了：

「全學年同學會。」

臉別了過去。她繼續說。

「全學年同學會的通知，我家沒有收到。聽說妳告訴大家，妳邀請我在全學年同學會上擔任主賓。」

「我是透過妳的事務所委託的。」

響子回答，今日子的眼睛驚訝地睜大了。

「這不是當然的嗎？」響子回答。「就算是老同學，妳也是藝人啊。如果要委託妳演講，透過正當的管道來才是規矩吧？」

今日子的眼睛依然睜著。彷彿被雷劈了似地，維持著相同的姿勢。一會兒後她說了：

「──我以為老同學跟同鄉都不講客氣的。」

「我不想變成那樣。」

響子不說她了解這種心情。只是每個人都認得自己的臉的狀況有多不容易，她們稍有共通之處罷了。她本來打算支付符合行情的酬勞，透過正規手續邀請她的。

今日子原本就挺的背打得更直了。接下來她發出的「對不起」，音調比先前更低了一些。

「以前也有過幾次，我的事務所沒告訴我工作內容就推掉了。尤其是跟演戲無關的、演講這類小案子。」

響子發現她小聲這麼說的聲音動搖著。今日子抬頭：

「對不起，我一直誤會了。」

「沒關係，我習慣了。」

響子瞥開臉，歪起嘴脣一笑，今日子的臉繃住了。響子用側臉承受著她的視線，喝完杯中最後的紅酒。然後她說：

「妳想問的就是這些？」

沉重的事物隨著喝下的酒液一起溜下喉嚨。今日子沒有回答。一會兒後，「吶，」她靜靜地說。

「妳要不要見陽平？」

她沒有自信把持住表情。

手指發僵，瞬間她在手腕使勁。若不這麼做，她就要讓手中的杯子掉到地上摔破了。咬緊牙關，眨著眼睛，她答不出話來。

「我見到半田了。——上星期我去看了她的戲，一起吃了飯。」

應該已經塵封的記憶，即使時隔十年，居然還能夠把她拉回這樣的少女情懷，令她滿腔詛咒。

「那個時候我聽說了。她說妳為了陽平荒唐的流言很生氣，跟水上由希起了衝突，結果惹來了他們那群人的反感。」

「因為那真的很荒唐，太無聊了。」

「他現在在非洲。」

心臟加速跳動的聲音越來越大。劇烈得幾乎要被人聽見的悸動。眼底灼傷似地火熱。

「他真心相信可以把那裡的沙漠綠化。他還是老樣子，對吧？」

「是啊。」

點點頭，感慨益發湧上胸口。如果面朝前方，稍一低頭，淚水似乎就要滾出來了。自從那一天失去一切以後，她應該老早就停止哭泣了。她忍耐似地點點頭。

「他從那個時候就常說那種話。」

「大家好像很介意我是不是因為顧忌陽平，所以不來參加同學會。他們以為我被困在那裡，走不出來。」

腦中浮現天照大御神閉關在岩戶裡的圖。今日子揚起嘴角，淡淡地笑。

「其實相反呢。」她說。「要我說的話，被困住的是大家。尤其是妳，更是深陷其中，不可自拔。」

今日子的眼神不像安慰，也不像嘲笑，但看起來兩邊都像。

「陽平和我都已經不在乎了。以前對妳說了過分的話，他反而是對此耿耿於懷。你們應該見個面，好好談談。要不然妳沒辦法跨出去。」

「我剛才已經說過了，我不是可以向上爬的人。很抱歉，我真的沒有那種力量。」

「是嗎？」

瞪視一般，凌厲的視線扎了上來。要與這雙眼睛對峙，需要強烈的意志力。響子鼓舞自己似地回看她。

今日子說了。是帶著侮蔑的、用力的聲音：

「妳是高間響子吧？我認識的響子不是就這樣結束的人。」

「『KYOKO』是妳的名字。」

響子微笑，抱起雙臂說。

「我沒辦法像妳那樣堅強。」
「妳知道為什麼我的藝名叫『KYOKO』嗎?」
今日子說。
「因為我很開心。」
她用堅毅的聲音明確地說。響子驚訝,啞然,等待她的下一句話。今日子接著說了:
「從妳身上搶回了名字,我很開心。那個時候我明確地想過了,我絕對不要輸給妳。不是別人,是我這樣想呢。」
這話令人意外。在教室裡屏聲斂息,尋找一席之地,守在自己身旁的她們,其實究竟在想些什麼?——響子連想都沒有想過。
應該早就明白的,我是受到眾人揶揄的「女王」。
故事。
強烈冀望的同時,卻也死了心。認定這篇故事與事件是單方面的。
「都已經結束了。」
今日子的表情扭曲。不管是在電視劇還是電影,或許就連在高中時代也不曾看過的,初次目睹的表情。
「我和陽平都已經讓它結束了。——喏,我說響子。」
和當時同樣地觸摸自己的名字,原本一直撇頭不願正視的場所顯現眼前。響子想要垂頭,可是來不及了。今日子拉扯她的手,然後說了:
「根本沒有門啊。」

從打開的門扉隙縫間微微顯現的天照大御神的手。諸神立刻抓住那隻手，關上岩戶。為了讓太陽女神再也無法躲藏進去。男神說了：切不得復返。

咬住嘴脣。

神話當中，關在岩戶裡的天照大御神聽見在外頭舞蹈的女神天宇受賣命與眾神縱聲歡笑，遂開門窺看外面。因為好奇是否有比她更尊貴的神明取而代之站在那裡？縈繞她心中的，是不安，抑或嫉妒？

獨自一人閉關在體育器材室裡的那一天。

她知道她不被允許像太陽一樣永遠坐落在那不動的地位。在遍灑體育館地板的耀眼陽光中，她明確地看見了太陽所在之處，以及太陽的身影。門的所在。鎖上它的是——。

我會得到自由嗎？這次真的自由了嗎？

「告訴妳一件事。我和陽平都沒有放在心上。——鈴鈴也是。」

響子默默抬頭。今日子搖搖頭：

「鈴鈴後來會轉學，真的是因為家裡的因素。她不是逃走的。妳做的事，一點都沒有傷害到她或我。」

「可是……」

她自覺到自己的聲音第一次變得軟弱。今日子強硬的語氣不允許她背過頭去。

「今天要不要道歉，就交給妳決定。可是已經沒有人被困在那裡了。」

長期以來受到壓迫的胸口彷彿找回了呼吸的方法。漸次變得輕鬆的感覺令她感到不甘。喉嚨熱了起來。

「她……」
「嗯。」
「現在過得幸福嗎？」
「嗯。」
今日子點點頭，響子見狀，臉上逐漸浮現深深的安心，以及似哭似笑的表情。她再也無法掩飾了。
「太好了。」
「其他的事，妳就直接問本人吧。」
今日子從小小的宴會包裡取出閃爍的手機。
「她好像剛好也到了。」
她站起來，對著按在耳邊的電話答：「我現在就去玄關。」她回望響子，催促似地伸手。
「我們走吧。」
面對那隻白皙修長的手，即使如此還是猶豫。今日子見狀，側著頭微笑：
「妳不是要跟她道歉嗎？」
看到那張臉，響子只能苦笑。
「嗯。」
她點點頭，慢慢地站起來。走出去以後，今日子把手機收進皮包，同時從裡面取出一張紙遞給響子。響子默默接下，打開一看，差點從膝蓋癱軟下去。
「他的連絡方法。」
是清瀨的字。

腳彷彿黏在了地板上，她再也無法跨出半步。手中的紙，捏著它的指頭顫抖著。視野扭曲，她要窒息了。

今日子瞇起眼睛。她的手撫摸著響子的背。

「我們走吧。」

我再也見不到她了吧——唐突地，但這次她真的心想。

同學會會場的出口。

透出刺眼的白晝陽光，門，現在開啟了。

終章

黑暗中，我聽見門關上的聲音。

一進入體育器材室，我立刻把臉頰貼在堅硬的墊子躺下。聽說淺井也是這麼做的。外面傳來小鈴——鈴原今日子離去的聲息。我想忘掉，閉上眼睛。

狹窄的體育器材室裡，眼睛習慣黑暗後，仍然無法判別出自己的指尖以外的距離。這臭抹布般的氣味，不久後也會習慣吧。人類的身體就是這樣的。雖然有點冷，但只要抱住手臂，就可以忍耐。畢竟我宣言了。我可以閉關在這裡，關到何時都沒問題。

我跟她們不一樣。最後看到的柿色光芒拉出線來，在眼底無邊無際地流過。只要有這道殘像，我就不害怕黑暗。因為太陽無論身處何處，都不會失去光芒。

究竟過了多久……？

完全失去感覺了。不知道過了多久，抱膝而坐、靜靜蹲踞的我的手臂感受到細微的觸摸。抬起頭來。

群青色的制服。右手上，一條形狀分明的黃線延伸其上。門與牆之間，微啟的隙縫間瀉進光來。眨眼。

就算把門關緊、即使沒有窗戶，原來也不會完全漆黑。正因為這麼想，遲了一些我才慢吞吞地發現了。由於一直維持著相同的姿勢，朝著光射入的縫隙爬行的腳麻痺了。使不上力。腦袋茫茫然地心想。啊啊——。

原來已經早上了。

吐出來的呼吸好白。浮現塵埃的光與呼吸交錯著。展開手掌舉到前方，淡淡的溫暖。就這樣靠上去，把手按在冰冷的門前。結果就在這個時候。

嘰的一聲。

啊，聲音溜出唇間。因為沉默了一整晚，彷彿在咽喉途中沙啞了般，乾渴的聲音。

閉上眼睛。重疊在微弱的朝陽殘像上，她的，他的，他們的臉流過眼底。狠下心來，在掌中使勁。門輕而易舉地滑向一旁。嘰嘰嘰。門響著，完全打開了。

——妳對我根本就不是喜歡吧？

最後一次向清瀨告白的時候。

你跟小鈴在交往嗎？我就不行嗎？我真的很喜歡你，我愛你。對其他同學能夠滔滔不絕的語彙，在他面前卻成了單調的反覆。我這麼喜歡你，我們就沒辦法在一起嗎？

可是那個時候他說了。

——妳對我根本就不是喜歡吧？

冰冷的聲音，讓我懷疑自己聽錯了。因為我怎麼可能不喜歡他？可是我從來沒看過清瀨那種眼神。

不！我想大叫。可是他接著說了：

——妳只是下不了臺吧？女人真可怕吶。

之所以啞然失聲，是因為我也依稀察覺了。我確實為清瀨痴迷。甚至被他這麼誤會也沒辦法地痴迷。直至這時我才發現到，原來我一路揮灑的激情，也傷及了漩渦中的他。

可是不是的。我喜歡他，就算失去一切也在所不惜。我愛他，愛到真的不可自拔，只想在他身邊。

我是用著這樣的心情在想著他的。

國中的時候，在補習班第一次遇到他。他熱烈地談論他是為了更高遠的目標而念書，而非為了眼前的考試，那樣的眼神令我喜愛。如果能被他那修長的手指觸摸，要我死都願意。

我當時被擺在高出眾人一階的中心位置，而願意像那樣與我攀談的人，就只有你。

『高間意外地有點脫線呢。』

國中三年級，夏季講習班的補習班校舍。

我被補習班老師拜託，從資料室搬出如山的講義。雙手都抱著講義，沒辦法關掉資料室的電燈。應該不會有人來吧——我這麼心想，把頭伸出講義山，想用下巴去推開關。

下巴碰到牆壁的瞬間，我發現有人站在前面，而且還是個男生——不能被人看到這副德行！我一時動搖，失去了平衡。哇！我輕聲尖叫，但不是因為弄掉講義的驚慌，而是為了掩飾丟臉。

清瀨嚇了一跳，連忙趕來，在跌坐地上的我旁邊彎下身來。他的臉近得嚇人。

『妳沒事吧？』

我跌坐在走廊上，一起撿拾撞掉的講義，手碰到一塊兒，手指相觸的瞬間，我感覺自己的臉頰變得通紅。怎麼辦？還沒來得及想，他對我笑道：

『我可以跟別人宣傳嗎？說我看到高間同學不為人知的一面了。』

低頭微笑的嘴巴。這時我第一次嗅到他的氣味。豔陽下的泥土般氣味。不管經過多久，我都忘不了那個氣味。

我想要就這樣被禁錮著，直至消失。

如果他再也不肯看我的話。

我做了不可挽回的事。招來這種結果的，是我的愚蠢。不是其他任何原因，或是任何人。

手顫抖起來。

反作用力似地，喉嚨發出聲音來。遲了一些，淚水才泉湧而出。

這是遭到排擠，直至完全失去的過程中頭一遭。我咬緊牙關，閉上眼睛，卻止不住聲音或淚水，我站立著，就這樣哭泣。

我聽見心臟跳動的聲音。閉起的眼皮上，淚溼的臉頰上，有著溫熱與光的觸感。睜眼一看，眩目的陽光遍照體育館地板。

中央掉著一顆籃球。

——小鈴。

秋季清晨的空氣很冷，但是與器材室裡面相比，有種更加靜謐、清澈的事物。器材室，根本沒鎖。

身體哪裡在顫抖、哪裡在發熱？好像是一部分，也像是全部。

回看器材室，望向旁邊的牆壁。一枝拖把靠立在那裡，位置跟最後看到時一模一樣。連一公釐的移動痕跡都沒有，也沒有被拿起來的樣子。

看到它的瞬間。

太陽。

我對她說的話。它隨著正面的、頭頂的、眩目的光，傾注我的全身。動搖、安心、難受、憤怒、悲傷，全部裸露，一切的感情失去抑制決堤而出，隨著光充塞胸口。腳，當場彎折下去。

太陽不管身在何處，都一樣燦爛。

我這麼說。所以即使看起來像是失去了什麼，我也不受任何人憐憫，是依自己的意志在行動的。可是如果太陽本身無論是閉關或是被關，都只是存在於那裡的話，門的意義何在？太陽是絕對不可能受到禁錮的。而想要被禁錮的我，卻不被允許像太陽般鎮坐在這裡。

充斥著體育館的光，平等、明亮、耀眼、堅強、溫柔到令人心碎。甚至連不管怎麼擦仍潸潸流下的淚水都反射發光。

被引出來的天照大神再也回不去裡面了。不久後，我也要脫下這身喪服般的制服，離開此處。站起來，無聲無息地走出去。朝著體育館的出口，慢慢地，一步又一步。——通往屋外的門，一樣敞開著。

門不存在於任何一處，太陽無論身在何處，都一樣燦爛。

總有一天我會自由嗎？沒有人束縛我，也不會被囚禁在任何地方。門就在我的內心，也只存在於我的內心。

仰頭望天。背負著燦爛光線的太陽，就在那裡。

解說

日本作家宮下奈都

什麼時候讀辻村深月？

我顫抖著，總是忍不住思考這個問題。這文章是怎麼回事？以如此鮮活、緊張、激烈、緻密的文章所描寫的這篇故事、這個世界。充滿了幾乎過度的作為，卻勁道十足，還有與這千迴百折地發展的文章個性完全契合的物語世界。

《太陽坐落之處》從距離東京搭車約兩小時的F縣高中的同學們，在十年後舉辦的同學會場面揭幕。鄉下小鎮的高中生們——現在分別在故鄉與東京兩地生活的前高中生們，每一個各有各的純真、熱情、愛意、憧憬與矜持，也因此潛藏著嫉妒、孤獨、焦慮與惡意。

同學當中的一個，現在成了當紅女星KYOKO，功成名就。以不斷缺席同學會的她為中心，描寫了幾名同學的高中時代與現在。

即使同處一間教室，看到的景色也截然不同。島津有島津的故事，她們也有她們的故事。

五名敘述者都活在以自己為主角的故事裡。對任何人而言，自己的故事主角都應該是自己，然而由於某些差錯，卻會連這樣的事實都變得巍顫不安。自己的故事、自己的人生，因為別人而罩上陰影。輕忽大意不得。不知道什麼才是真的。仔細想想，無時無刻都是如此。如果這是真的，那就是假的。

可是從那邊看來，那邊才是真的，這邊才是假的。漸漸地，假的想要變成真的，一下正，一下反，又變成正，又變成反。眼花繚亂，無聲無息地翻來覆去，倏忽回神，連成一條完美的環。

要活在那個環中，是多麼迫切而拚命的一件事；而要順利存活下來，又是多麼辛苦的一件事，這些令人刻骨銘心，感同身受。讀著的我，還有被讀的我，不知不覺間渾然一體，令人滿身冷汗。懷著不知道什麼才是真實的思緒，陷入鮮活的登場人物心理，胸口好苦。

若說沒有發生什麼特別的事件，或許會引來誤會，但至少這個故事裡沒有殺人、自殺，也沒有與死者的邂逅。即使如此，擾人心緒的故事仍接連呈現在眼前。太令人感同身受的、教人不忍逼視的思春期少年少女們。他們／她們的言行舉止是如此地切身，令悸動益發劇烈。

可是我感到訝異。我沒有應該要有的**記憶**。我的高中時代，有過如此戲劇性的事件嗎？沒有。沒有記憶。明明沒有記憶，卻懂。陷入曾身歷其境的錯覺。

說出聲來的瞬間，開門之前空無一物的場所明確地建構出故事，溯及過往，萌生出期待。

這部作品是在《別冊文藝春秋》二〇〇八年一月號至十一月號連載的。當時我讀了刊登第二章的五月號，興奮難耐，去信編輯：

「我剛讀完別冊文藝春秋五月號，辻村深月的《太陽坐落之處》實在太棒了，我肩膀起伏喘息不止，好想把這樣的興奮跟別人分享。思春期的心情、延續至今的心情的表裡，驚濤駭浪與小波瀾，這一切都真實得讓人心痛，而且還安插了許多的詭計，讀著讀著，我完全折服了。」

當時的興奮，我現在依然記得一清二楚。我這人鮮少會寄出感想。不過內容的細節我已經不記得了。接下來大概是這樣：

「主角們的第一段插曲是小學四年級，這也令我心頭一驚。我忍不住想到自己的兒子，心想：他已經是這種年紀了啊。」

我在信箱裡的寄件備份匣中看到這一段，平時的疑問湧上心頭。什麼時候讀辻村深月才是最好的？把小學四年級的兒子重疊在一起讀，心痛不已的我，懂得小學四年級的心情，也懂得高中生的心情，亦懂得舉辦同學會時的二十八歲心情。還有，我也懂得小學四年級生的父母心情，也可以說就快懂得高中生父母的心情了吧。

說到令我興奮不已，不由自主要寄出感想信的第二章。這一章由座號一號里見紗江子的觀點來描述，是關於她與男女朋友之間的故事。然後 KYOKO 牽涉其中。

開頭從我提到的小學四年級生的場面開始。屏息讀著，漸漸被拉進裡面，忍不住跟著一同憤怒、流淚。她那熱辣辣的高中時代還有現在，實在是太過濃密，令人腦袋和胸口陣陣發疼。然後到了最後，緊握的拳頭鬆開，一樣忍不住跟著一起哭泣。拍案叫絕。一面展現銳利如懸疑小說般的鋪陳，卻讓人絕對無法輕鬆自在地往下看。多麼濃密的文章啊。天羅地網般的緊張感。每回我都從書中抬起頭來，卻也無法逃離書中，只能用自己的腳在故事周圍踱來踱去，不由得按住胸口心想：啊啊，我也是這樣，是這種模樣。當中看不見作者的投影。我完全把它當成登場人物的、還有我自身的故事來讀。

然後我發現了。這篇故事裡幾乎沒有大人。尤其是登場人物的父母或老師，也就是沒有他們的監護人登場。他們排除了監護人，活在沒有監護人的世界裡。沒錯，我也再深不過地了解那就是他們的世界。

他們活在除了自己以外無人能夠插手、誰也拯救不了的地方。那太過真實而令人心痛。如果我也在這個班級，或是我的孩子們在這個班級的話——一定無法向外界的任何人求救。只能共處閉塞的場所和時間，相互傷害著活下去。況且是要從什麼事物拯救、幫一把呢？正因為看不見，所以只能不斷地在胸中作痛下去。

這個班級即使實際上不存在，也到處都有類似的班級，許多肖似這些孩子的孩子們埋名隱姓，悄悄地屏息潛伏著。加油，我想對他們說。加油，活下去。即使不想受傷，用堅硬無比的鎧甲包裹著全身，被別人牽著鼻子耍得團團轉，總有一天一定，不，太陽已經升上那裡了。

故事朝最終章邁進。應該登上舞臺的同學們，一個接著一個脫離了。比過去同班的高中生時期更成長了一輪的成人的他們，心中仍隱藏著混沌漆黑的事物，或是成功地從相互連繫的地方解放自己，或是雖然搖擺不定，仍找到自己該前進的道路，揚帆前進。踏上自己的道路。

從這裡歲數再成長一輪時，他們會是什麼模樣？有些人可以預料一定會變得如何，但也有些人完全無法想像。他們已經活在我的心中了。年紀大了他們兩輪的我，祈禱他們能夠在掙扎中得到心靈的平靜，同時卻也認為這是不可能的事。不論成長到幾歲，獲得了什麼，失去了什麼，都是一樣。

我從連載的時候就每期必讀，不過出版單行本後重新看過，又有了一些發現。我一直認為第二章非常出色，但第一章就已經震撼了我。座號二十二號半田聰美觀點的這一章，我打從心底與她共鳴。當然，里見紗江子的第二章一樣深得我心。但人似乎會在不同的時候，對不同的地方產生共鳴。先前明明對半田聰美過度的自我意識感到可怕與破滅，然而再次重讀，卻又感覺到希望的曙光。我明確地感覺到她也揚帆啟航了。不是只有逃離高中時代的束縛才算前進。半田聰美看似逃離了KYOKO，但其實也可視為是與KYOKO建立起新的關係。

對了，雖然有點多餘，但還有一點值得一提。第一章與第二章的敘事者，半田聰美（SATOMI）與里見（SATOMI）紗江子當然是同學，而兩個人都叫SATOMI。名字很重要。故事的中心總是有著KYOKO，而這個名字裡也蘊含了深意。聰美（SATOMI）、里見（SATOMI）、鈴鈴、小鈴、鈴原，還有高間。即使自以為讀得很仔細，還是會在哪兒漏掉了。精心布下的謎題。深藏在名字當中的感情，是這篇故事的關鍵之一。發現KYOKO的真實身分時，我瞬間感到希望之光傾灑而下。我不得不祈禱，願太陽永遠坐落那裡，並平等地照亮我們。

好了，回到一開始的疑問。什麼時候讀辻村深月才好？

答案就是現在。無論何時，讀辻村深月最好的時機就是現在。不過要做好心理準備。因為你肯定會被耍得團團轉。

本書出版文庫本時，連載時還是小學四年級生的兒子，現在已經是國中生了。他會拿起這本書，也只是時間問題吧。我不會刻意想讓兒子讀它，不過總有一天他會讀到吧。然後肯定會戰慄不已吧。身為母親，我幾乎沒有什麼可以幫他的，但是這篇故事的感想，我倒想和他聊聊。

藍小說 190

太陽坐落之處

作者—辻村深月
譯者—王華懋
主編—李國祥
董事長—趙政岷
總經理—
總編輯—李采洪
出版者—時報文化出版企業股份有限公司
10803台北市和平西路三段二四〇號三樓
發行專線—（〇二）二三〇六—六八四二
讀者服務專線—〇八〇〇—二三一—七〇五
（〇二）二三〇四—七一〇三
讀者服務傳真—（〇二）二三〇四—六八五八
郵撥—一九三四四七二四時報文化出版公司
信箱—臺北郵政七九～九九信箱
時報悅讀網—http://www.readingtimes.com.tw
電子郵箱—genre@readingtimes.com.tw
法律顧問—理律法律事務所　陳長文律師、李念祖律師
印刷—勁達印刷有限公司
初版一刷—二〇一四年一月十日
初版三刷—二〇一七年四月十七日
定價—新臺幣二八〇元
（缺頁或破損的書，請寄回更換）

時報文化出版公司成立於一九七五年，
並於一九九九年股票上櫃公開發行，於二〇〇八年脫離中時集團非屬旺中，
以「尊重智慧與創意的文化事業」為信念。

國家圖書館出版品預行編目（CIP）資料

太陽坐落之處 / 辻村深月著；王華懋譯 -- 初版.
-- 臺北市：時報文化, 2014.1
面；　公分 --（藍小說；190）
譯自：太陽の坐る場所
ISBN 978-957-13-5883-3（平裝）

861.57　　102026651

ISBN 978-957-13-5883-3
Printed in Taiwan